Hannelore Gilsenbach • Hochzeit an der Transamazônica

Einen Gruß
an meine Leser

H. Gilsen
(2019)

D1666575

# Hannelore Gilsenbach

# Hochzeit an der Transamazônica

HORLEMANN

Die Deutsche Bibliothek – CIP-Einheitsaufnahme
Für diese Publikation ist ein Titeldatensatz bei
Der Deutschen Bibliothek erhältlich

ISBN 3-89502-119-9

© der Fotos: Hannelore Gilsenbach
Foto S. 167: Gesundheitsteam der Tenharim.
Bildquelle S. 15: Salentiny (1974), S. 108
Bildquelle S. 43: Roquette-Pinto (1954), S. 48

Fordern Sie unser aktuelles Gesamtverzeichnis an:

Horlemann Verlag
Postfach 1307
53583 Bad Honnef
Telefax (0 22 24) 54 29
e-mail: info@horlemann-verlag.de
www.horlemann-verlag.de

Gedruckt in Deutschland

1 2 3 4 5 | 02 01 00

4

# Inhaltsverzeichnis

Dieses Buch widme ich
Sandrinha, Hubert und Sian,
dem Kaziken Kwahã, seiner Frau Tuwã
und allen Tenharim

# Reise über den Großen Wagen

Wir, die indigenen Führer aus dem gesamten Land, haben uns hier in Porto
Seguro, Region Bahia, versammelt, hier, wo 500 Jahre Leid und Vernichtung
unserer Völker begannen. Wir sind hierher gekommen, um unserer Toten
zu gedenken, unsere Götter anzurufen und das Volk der Pataxó zu
unterstützen, das uns hier mit großer Freude empfangen hat. Vor allem
aber wollen wir den Monte Pascoal umarmen, der zu allen Zeiten den
Pataxó gehörte und ihnen für immer gehören wird, ihnen und allen Indios
Brasiliens. Hier haben wir eine Feier begonnen für den Aufbau eines
besseren Brasilien, für den Traum von Millionen Angehörigen unserer
Völker, der Toten und der Lebenden ...

*Manifest der indigenen Führer aus sechs Regionen Brasiliens,*
*Bahia, 24. September 1999 (PORANTIM 10/1999, S. 9)*

Die ganze Geschichte begann mit einer schrillen Klingel. Oder nein, eigentlich hatte sie ja schon vor drei Jahren begonnen. Oder vor elf. Doch nehmen wir jene Klingel als Startsignal.

Es war im Juni 1997: Ein schöner Frühsommertag lag über Wald, Sumpf und Wiesen des „Plagefenns", des ältesten Naturschutzgebiets Brandenburgs. Dort, dicht am Rande des Reservats, duckt sich unser Häuschen in den Schatten zweier großer Linden. Weit vor den letzten Höfen des uckermärkischen Dorfes Brodowin steht es inmitten des Choriner Endmoränenbogens, kurz vor Polen.

Als die Klingel losschepperte, kniete ich gerade zwischen jungen Salatpflänzchen. Ein leichter Regen war niedergegangen und die würzige Frühsommerluft hatte mich vom Computer weg ins Freie gelockt. Ich wollte endlich dem Unkraut zu Leibe rücken! Wie „ökologisch" unser Ökogarten gegen Ende der Saison ausschauen würde, das entschied sich immer jetzt, Mitte Juni. Meist besaß ja der Wildwuchs den längeren Atem und unser mühsam gehütetes

Stückchen Autarkie würde sicher auch in diesem Jahr im üppigen Grün von Vogelmiere, Quecke und Löwenzahn versinken. Mangelware Zeit! Kurioserweise reichte, was wir an Gemüse und Obst ernteten, trotzdem aus. Selbst für den echten Barnevelder Zwerghahn und seine getreuen vier Hennen fiel noch genug ab. Und nicht zuletzt für mehrere Wühlmausfamilien, die das Terrain seit Jahren besetzt hielten und sich unterirdisch bedienten.

Die Alarmglocke an der Außenwand unseres Hauses ist mit der Telefonanlage gekoppelt. Sie klingelt vier Mal. Wollte ich den Anrufer noch erwischen, so musste ich unmittelbar nach ihrem ersten Schrillen zum Spurt ansetzen – über Salatpflänzchen und Unkrauthaufen hinweg durchs Gartentor, über zwanzig Meter Rasenfläche zum Kellereingang, danach die steile Holztreppe hinauf in Reimars Arbeitszimmer. Außer Atem griff ich zum Hörer: „Gilsenbach!"

## „Das Dorf heißt Marmelo"

Seit Hubert mit Frau und Kind vor vier Monaten nach Brasilien übergesiedelt war, hatten wir schon einige Male miteinander telefoniert, doch immer nur wenige Minuten, denn Telecom stellte stattliche Rechnungen. Wieder klang seine Stimme von sehr weit her, ein kurzes Echo hallte jedem seiner Worte nach: „Hallo, Hanne? Wie geht es dir?"

„Ganz gut. Und euch?"

Was er mir heute mitteilen wollte, musste besonders wichtig sein, denn Hubert nahm sich auffallend viel Zeit für die Vorrede. Erst dann rückte er mit seinem Anliegen heraus: „Wir wollen dich einladen, Hanne! Kommst du?"

„Was? Hab ich richtig verstanden?", rief ich verdattert durch die Leitung. „Ich – zu euch?"

„Ja, zu uns nach Porto Velho! Pass auf, ich erklär's dir." Dann erzählte Hubert von dem Fest, das die Tenharim seit Wochen vorbereiteten. Eine große Hochzeitsfeier wollten sie ausrichten, nach indianischem Brauch. „Und wer da getraut werden soll, das sind Sandrinha und ich. Wir sind zwar schon verheiratet, aber du weißt ja – noch nicht indianisch. Also, Hanne, kommst du zu unserer Hochzeit? Überleg es dir! Ich rufe jetzt auch noch ARA-Jürgen in Bielefeld an. Vielleicht könnt ihr ja gemeinsam herkommen."

„Ich weiß nicht so recht, Hubert. Das kommt ziemlich überraschend und ob ich jetzt hier weg kann ..."

„Deine Anreise sollte möglichst um den 17. Juli herum liegen", hörte ich Hubert weiter reden. „Bis dahin müsstest du die vorgeschriebenen Impfungen noch schaffen und ein preiswertes Ticket ist bestimmt noch zu haben.

Aber bring bitte Zeit mit, mindestens einen Monat, denn du musst dich hier erst an das Klima gewöhnen."

Das Dorf der Indios heiße „Marmelo". Es liege eine Tagesreise von Porto Velho entfernt, direkt an der Transamazônica.

„Die Tenharim freuen sich schon alle und wir natürlich auch. Entscheide dich bald, die Zeit ist knapp. Grande abraço – eine große Umarmung von uns allen! Und grüß' Reimar von uns!", ließ sich Hubert noch vernehmen. Dann knackte es in der Leitung und begann zu rauschen.

Humose Gartenerde bester Krümelstruktur war auf meine Notizen gerieselt, klebte am Hörer. Und Kater Maunz, die günstige Gelegenheit witternd, war mir auf leisen Pfoten ins Zimmer gefolgt, hatte Reimars jüngst verfasstes Computerskript mit seinen Trittsiegeln verunziert und sich anschließend mit regenfeuchtem Fell drauf niedergelassen. Die Seiten würde Reimar wohl neu ausdrucken müssen. Gedankenversunken nahm ich den schnurrenden Vierbeiner auf den Arm und bugsierte ihn auf die Kellertreppe zurück. Reimar war beim Holzhacken und bevor ich mit der kapitalen Neuigkeit herausrückte, war mir klar – er würde mir zureden.

„Fahr' hin!", riet er bestimmt. „Sorg' dich nicht um mich oder die Tiere oder den Garten. Das wird alles irgendwie weitergehen."

„Aber ich fliege nicht gern!", untertrieb ich. Reimar tat, als überhöre er den Einwand. Erst spät abends meinte er: „Autofahren ist statistisch gesehen viel gefährlicher." Und natürlich – er hatte wieder mal recht. Reimar, der Gefährte, der nimmermüde Ratgeber, der um so vieles ältere Geliebte und Ehemann. Anderthalb Jahrzehnte Gemeinsamkeit verbanden uns mittlerweile – die aufregende Zeit in der DDR-Umweltopposition, unsere Ökolieder-Programme unter steter Stasi-Observation, die Fast-Einweisung in eines der Mielkeschen KZ-4.1.3.-Isolierungslager kurz vor dem Fall der Berliner Mauer, die bewegten Jahre nach der „Wende". Natürlich, das wusste er, ich *würde* mich um ihn sorgen!

Auch ARA-Jürgens Reaktion auf Huberts Einladung hatte ich, bedauerlicherweise, richtig vorausgesehen. „Wir stehen wieder einmal mächtig unter Druck", vermeldete seine Fax-Message, „nicht nur durch die vielen kleinen Alltagsgeschäfte, sondern auch durch die Sondergeneralversammlung fünf Jahre nach Rio in New York. Da wir für das ‚Forum Umwelt & Entwicklung' die internationale Waldpolitik deutscher Verbände organisieren und vertreten (und dieses Thema in New York eine besondere Rolle spielt), stehen derzeit reichlich viele Verpflichtungen an. Kollege Kuhlmann ist in New York, hier schellt mehrfach am Tag das Telefon wegen Interview-Wünschen und dergleichen ..." Er habe Sandrinha und Hubert leider schon mitteilen müssen, faxte Jürgen, dass es nicht klappen werde. Doch er freue sich natürlich riesig, dass *ich* nach Rondônia flöge.

Schade, Jürgen! Guter Freund aus Bielefeld, auf dessen Herzlichkeit und breite Schultern, auf dessen kritischen Geist wir so oft vertrauen durften. Auch über ihn und seine Organisation, die sich den fliegenden Tropenkrummschnabel zum Signum und zum Namen gewählt hat – „ARA" für „Arbeitsgemeinschaft Regenwald und Artenschutz e. V.", wird noch zu berichten sein. Und über den Weg, der uns zusammenführte zur originellen, freundlichen Ost-West-Hilfsgemeinschaft für Amazonien und seine indigenen Kulturen, die sich noch immer als Teil der Natur begreifen und nicht als Herrscher über sie. Hubert und Sandrinha hatten diesen Weg bereitet. Denn *unsere* Organisation, die wir 1994 „Bund für Naturvölker e.V." tauften, verdankt ihre Gründung auch dem moralischen Aufwind, in den uns das erste Zusammentreffen mit beiden versetzte.

## Wie ich sieben Sterne verlor

Für mich waren Reisevorbereitungen angesagt. Hubert schickte mir per Fax anderthalb Seiten Bekleidungshinweise und ich bemühte mich, sie bei meinen Einkäufen zu berücksichtigen. Für die Füße empfahl er „spezielle Schuhe mit hohem Schaft", wie Survival-Shops sie anböten. Neunzig Prozent der Schlangenunfälle beträfen die Wadenbereiche. Außerdem sei es angebracht, die „Hose für den Wald unten mit Gummizug zu versehen, wegen der kleinen Moskitos, die in das Hosenbein hinein fliegen und etwas weiter oben ihr Unwesen treiben, und gegen die vielen krabbelnden, beißenden und zwickenden Kollegen auf dem Waldboden ...". Die sollte ich noch zur Genüge kennen lernen, trotz Gummizug, den ich folgsam einnähte.

Der frühmorgendliche Abschied von Reimar, von Haus, Hof und der Choriner Endmoräne fiel mir so schwer, wie ich es vorausgeahnt hatte. Doch was half's? Mit dem Mut und den Schuhen eines Survival-Reisenden ausgerüstet, musste es nun irgendwie gelingen! Den ersten Flug von Berlin-Tegel nach Frankfurt am Main durchstand ich als Training. Kaum hatte ich mich an den Anblick der Wolken gewöhnt, die wie Wattegeschwüre in den Himmel wucherten, an den Flickenteppich deutscher Landschaft, war schon alles vorüber. Der nächste Flug, versprach mein Ticket, sollte zwölfmal so lange dauern.

Bald nach dem Abheben des Riesenjets vom nächtlichen Frankfurter Airport kam ich mit meinem Sitznachbarn ins Gespräch. Als Vertreter einer Autofirma, erzählte der sympathische Herr in unverkennbar schwäbischem

Akzent, habe er regelmäßig in Brasilien zu tun. Doch ständig diese langen Flüge. Er habe sie längst satt. Da in São Paulo zum Glück viele Deutsche lebten, habe er mit Brasilianern kaum Kontakt.

„Und wohin wollen *Sie*?"

Meine Antwort verblüffte ihn. Der Mann musterte mich mit einer Mischung aus Erstaunen und Mitleid. „Nein! Das meinen Sie doch nicht ernst"

„Doch, genau das meine ich."

„Sie wollen zu *Indianern*? Irgendwo im Busch?"

„Ja, will ich. Ich werde dort so leben wie sie. Hängematte statt Bett, waschen am Fluss."

„Sie wollen alle Bequemlichkeiten aufgeben? Unvorstellbar!" Wiederholt kopfschüttelnd versicherte der fliegende Autohändler, der etwa mein Alter haben mochte, so etwas käme für *ihn* nie und nimmer in Betracht! Meine Erklärungsversuche, ich flöge als Vertreterin einer Hilfsorganisation, als Schriftstellerin, machten ihm mein Reiseziel nicht plausibler.

„Gibt's denn in Brasilien überhaupt Indianer?"

„Einige schon."

Ein letztes Kopfschütteln, ein verständnisloser Blick, als habe seine Flugzeugnachbarin den direkten Weg nach Kannibalien gewählt.

Von meinem Fensterplatz aus beobachtete ich die Szenerie der Nacht. Ich fragte mich, wie tief unter uns – irgendwo im Dunkel – wohl der Atlantik rauschen mochte. Und wie sich Flugzeugabstürze abspielten. Wie viel Zeit bliebe bis zum Aufschlag auf das Wasser? Wie viel Zeit, um die Schwimmwesten anzulegen, die angeblich griffbereit unter den Sitzen lagerten?

Zwölf Stunden Nachtflug über den Atlantik. Ich wartete auf Flugkrankheit, doch zum Glück auch dies vergebens. Kein Absturz, keine Übelkeit. „Pasta or chicken?", fragte der Steward. Wie selbstverständlich forderte ich „chicken", mein schwäbischer Nachbar „pasta". Und ich konnte sogar einige Bissen hinunter bekommen.

Motorengebrumm. Die Lichter im Flieger sind gelöscht.

Ein brasilianischer Actionfilm, englisch untertitelt, flimmerte über die Bordbildschirme: Sex und Intrigen im Managermilieu, Autojagden, Großstadtrevier, Gebrüll, Schüsse, Schlägerei. Um mein Portugiesisch aufzubessern, bemühte ich mich, der Handlung zu folgen. Doch nebenan gaben Mond und Sterne ihr schönstes Schauspiel. Nie hatte ich Aufregenderes gesehen: Astronomie zum Anfassen, grandios und gespenstisch! Halbrechts vor mir – wie es schien auf derselben Höhe wie unser Jet – hing ein fetter, gelber Mond. Seine Strahlen modellierten die bleigrau köchelnde, dampfende Wolkensuppe dicht unter den Tragflächen. Noch weiter „steuerbords" – ich musste den Kopf wenden, um ihn durch das kleine Fenster ganz zu sehen – prangte der

Große Wagen, klar und glänzend wie nie. Er war das liebste Sternbild meiner Kinderzeit im vorpommerschen Städtchen Ueckermünde am Oderhaff, doch das schien in diesem Moment in unendliche Ferne gerückt. In Juli-Nächten wie heute leuchteten die sieben Himmelslichter durchs Schlafzimmerfenster und meine fürsorgliche Mutter versäumte es nie, mich auf sie aufmerksam zu machen.

Stunde um Stunde raste – nein kroch – unser Flieger weiter. Die Monitore boten den zumeist schlafenden Fluggästen jetzt nur noch stumme Positionsdaten, Temperaturwerte und Landkarten. Grüngelb gefleckt leuchteten Europas und Afrikas Westküste, blau der Atlantik, darin unsere rot gestrichelte Flugroute, auf der sich ein blinkendes Spielflugzeug ums Vorwärtskommen bemühte.

Unser Weg zielte auf die nach Osten vorspringende Küste Brasiliens. Auf ähnlichem Kurs, ging es mir müde durch den Sinn, navigierten einst die Karavellen der portugiesischen Seefahrer. Messer, Spiegelchen und Glasperlen führten sie mit an Bord, bewährte Güter zur Übertölpelung der „Wilden". Später reisten Sklavenjäger und Missionare mit, aber auch Siedler und Abenteurer, Kriminelle und jede Menge Krankheiten, die den Ureinwohnern Südamerikas bis heute zusetzen, weil ihr Immunsystem sie nicht kennt.

Papst Alexander VI. Borgia war es, der 1493 die für Europa entdeckte und noch zu entdeckende Welt in Übersee zwischen den Rivalen Spanien und Portugal aufteilte. Ein Jahr später einigten sich die beiden führenden Entdeckernationen im Staatsvertrag von Tordesillas auf die endgültige Scheidungslinie entlang des 46. westlichen Längengrades. Portugal erhielt alle östlich davon gelegenen Gebiete und Spanien die übrige, die westliche Welt. So hatten europäische Könige mit Billigung des Heiligen Vaters auch über Brasilien gerichtet. Die Demarkationslinie durchschnitt die damals noch unbekannten Gestade des Riesenlandes in der Höhe des heutigen São Paulo.

Pedro Àlvares Cabrál handelte sechs Jahre danach folgerichtig. Der portugiesische Adlige – mit einer Kriegsflotte seines Königs, bestehend aus dreizehn kanonenbestückten Schiffen und 1 500 Mann, auf Indienkurs unterwegs – hatte bei der Umsegelung Afrikas weit nach Westen ausgeholt. Er hoffte, mit den dort wehenden Passatwinden schneller nach Süden voranzukommen, als es nahe der afrikanischen Küste möglich war. Doch anstatt im weiten Bogen auf Afrikas Südkap zu treffen, sichtete Cabrál nach anderthalb Monaten Fahrt das Ufer Südamerikas! Seine Schiffe befanden sich östlich der „Linie" – König Manuel von Portugal hatte also durch die Westfahrt seines Admirals ein neues Kolonialreich „empfangen", das es nur noch in Besitz zu nehmen galt.

In seiner „Geschichte von Brasilien", die 1860 erschien, schildert der Kieler Historiker Heinrich Handelmann die Ankunft der Portugiesen anhand der Seefahrerberichte so:

*Es war in der Osterwoche, am 22. April 1500, da erblickte man von Bord der Schiffe im Westen ein noch unbekanntes Land – oder, wie man anfangs meinte, eine große Insel – und zwar zunächst „einen hohen Berg von gerundeter Gestalt"; an die südliche Seite schlossen sich Hügelketten an; der sanft geneigte Rücken war mit stattlichem Holz bewachsen. Der Admiral hielt es für passend, diesem Berg den Namen des Festes beizulegen, in dessen Woche man sich gerade befand. Daher nannte er ihn den Osternberg, Monte Pascoal, das umliegende Land aber das Land des Wahren Kreuzes, Terra de Vera Cruz. Noch am selben Tag ließ er sich an Land rudern, wo die Eingeborenen in dichten Haufen das fremde Schiff zu begrüßen kamen... Cabrál beschloss nun, seinen Schiffen an dieser neuen Küste eine kurze Rast zu gewähren und seine Vorräte zu ergänzen. Er steuerte längs der Küste nordwärts, um einen guten Hafen zu suchen und etwa zehn Meilen vom Monte Pascoal fand er eine Bucht, die seiner Flotte einen sicheren Ankerplatz gewährte und die er deshalb Porto Seguro benannte. Dort lag das Geschwader acht Tage, was aber das Wichtigste war: Am Freitag, dem 1. Mai 1500, ließ Cabrál ein großes hölzernes Kreuz mit dem Wappen und der Devise des Königs Emanuel auf einer Anhöhe, wo es in weiter Ferne sichtbar war, aufpflanzen. Er ließ eine feierliche Messe lesen und nahm dann für die Krone Portugals Besitz von dem neuentdeckten Lande. Zwei zur Deportation verurteilte Verbrecher wurden an der Küste zurückgelassen, damit sie die Sprache der Eingeborenen lernten und später als Dolmetscher dienen konnten* (Handelmann 1860, S. 32-33).

Die Seefahrer schickten eines ihrer Schiffe nach Portugal zurück, um dem königlichen Hof die erfreuliche Nachricht zu überbringen. Dann setzten sie ihre Fahrt nach Indien fort. Die Geschichtsbücher wissen, dass einige Monate *vor* Cabrál bereits zwei Spanier bis zum Kap Sankt Augustin gelangt waren – Vicente Yanez Pinzon und Diego de Lepe. Das Kap bildet die äußerste Ostspitze Brasiliens nahe dem heutigen Recife (Pernambuco). Cabrál indes ahnte von den Fahrten seiner Konkurrenten nichts.

Bei der Ankunft der Europäer mag Brasilien von über fünf Millionen „Eingeborenen" bewohnt gewesen sein. Nackt, geschmückt mit bunten Federn und knöchernen Lippenpflöcken, soll eine Schar von ihnen freundlich und scheu die Aufrichtung des Christenkreuzes umringt haben. *Die Unglücklichen ahneten nicht, wie bald an dasselbe ihre altererbte Freiheit geschlagen werden würde...* vermerkte Jahrhunderte danach ein mitfühlender Chronist (Münch 1829, S. 21).

Später, als sich das portugiesische Kolonialwesen etabliert hatte und immer mehr Indianerdörfer veröödeten – durch die Mordzüge der Weißen oder durch Epidemien –, lieferten Sklavenschiffe aus Afrika millionenfach Nachschub an Arbeitskräften für Plantagen und Erzminen. Wochenlange Überfahrten bei brütender Hitze und bei tobenden Stürmen musste das „schwarze Gold" durchleiden; Menschen, in enge Bretterverschläge gepfercht, liegend aneinander gekettet wie Schlachtvieh.

Unmöglich, sich in ihre Lage zu versetzen! Mich beschämte meine Beklemmung, die mich inmitten des klimatisierten High-Tech-Komforts nicht verlassen wollte. Für alles hatte die vorbildliche Airbus-Crew gesorgt, selbst für das steril verpackte Zahnbürstchen und die Minitube Zahnpasta für die Morgentoilette.

Und wie alle deutschen „Dritte-Welt"-Touristen hatte auch ich vor meiner Abreise noch rasch den aktuellen Service des „Centrums für Reisemedizin" nutzen können. Der „empfohlene Impfschutz bei Reisen in das Landesinnere Brasiliens, u. a. für die Staaten Amazonas und Rondônia" lautete: „Typhus, Gelbfieber, Hepatitis A und Hepatitis B (bei engerem Kontakt zur einheimischen Bevölkerung)."

„Haben Sie engeren Kontakt zur einheimischen Bevölkerung?", wollte die Impfärztin wissen und schaute besorgt über ihre goldgefassten Brillengläser. Auch bezüglich Malaria bestünde ein hohes Risiko in der Amazonasregion. Das bedeute Chemoprophylaxe mit Mefloquin. Die Meldungen sprächen von hochgradiger Chloroquin- und Sulfadoxin/Pyrimethamin-Resistenz.

Der bewusste Europäer beugt vor und lässt sich für mehrere hundert Mark mit Impfstoff vollpumpen. Und mit chemischen Substanzen, die erwartungsgemäß neue Resistenzen des Malariaerregers in Amazonien züchten werden, so dass sich die Heilungschancen einheimischer erkrankter Besitzloser weiter verringern werden. Der bewusste Europäer schirmt sich ab – gegen Krankheiten, die zumeist durch seine kolonisierenden Vorfahren nach Südamerika verschleppt wurden. Der bewusste Europäer ist sich dessen nicht bewusst. Oder doch? Beides gleich schlimm.

Minutenlang erlöste mich die Müdigkeit aus meinen tiefgründigen Gedan-

16

ken und dem unerquicklichen Anblick der Tragflächenspitzen, die im Stratosphärenwind immer lebhafter zu flattern schienen. Halbschlaf und Wachsein. Wachsein und Halbschlaf. Unmerklich, millimeterweise, über Stunden verteilt, verrutschte der Mond – bis seine dottergelbe Seite nach unten baumelte wie eine dicke faule Gondel, die der Schwerkraft gefolgt ist. Und ebenso allmählich stahl sich der Große Wagen davon. Stern für Stern verschwand hinter der dunstigen Wölbung der Nordhalbkugel. Wie ein Schiff, das sich für seinen Untergang Muße nahm, ragten die beiden oberen Deichselsterne noch lange hervor, dann nur noch der letzte und als wir uns der Küste Ostbrasiliens näherten, verschwand auch er.

Alles würde ab jetzt anders sein. Selbst der Nachthimmel. Würde ich den Großen Wagen vermissen? Ohne Zweifel würde er mir fehlen. Mehr als alle zivilisatorischen Bequemlichkeiten, deren Mangel fliegende Autovertreter und nicht nur sie, von fragwürdigen Dschungelfahrten abhalten.

Der Flugkapitän ließ sich über Bordfunk vernehmen. Um den von den Turbulenzen gebeutelten Flieger aufzutanken, sei ein Zwischenstopp in Salvador nötig. Salvador? Schläfrig verfolgte ich die Landung und den erneuten Abflug über die große Hafenstadt bei Nacht. Salvador da Bahia – neunundvierzig Jahre nach Cabráls Landnahme haben die Kolonisatoren diese Stadt gegründet. Dann das Meer und die weißen Schaumkronen und der Weiterflug nach Südwest entlang der Küste. Irgendwo dort unter uns, zwischen Brandung und Urwald muss sie vor fünfhundert Jahren begonnen haben – eine der größten Landraubaktionen europäischer Staaten.

Wie lebendig ist Cabráls Erbe geblieben, das Erbe der „conquistadores"? Lebt es nur noch in den Ortsnamen an der Küste Ostbrasiliens fort – Porto Seguro, Monte Pascoal, Santa Cruz Cabrália? Was ließ der Genozid übrig, den Europäer an der Urbevölkerung Brasiliens begangen haben? Kaum 250.000 Menschen von ehedem über fünf Millionen! Rund zweihundert Völker von geschätzten 1.400! Manche dieser Ethnien zählen heute nur noch zehn Menschen, manche nur noch zwei.

Jener Berg im Süden des Bundesstaates Bahia, den Cabrál als erstes erblickt und „Osternberg" (Monte Pascoal) getauft hatte, ist die Heimat der Pataxó. In unserer Zeitschrift BUMERANG, die der Bund für Naturvölker seit 1994 herausgibt, berichteten wir von einem entsetzlichen Verbrechen an einem Angehörigen dieses Volkes. Es hatte sich kaum drei Monate vor meinem Flug nach Rondônia ereignet. Die Meldung, zitiert nach der brasilianischen Zeitung PORANTIM vom Mai 1997, lautete:

**Galdino: Mord zum Tag des Indios:** *Im Morgengrauen des 20. April 1997 – einen Tag nach dem „Tag des Indios" – haben fünf Jugendliche den Führer der Pata-*

*xó Hã-hã-hãe, Galdino Jesus dos Santos, bei lebendigem Leibe verbrannt. Der Mord geschah in der Hauptstadt Brasilia, am Busbahnhof der Avenida W-3 Sul, einer der Hauptstraßen.*

*Galdino hatte bis spät in die Nacht an einem Treffen teilgenommen, das die zentrale Indianerbehörde FUNAI zum „Tag des Indios" ausrichtete. Nachdem er in einer Pension keinen Übernachtungsplatz mehr erhielt, ging er zum Busbahnhof und schlief vor Übermüdung ein. Dort erblickten ihn seine Mörder. Sie kauften an der nächstgelegenen Tankstelle Brennspiritus, kehrten gegen 5 Uhr morgens zurück, übergossen ihr Opfer und zündeten es an. Galdino verbrannte als menschliche Fackel. Die Pataxó-Indianer leben im Süden des brasilianischen Bundesstaates Bahia. Die Väter der jugendlichen Täter sind Angestellte der brasilianischen Justiz und des Militärs (BUMERANG 2/1997, S. 64).*

In magenhebender Schräglage setzte unser Jet gegen fünf Uhr Ortszeit zur nächtlichen Landung über São Paulo an. Siebzehnmillionenstadt im Lichtermeer, das rings bis zum Horizont reicht! Die Mehrzahl der Fluggäste war jetzt erwacht und als die Räder sacht auf der Rollbahn aufsetzten, applaudierten sie dem Piloten. Sie mochten alle Hautfarben dieser Erde tragen. Schwatzend und lachend ergriffen sie ihr Handgepäck und drängten zum Ausgang.

São Paulo, Großflughafen Guarulhos. Draußen zog der Tag herauf. Noch lange nach dem Aussteigen spürte ich jenes kribbelnde Schwanken unter den Fußsohlen, als säße ich noch immer im Transatlantik-Jet unter dem Mond und den Sternen.

Vor der Einreisekontrollstelle unseres Flugterminals hatten sich Hunderte von Passagieren zu langen Warteschlangen aufgereiht. Eisengitter dirigierten die Geduldigen im Zickzack. Nach fast einer Stunde drückte ein brasilianischer Polizist auch in meinen Pass den ersehnten Stempel. Der Uniformierte lächelte, reichte mir das Dokument aus seinem Holzverschlag zu. Wenig später fischte ich dankbar mein Gepäck vom Rollband, jonglierte es am ebenfalls lächelnden Zollbeamten vorbei, fragte mich nach dem Gepäck-Schalter der nationalen VARIG-Airline durch. „Onde é o balcão da companhia de aviação?", empfahl mein Wörterbuch für diesen Fall. Aber besser klappte es sowieso in Englisch.

Zehn Mußestunden. Ich fühlte mich wie zerschlagen, verschwitzt, dann wieder fröstelnd und ziemlich einsam. Durch die Riesenräume, von Flugschalter zu Flugschalter, wogte ein bunt gemischtes, gut gekleidetes Publikum aus aller Welt. Mittendrin die ausnahmslos dunkelhäutigen Putzkolonnen. Unentwegt wischten und fegten sie, reinigten Abfällbehälter, sortierten Gepäckkarren, arbeiteten sich wortlos durch die endlosen Hallen, hin und zurück, zurück und hin, bis die Schicht wechselte. Der Glanz, den sie erzeugen, überstrahlt jeden deutschen Airport. Imagepflege einer aufstrebenden Industrienation. Doch wer je die Slums und die müllgesäumten Straßen der brasilianischen Städte gesehen hat, weiß um die Schizophrenie ihres Bemühens.

Ich gesellte mich zu einer japanischen Touristengruppe, die in den Plastik-Wartesesseln die Zeit verdöste. Plärrend verkündeten Lautsprecher „partidas, chegadas, atrasados" (Abflüge, Ankunftszeiten, Verspätungen). Automatisch versuchte ich zu übersetzen und scheiterte kläglich an Ordnungszahlen und Uhrzeiten. Du solltest noch im Sprachkurs büffeln, bevor es ernst wird, ermahnte ich mich. Statt dessen hüllte ich mich in die Jacke und verfiel in schläfriges Nichtstun.

## Das Schlimmste wartete unten

Noch einmal würde ich die vorgeschriebenen Kontrollprozeduren über mich ergehen lassen, noch einmal Gangways und Platzsuche, zwei Starts und zwei Landungen. Fünf Stunden Flug nach Nordwest – von São Paulo nach Brasilia, von Brasilia nach Porto Velho.

Das Flugwetter blieb schön. Nachdem die Maschine das zersiedelte Land bis Brasilia hinter sich gelassen hatte, zeigten sich die Serras des Mato Grosso und die riesigen, ungebändigt mäandrierenden Flüsse – der prächtige Rio Araguaia, der Rio Juruena, der Rio Jiparaná und die vielen anderen, deren Wasser dem Amazonas zuströmt. Soweit der Blick reichte, sah ich später die Wälder des Amazonastieflandes und die langen Rauchfahnen, die aus den Rodungsfeuern aufstiegen und sich mit den dünnen Schichtwolken vermischten.

Gegen achtzehn Uhr avisierte der Flugkapitän den Landeanflug auf Porto Velho. Der Abend sank. Der Himmel war gelbgrau und die Sonne hing fern und blassrot hinter einem Schleier aus Dunst. Wieder kämpfte ich gegen die Übelkeit, sobald der Flieger zu kippen begann und die Horizonte mit ihm.

Doch das Schlimmste wartete unten. Jäh glitten wir über eine hingerichtete Landschaft, über verbrannte Erde! Ungläubig schaute ich auf die Reste lodernder Feuer, die sich in den Wald fraßen, auf riesige, verkohlte Baumgerippe, die hilflos zum Himmel klagten, auf schwarze Rauchsäulen. Hektisch griff ich nach meiner Kamera, doch zu spät. Die Szenerie währte nur Sekunden. Wie ein Spuk war sie vorüber. Dann schob sich die Stadt ins Bild. Wie auf dem Reißbrett der DDR-Neubaugebietsplaner reihten sich militärisch ausgerichtet Wohnquadrat an Wohnquadrat. Doch keine Mehrgeschosser, hier schachtelten sich niedrige Häuser Dach an Dach. Kaum beleuchtet, zeichnete sich zwischen ihnen das strenge Parallelogramm der Straßen ab.

Ein letztes Mal verrutschte der Horizont, dann verriet ein verhaltenes Holpern die geglückte Landung. Langsam rollte der Flieger auf das kleine Flughafengebäude zu und trotz der rasch zunehmenden Dunkelheit erkannte ich sie schon von weitem: Sandrinha und Hubert, der den kleinen Sian auf dem Arm hielt! Die drei standen auf der Aussichtsplattform und winkten der Maschine entgegen.

Ankunft in Porto Velho. Der Schock hätte größer nicht sein können. Und die Freude! Und was hatte ich auch anderes erwartet? Ich war dort angekommen, wo ich ankommen *wollte*: Im Herzen der Regenwaldvernichtung. Und bei lieben Freunden.

# Die Schamanin

**UIRAPURÚ**

Es ist früher Morgen in Amazonien... Der Wind, müde des Spielens, schläft jetzt. Stille zwischen den Blättern, Steinen und Wassern, den Tieren und dem Homo sapiens. Die ersten Strahlen der Sonne Amazoniens erscheinen zwischen den Palmen in diesem phantastischen grünen Planeten... Der Tag kommt. Und mit ihm keimt wieder einmal die Hoffnung zerbrechlich und stark im Herzen des Waldes... Der Mond schläft jetzt auf der anderen Seite des heiligen Berges. Der Wind erwacht neu, klar und lustig spielend zwischen den Blättern, Steinen, Wassern und dem Homo sapiens, zusammen mit den Klängen des grünen Waldes, Heimat des Wassers. Plötzlich ein weiter und zarter Klang. Sekunden nur, aber unendlich! Es ist der Gesang des UIRAPURÚ. Er umarmt die Bäume, Vögel, Flüsse, Serras und Wasserfälle. Es ist der Gesang des seltensten und heiligsten Sohnes Amazoniens. Unergründlich in diesem Moment der Stille ist der grüne Planet, Wohnung der Menschen und der Götter, der Tiere und Mysterien. Aber langsam sterben wir – Amazonier und Amazonien – durch die Schmerzen und wegen der wahnsinnigen Fremden...

*Sandra Maria Barbosa; Elsfleth, im Mai 1994*

**S**andrinha – die Schamanin, die akademisch gebildete Ärztin – hatte es 1991 auf höchst ungewöhnliche Weise ins kühle Europa verschlagen, wie vieles in ihrem Leben höchst ungewöhnlich verlief. Noch in Deutschland hatte sie mir ihre Geschichte erzählt, in der ich auch die Geschichte ihres Volkes wiederfand, der fast ausgerotteten Xocó. Und die Geschichte Brasiliens.

Die Schilderung ihres Lebens könnte mit den folgenden Worten beginnen: „Es geschah zur selben Jahreszeit, in der es Cabráls Kriegsflotte vor rund viereinhalb Jahrhunderten an die Küste Südamerikas verschlagen hatte. An einem der letzten Apriltage des Jahres 1958 brachte eine junge Indiofrau mitten in der Wildnis Nordbrasiliens ein Mädchen zur Welt. Alle fürchteten, das Neugeborene werde die nächsten Tage nicht überstehen. Es wog viel zu wenig, war viel zu klein und viel zu früh auf die Welt gekommen. Doch das Kind dachte nicht daran zu sterben. Es wollte leben! Und jedes Mal, wenn der Großvater sorgenvoll in die Augen seines Enkelchens schaute, wenn er die tastenden Händchen ergriff, stieg eine sonderbare Gewissheit in ihm auf ..."

## Xocó – zwischen Vertreibung und Überlebenskampf

Die Mutter des Frühgeborenen gehörte den Xocó an, einem Volk, das nahe der Nordostküste Brasiliens beheimatet ist, auf halber Höhe zwischen Pernambuco und Salvador da Bahia. In dem kargen Land der Trockenwälder und Dornbüsche zu beiden Ufern des Rio São Francisco fanden neben den Xocó auch die Karirí ihr Auskommen, ebenso die Massacará, die Pankararú, die Natú, die Katembri und die Xukurú (Müller 1995, S. 123). Sieben von 1.400 Ethnien Brasiliens, die schon viele Jahrtausende *vor* den Portugiesen und Spaniern das riesige Land „entdeckt" und bewohnt haben! Sie schufen eine kulturelle und sprachliche Vielfalt, die ihresgleichen sucht. Sieben von 1.400 Völkern! Allesamt von den europäischen Kolonisatoren unter „Indianer" subsumiert, einem falschen, abwertenden, die Unterschiede verwässernden Begriff, der sich bis in unsere Tage hält und mittlerweile von den Ureinwohnern selbst gebraucht wird.

Wie alle anderen Völker der Küstenregionen, so erlitten auch die Xocó die Übergriffe der Portugiesen auf Land, Leib und Leben der Einheimischen als erste. Dreißig Jahre nach Cabráls Landnahme begannen die neuen Herren ihr Kolonisationswerk – mit Schwert und Pulver, Sklavenkette und Bibel. Darin besaßen die Portugiesen Erfahrung. Nicht weniger skrupellos gingen in den folgenden Jahrzehnten ihre niederländischen, französischen und spanischen Konkurrenten zu Werke. Deren Regenten wünschten – obwohl der Schiedsspruch des Papstes dem entgegenstand –, an den Reichtümern Brasiliens teilzuhaben. Und so sollte sich das blutige Gerangel der Europäer um die Vorherrschaft im Land der Indios noch durch die folgenden Jahrhunderte ziehen.

Die Xocó verteidigten ihr Dasein im Nordosten, aller „conquista" zum Trotz. Sie hüteten sogar ein Gutteil der Traditionen ihres dahinschwindenden Volkes. Bis auch sie – es mag die Generation der Ur-Urgroßeltern Sandrinhas gewesen sein – gegen Ende des 19. Jahrhunderts aus ihrer Heimat verjagt wurden und in Todesangst flohen. Damals schien sich sogar das Wetter gegen die Ärmsten der Armen zu verschwören, denn alle Feldfrüchte, so heißt es, seien zu jener Zeit verdorrt und der Boden sei zu Staub zerfallen. Geographische Handbücher listen die Jahre des Unheils auf. Zwischen 1887 und 1900 folgte in Nordostbrasilien eine Dürre auf die andere (Klute 1930, S. 198). Wohin sollten die Xocó ziehen? Eine unter tausenden durch die Kolonisation entwurzelten Familiengruppen? Wie andere Indigene hatten auch sie wenig Aussicht auf freundliche Aufnahme in irgendeinem Winkel Brasiliens, jenem Staatsgebilde – noch Kaiserreich und bald schon Republik –, das sich erst im Jahre 1889 entschloss, die Sklaverei offiziell abzuschaffen.

Wo entlang und wie die Unglücklichen ihren Weg auch immer nahmen, sie ließen sandige Ebenen zurück, steinige Serras und reißende Ströme – eine Strecke, länger als von Paris nach Moskau! Erst in der Region Amapá fanden sie Ruhe, am Nordrand Brasiliens, in einer noch urwüchsigen, üppigen Landschaft aus Bergregenwäldern und Mangroveküsten – begrenzt vom Atlantik im Osten, der gewaltigen Amazonasmündung im Süden und dem Grenzfluss zu Französisch-Guyana im Norden. „Oiapoque", so heißt dieser Grenzfluss. An seinem Ufer liegt der gleichnamige Ort – „Oiapoque". In diesem Ort ließen sich die Xocó nieder. Hier erblickten ihre Kinder das Licht der Welt, einer Welt, die es mit den Indios nicht gut meinte. Viele wurden nur ein oder zwei Jahre alt. Einige überlebten und wuchsen in jener Armut und kulturellen Zerrissenheit auf, die das 20. Jahrhundert den einstigen Eigentümern des Landes nun zugemessen hatte.

In das heiß-feuchte Klima Äquatorial-Amazoniens versetzt, sahen sich die Xocó unvermittelt neuen tödlichen Gefahren gegenüber, vor allem dem gefürchteten „Sumpffieber", der Malaria. Aber auch an Masern, Tuberkulose, Grippe starben viele von ihnen, denn die Kosten für medizinische Hilfe konnten sie nicht aufbringen.

## „Der Indianer wird von der Erde verschwinden"

Schon 1860 sagte Brasilien-Chronist Heinrich Handelmann das sichere Ende der Ureinwohner voraus:

*Ihrer aller künftiges Schicksal kann keinem Zweifel unterliegen; werden erst an der Küste und im inneren Hochlande die Siedlungen dichter, die jungfräulichen Urwälder mehr gelichtet, dann wird sich der Weiße schnell im Guten oder im Bösen der wilden Nachbarn entledigen, die bisher dort eine Zuflucht gehabt haben ... bis auf wenige heimatlose Überreste wird der Indianer Brasiliens vom Angesicht der Erde verschwinden, gleich dem roten Mann in den Vereinigten Staaten* (Handelmann 1860, S. 26-27).

Längst übten sich auch Deutsche fleißig am „Kolonisationswerke" und lichteten die „jungfräulichen Urwälder" ihrer „wilden Nachbarn". Vornehmlich im Süden Brasiliens griff deutscher Pioniergeist um sich. Deutsche Flaggen wehten über rauchenden „Rodungsoasen", über Kornfeldern und Kartoffeläckern, über Siedlungen mit unverkennbar deutschem Baustil. So in den Staaten Rio Grande do Sul, Paraná, Espírito Santo und, nicht zu vergessen, im Staate Santa Catarina mit seiner 1850 gegründeten Musterkolonie Blumenau.

Lob eines länderkundlichen Werkes von 1930: *Blumenaus schmucke Hauptstraße zeugt von der Arbeitskraft und dem deutschen Sinn der Siedler* (Klute 1930, S. 246). Dieses Werk bezifferte das damalige „Deutschtum" in Südbrasilien einschließlich Rio de Janeiro und São Paulo bereits auf 700.000 Köpfe. Die gesamte Indio-Bevölkerung Brasiliens dürfte zu jener Zeit kaum noch 400.000 Seelen gezählt haben!

Beeindruckt vom fortschrittlichen Antlitz „Deutsch-Brasiliens" zeigte sich auch Autor und Expeditionsleiter Heinrich Hintermann. Er hatte sich 1924 *zum Zwecke völkerkundlicher Studien einer brasilianischen Militärmission tief in die Wildnisse Zentralbrasiliens zu acht noch in völliger Wildheit und Nacktheit lebenden Indianerstämmen angeschlossen.* Im Gepäck *30 Kilo blaue und weiße Glasperlen nebst einem größeren Quantum künstlicher Hundezähne,* dazu diverse Spieldosen, farbige Bänder und Tücher. In seinem Buch „Unter Indianern und Riesenschlangen" überlegte der tatendurstige Ethnologe, wie es mit Brasilien und den Brasilianern am besten weiter aufwärts gehen könne. Auf der 1904 erbauten „Noroeste (Nordwest)-Bahnlinie" reisend – sie verbindet São Paulo mit Mato Grosso do Sul und Bolivien – verriet er sein Rezept:

*Und während nun unser Zug mit einbrechender Dämmerung durch den Urwald raste, saßen wir gemütlich rauchend im Speisewagen und hatten hinreichend Zeit, über die Probleme der Rassenmischung und die Zukunft Brasiliens zu philosophieren. In der zeitweise recht lebhaften Diskussion vertrat ich den Standpunkt, dass die günstige Weiterentwicklung des Landes in erster Linie abhängig sei von der vermehrten Einwanderung rein weißer und zwar insbesondere germanischer Elemente. Demgegenüber behaupteten meine brasilianischen Freunde, dass die Mischrasse, der die Zukunft Brasiliens zweifellos einst gehört, mindestens ebenso hoch, wenn nicht höher zu werten ist, als die rein weiße. „Denn", fuhr Kapitän Vasconcellos mit Wärme fort, „in der Mischrasse verkörpert sich neben der Intelligenz des Weißen und der Gemütstiefe des Negers auch noch die beispiellose Ausdauer und Zähigkeit des Indianers* (Hintermann 1926, S. 34-35).

Den vertriebenen Xocó – der Generation der Urgroßeltern und Großeltern Sandrinhas – blieb keine Wahl, als sich in der „beispiellosen Ausdauer und Zähigkeit des Indianers" zu üben. Mühsam versuchten sie, ihre Familien am

Leben zu erhalten. Schließlich mussten sich die Männer den „seringueiros" anschließen, den Gummizapfern. Knochenarbeit im Dschungel, Indios als billige Rohstoffsammler für den Kautschuk-Hunger der Industriegesellschaften, für Autoreifen, Gummischläuche und vieles andere mehr. Der größte Ansturm auf die Latexbäume Brasiliens hatte um die Wende vom 19. zum 20. Jahrhundert gewütet. Auf den großen Urwaldflüssen stießen damals die weißen oder „mischrassigen" Latexzapfer ins grüne Herz Amazoniens vor, ohne Erbarmen gegen Ureinwohner, die sich ihnen in den Weg stellten und sich der Sklavenarbeit verweigern wollten. Die ortskundigen und an das mörderische Klima angepassten „Wilden" eigneten sich ideal, um den begehrten Rohstoff zusammenzutragen. Menschenjagden, Morde, Deportationen, Zwangslager für die „Arbeitsware Indio" sind überliefert, selbst „Gebärfarmen", in denen Indianerinnen zur „Produktion" neuer Arbeitskräfte gehalten wurden (Müller 1995, S. 45). Dies alles geschah im Auftrag von begüterten Unternehmern, die sich fernab vom Geschehen hielten.

Aus den Gewinnen ihres üblen Geschäfts erblühten um 1900 zahlreiche große Städte an den Regenwaldflüssen Amazoniens: Belém am Rio do Pará, Cruzeiro do Sul am Rio Juruá, Santo António do Madeira (das spätere Porto Velho) am Rio Madeira und Manaus am Rio Amazonas. Manaus sollte zur prächtigsten aller Metropolen heranwachsen, mit großen Kirchen, Villen und Palästen, mit elektrisch beleuchteten Straßen und einer Straßenbahn, sogar mit einem Opernhaus in edler Ausstattung – dem „teatro amazonas".

Unsere Xocó-Latexzapfer fanden, obwohl die Zeit des Kautschuk-Booms schon vergangen war, ihr bescheidenes Auskommen. Erst recht während des Zweiten Weltkriegs, denn als die Alliierten gegen Hitlerdeutschland zu Felde zogen, lebte die Nachfrage nach südamerikanischem Kautschuk unvermittelt wieder auf. Jeder Ballen brasilianisches Rohgummi für die Auto- und Flugzeugindustrie der Alliierten trug dazu bei, die Kriegsverbrechen der Deutschen zu beenden, auch den Gastod von Auschwitz.

## Die Weisheit des Großvaters

Das im April des Jahres 1958 geborene Xocó-Mädchen überlebte. Um seinen schwachen Körper warm zu halten, legte die Mutter es in eine Schale aus Lehm, die sie mit Baumwolle ausgekleidet hatte. Etwas anderes besaß die Frau nicht. Sie selbst fühlte sich noch schwach, denn im achten Monat der Schwangerschaft war sie an Malaria erkrankt. Die Medikamente, die ihr ein Arzt dagegen verordnet hatte, lösten die frühzeitigen Wehen aus.

Die Mutter wird in ihrem Leben elf Mal schwanger werden, zwei Fehlgeburten erleiden und vier ihrer Kinder begraben, bevor die Kleinen das vierte Lebensjahr erreichen.

Das kleine Xocó-Mädchen war noch nicht ein Jahr alt, da siedelte seine Familie von Amapá ins benachbarte Amazonas um. Manchmal sah das Mädchen dem Großvater bei der Arbeit zu, wenn er die Stämme der großen Kautschukbäume mit Axthieben kunstvoll anzapfte, darunter das Sammelgefäß anbrachte und abends am Feuer den Latexsaft zur Kugel gerinnen ließ – zur „bola" aus Rohgummi, in dessen Mitte ein Holzstab steckte. Wenn die Regenzeit zu Ende ging und die Latexernte begann, kam jedoch meist die Zeit des Abschieds. Großvater zog dann mit den anderen Männern tief ins Innere des Waldes. Dort übernachteten sie in einfachen Laubhütten und streiften tagsüber auf der Suche nach ergiebigen Gummibäumen durch die Wildnis. Von der schweren Arbeit erschöpft, von Malaria und anderen Krankheiten gezeichnet, kehrten sie erst nach vielen Wochen zurück und jedes Mal lief das kleine Mädchen dem Großvater als erste entgegen und freute sich riesig, ihn für eine Weile wieder bei sich zu wissen.

Die Eltern hatten das Mädchen Sandra Maria getauft, aber alle nannten es bei seinem Kosenamen „Sandrinha". Es blieb zart und schlank, aber zugleich fröhlich und auf besondere Weise sanft und fürsorglich, nicht nur seinen Geschwistern gegenüber, sondern allen, die zur Familie zählten. Und zu den Freunden.

Ihren Großvater hatte Sandrinha besonders ins Herz geschlossen. Er nahm sich immer Zeit für sie und wusste auf jede Frage eine Antwort.

„Warum sind wir nur so wenige Xocó?", wollte sie eines Tages von ihm wissen. Da erzählte ihr der Großvater, was er von seinem Vater und von seinem Großvater erfahren hatte. Er erzählte ihr von dem langen, mühseligen Weg ihrer Verwandten und dass sie vor vielen Jahrzehnten ihr Land und ihre Heimat in Nordostbrasilien verlassen mussten, weil die Weißen sie von dort vertrieben.

„Warum haben die Weißen das getan?", fragte das Mädchen.

„Weil wir Indios sind", gab der Großvater zur Antwort.

„Dürfen Indios kein Land haben?", fragte das Mädchen weiter.

„Die Weißen nehmen es ihnen weg. Und wenn wir Indios uns wehren, dann bringen sie uns um", entgegnete der Großvater. „Die Weißen denken, sie sind besser als wir Indios."

„Sind sie das?" Die Nachfrage des Mädchens klang betrübt.

„Nein", versicherte der Großvater und fügte hinzu: „Wenn die Indios das glauben, dann haben sie ihren Stolz verloren. Und das ist das Schlimmste für sie."

„Warum?", bohrte das Mädchen weiter.

„Wenn wir Indios unseren Stolz verlieren, dann bleibt uns nichts mehr, das uns Halt gibt. Wir Indios dürfen nie vergessen, dass wir Indios sind. Du darfst es auch nicht vergessen, hörst du?", sagte der Großvater und drückte das Kind an sich.

Sandrinha wird in ihrem Leben oft an die Worte ihres Großvaters zurück denken, denn sie musste schmerzlich begreifen, was er mit ihnen gemeint hatte. Drei ihrer Geschwister werden später durch ihre Heirat mit Weißen in die fremde Welt des Habens hinüberwechseln und ihre indianischen Wurzeln zerreißen. Sandrinha wird ihnen dies nie vorwerfen. Jedoch wird es sie traurig stimmen und aufs neue die Erschütterung ihrer Kindheit wachrufen, mit der alles begonnen hatte – das Bild des betrunkenen Vaters.

Der Vater hatte lediglich beim Militär eine Anstellung finden können, nirgends sonst. Doch auch als Soldat blieb er, was er immer war – ein missachteter „Indio". Gerade gut genug, seinen Kopf fürs „Vaterland Brasilien" hinzuhalten, in dem die Xocó kein Land mehr besaßen. In Kasernendrill und Untertanengeist gezwängt, begann der Soldat, seinen Kummer zu betäuben, verfiel der Droge Alkohol. Seine bejammernswerte Erscheinung und die stumme Klage der Mutter trugen Angst und Unsicherheit in den Alltag, in dem die Kinder heranwuchsen. Den eigenen Vater als Alkoholiker zu erleben, tut weh. Mit wie vielen Fragen ließ er seine Kinder allein? Waren sie noch Indios? Waren sie keine mehr? Und – wenn sie keine Indios waren, was waren sie dann?

Blieb noch der Großvater und sein Mahnung. Doch von den fünf Enkeln vermochte er nur Sandrinha zu erreichen und ihren ältesten Bruder, mit dem sie sich bis heute verbunden weiß.

Der Großvater erkannte früh das Interesse des Mädchens für die Natur, für die Tiere und Pflanzen Amazoniens. Malte die Kleine ihm ihre Träume aus, die sie in bunte Welten entführten oder in beklemmende Finsternis, dann hörte er aufmerksam zu. Er konnte die Träume seiner Enkelin deuten. Denn – ein „seringueiro", das war der Großvater nur mit seinen Händen. Mit seinem Herzen war er ein Schamane, ein Pajé, ein indianischer Heiler. Als Sandrinha vier Jahre alt war, gab es für ihn keinen Zweifel – das Mädchen trug eine besondere Bestimmung in sich. In Sandrinha war eine neue Schamanin geboren worden!

So oft er konnte, nahm der Großvater sie nun mit hinaus. Gemeinsam sammelten sie die Arzneipflanzen des Waldes. Sandrinha erfuhr, welche Kräuter Krankheiten heilen – welche Blätter und Baumsäfte eine blutende Wunde verschließen, welche das Fieber senken, welche Schmerzen lindern oder das Gift von Schlangen und Skorpionen abwehren. Doch dies war nur der Beginn. Behutsam pflanzte der Großvater in jenen Jahren das Weltbild der Schamanen in das Herz des Mädchens. Das Einssein von Erde, Mensch und Kosmos. Den Respekt vor „Mutter Amazonien", vor all ihren Geschöpfen und Geistern, die in den Bergen, den Wäldern und in den Flüssen lebten. Er offenbarte dem Mädchen die uralten Rituale der Pajés – die Geheimnisse, eine Krankheit zu erspüren, die Mystik der Meditation, der Trance, der heilenden Suggestion.

„Der Wille, zu leben oder zu sterben, wohnt tief im Inneren des Menschen", hörte Sandrinha den Großvater sagen. „Ein Schamane kann eigentlich nicht viel tun. Er vermag nur eine Brücke zu bauen, auf der ein Kranker ins Leben und in seine Gemeinschaft zurückkehren kann – wenn er es *möchte*. Schamane zu sein, ist ein Schicksal. Du wirst sehen, es ist ein beglückendes, aber auch ein schweres Los."

Eine Schule des Wissens und der Seele! Die Lehrjahre an der Seite ihres Großvaters werden Sandrinha unvergesslich bleiben. Ganz gleich, wo sie sich später aufhalten wird, was sie unternimmt, in allen traurigen und allen glücklichen Momenten ihres Lebens wird sie die Nähe ihres Großvaters spüren. Er wird ihr beistehen und Kraft verleihen. Und Kraft wird sie brauchen, viel Kraft, auf ihrem selbst gewählten Weg, der sie als junge Frau quer durch „Mutter Amazonien" führen wird und sie das Elend ihrer „Söhne und Töchter" erleben lässt. Und auch später, als sie sich auf eine ungewisse Reise über den Atlantik begeben wird – in ein sehr reiches und sehr kaltes Land.

## Medizin-Modelle im Widerstreit

In ihrem Wohnort besuchte Sandrinha eine katholische Schule bis zur Hochschulreife. Nach dem Schulabschluss versetzte die Militärbehörde ihren Vater nach Manaus, in die Bundeshauptstadt von Amazonas. Dadurch verlor die Familie das vom Militär bereitgestellte Haus und musste in der Millionenstadt auf Wohnungssuche gehen. Als bezahlbar kam nur eines der armseligen Holzhäuser in Betracht, die sich am Stadtrand aneinander drängen – die Bretterfassaden von Tropenregen und Sonnenglut gebleicht. Elendshütten, unter deren Dächern aus Wellblech oder Eternit es tagsüber zu heiß ist und in den Nächten zu kalt.

Was sollte Sandrinha mit ihrem Leben beginnen? Was mit ihrem Schamanenwissen, das der Großvater sie gelehrt hatte? Es vermochte gegen die Krankheiten wenig auszurichten, die in den Armenvierteln am Rande der Großstadt genauso zum Alltag gehörten wie in den Indianersiedlungen. Der Zufall kam ihr zu Hilfe. Sandrinha traf eine indianische Ärztin, die sie ermutigte: „Bewerben Sie sich an der Universität von Manaus! Gegen die eingeschleppten Krankheiten der Weißen hilft nur deren Medizin. Wer heute den Indios helfen will, muss die Medizin der Weißen studieren! Das schamanische und das akademische Wissen, vereint in einer Person – das wäre die beste Kombination, die sich denken lässt!"

Die junge Schamanin, achtzehnjährig, bestand die Immatrikulationsprüfung und begann das Medizinstudium. Sie blieb die einzige Indianerin des Studienjahres, zumindest die einzige aus Brasilien. Außer ihr fanden sich noch einige Indios aus Bolivien, Kolumbien und Peru unter den Kommilitonen. Mit ihnen verstand sie sich schnell. Rückblickend wird Sandrinha ihre Studienzeit in Manaus als Zeit der „kulturellen Schocks" bezeichnen. Jahre, in denen unüberbrückbare Gegensätze aufeinander prallten und ihre Seele verwundeten.

Die Medizinstudentin konnte kein Geld für die Busfahrt aufbringen. So legte sie den täglichen Weg zur Universität zu Fuß zurück. Der Weg war sehr lang. Daheim erwarteten sie die bedrückende Enge. Das Bücherlesen bei Kerzenschein. Kälte, die nachts durch die Bretterritzen kroch. Hinzu kam das Ungeziefer – Asseln, Schaben, Spinnen, ja selbst Schlangen fanden ihren Weg ins Haus. Doch mit alledem hatte die junge Frau zu leben gelernt. Der eigentliche Schock war ganz anderer Art. In den Hörsälen schlugen ihr Feindseligkeit und unverhohlener Rassismus entgegen. Denn die meisten Mitstudenten verdankten ihren Studienplatz dem Geld und den Bestechungskünsten ihrer gut situierten Eltern. Die angehenden Götter in Weiß stammten aus dem entwickelten Süden des Landes, dort hatten sie die Aufnahmeprüfung an einer Universität verfehlt und sich nun den Start ihrer Karriere in Amazoniens Hauptstadt Manaus erkauft – ohne Immatrikulationsprüfung, versteht sich. Geld im Tausch gegen Gerechtigkeit. Was hatte eine bettelarme Indianerin mit Halsschmuck aus Affenzähnen und Holzperlen unter ihnen verloren?

Nicht minder erschüttert nahm die Schamanin den Lernstoff zur Kenntnis – das Modell der modernen akademischen Medizin, das, wie es ihr schien, dem Modell der indianischen Heilkunde so vollkommen entgegen stand. Die Medizin der Indios, das hatte sie der Großvater gelehrt, berücksichtigt stets den Zusammenhang, der zwischen dem Körper eines Kranken, seinem Geist, seinem Herzen und seinen Gefühlen besteht. Kommt es zwischen diesen Wesensteilen eines Menschen zu Disharmonien, entstehen Spannungen zwischen ihm und seiner Gemeinschaft, zwischen ihm und dem Universum, dann erkrankt der Mensch. Um wieder zu gesunden, bedarf er nicht nur der Zuwendung des Schamanen, sondern auch der Hilfe seiner Gemeinschaft. Einen Kranken sich selbst zu überlassen, allein und ohne Trost – in der Kultur der Indios wäre dies undenkbar.

Der Lehrplan der medizinischen Fakultät bot indes wenig Platz für die ganzheitliche Sicht des Schamanen. Jene Medizin bekämpfte Messbares, keine Seelenängste. Sie setzte auf chemische Medikamente, auf Analysegeräte und Heilapparaturen, nicht auf Mitgefühl und Zuspruch. Niemand, der in den modernen Krankenhäusern am Lager eines Schwerkranken wachte. Niemand, der ihm zuhörte, ihn streichelte, der einfach nur da wäre – neben all den Schläuchen und Pumpen, Kabeln und Monitoren. Doch, auch dies wurde der Schamanin bald klar, die technisch hoch entwickelte Medizin der Weißen besitzt viele erstaunliche Vorzüge. Aber *wem* kamen sie zugute? In Brasilien ausschließlich jenen Menschen, die genügend Geld besaßen, um die Behandlungen zu bezahlen. Den Armen des Landes, den Indios gar, blieb der medizinische Fortschritt versperrt. Es sein denn, es fänden sich Ärzte, frei von Standesdünkel, die sich mit den Mittellosen solidarisierten. Je mehr Sandrinha in jener Zeit darüber nachgrübelte, um so klarer trat ihr ihre künftige Bestimmung vor Augen.

Die Zeit der Praktika in den Krankenhäusern nahte, die Zeit neuer Kontraste. Jeder Medizinstudent erhielt Patienten zugeteilt, um die er sich zu kümmern hatte. Sandrinha betreute die Kranken, wie sie es kannte – sie blieb Tag und Nacht in ihrer Nähe.

„Seht nur die Indianerin! Warum geht sie nicht nach Hause und ruht sich aus?", tuschelten die Stationsschwestern. „Die Patienten schlafen, oder ihnen ist sowieso nicht mehr zu helfen!"

Ihr sorgsamer Umgang mit Kranken trug der jungen Ärztin den ersten Arbeitsvertrag ihres Lebens ein, denn einige Professoren des Tropenhospitals von Manaus waren auf sie aufmerksam geworden. „Kommen Sie zu uns", redeten sie ihr zu, „schlagen Sie sich die Idee aus dem Kopf, unbedingt in Indianerdörfern arbeiten zu wollen! Es wäre schade um Ihr Talent. Bei uns haben Sie alle Chancen."

„Einverstanden, ich werde ans Tropenhospital kommen", erwiderte Sandrinha nach einigem Überlegen, „aber nur für ein halbes Jahr." Sie nutzte die verbleibende Zeit in Manaus, um Kontakte zu knüpfen, denn was sie zu tun beabsichtigte, war ohne Hilfe nicht möglich. Nachdem das halbe Jahr verstrichen war, hatte sie ihr Ziel erreicht. Endlich würde sie die Millionenstadt hinter sich lassen und als Ärztin bei den Yanomami-Indianern arbeiten können!

Die Arbeitsstätte, die man ihr anbot, war zwar eine skurrile Synthese aus Traum und Wirklichkeit, doch Sandrinha hatte keine Wahl. Wer als Ärztin zu den Indios gehen wollte, musste sich notgedrungen im Gesundheitswesen der Kirche verdingen. Alternativen zu den kleinen Krankenhäusern, die zugleich Teil der Missionsstationen waren, bestanden nicht. Auch in Roraima nicht, dem kaum erschlossenen Norden Brasiliens. Noch in Manaus hatte sie dem katholischen Bischof von Roraima, Aldo Mongiano, von ihren Absichten erzählt. Er lud die junge Ärztin in seine Diözese ein. Zu ihr gehört ein kleines Hospital italienischer Missionare in der Region Surumu, dreihundert Kilometer von der Bundeshauptstadt Boa Vista entfernt. Nahebei liegen die Siedlungsgebiete der Yanomami. Man schrieb das Jahr 1982. Sandrinha nahm die Arbeitsstelle an.

## Indios, überrollt vom Fortschritt

Die Heimat der Yanomami, jener wehrhaften Jäger und Sammler, erstreckt sich über den Nordwesten Brasiliens und den Süden Venezuelas. Mit insgesamt 19.000 Angehörigen gelten sie als das größte Ureinwohnervolk Südamerikas. In dem wilden Grenzland zwischen Rio Orinoco, Rio Negro und Rio Branco pflegten die Indios noch immer die überlieferte Lebensweise ihrer Ahnen. Noch wussten sie ihre riesigen „shabonos" zu errichten, die nach innen offenen Gemeinschaftshäuser, unter deren hohen Kreispultdächern die gesamte Dorfbevölkerung Platz findet – bis zu zweihundert Menschen. Noch lebten ihre Traditionen, Riten und Feste, Gesänge und Tänze. Noch fanden die Familien ihr Auskommen – als autarke Jäger und Sammler, als Waldgärtner, als Glieder des unerschöpflichen Regenwaldes.

Doch ihr Paradies war vielerorts schon zur Hölle geworden – ein Ort der Verdammnis. Verflucht durch die Gier der Fremden nach Gold, das sich an vielen Stellen im Land der Indios findet. Verseucht durch das Quecksilber, das die „garimpeiros" bei der Erzwäsche in die Flüsse ablassen. Verdorben durch gnadenlose Gewalt, mit der die Goldsucher den Ureinwohnern begegneten und sich sogar an wehrlosen Kindern und Frauen vergingen.

In den frühen achtziger Jahren, in denen Sandrinha das Verhängnis der Indios hautnah erleben sollte, gruben bis zu 80.000 „garimpeiros" im brasilianischen Yanomami-Gebiet nach Gold, ungeachtet aller Verbote und Schutzanordnungen der Regierung. Auf einen Indio kamen zehn Goldsucher, die meisten von ihnen modern bewaffnet. Im Gefolge der Fremden drangen Krankheiten vor, die das Immunsystem der Yanomami nicht abzuwehren vermochte. Ganze Dörfer fielen den Seuchen zum Opfer, denn medizinische Hilfe blieb aus oder kam zu spät. Doch was den Yanomami widerfuhr, barbarisch, unentrinnbar, hatten andere Waldvölker schon Jahrzehnte zuvor erlitten.

Welch verhängnisvollem Irrtum war Handelmann verfallen, als er 1860 seine Endzeitprognose für die Indigenen Brasiliens formulierte:

*Nur in der tropischen Waldwüste des Amazonasgebietes, ... wohin eine künftige Kolonisation Brasiliens nur langsam und nach langer Frist vordringen kann – da wer-*

31

*den die Eingeborenen noch auf Jahrhunderte freien Spielraum haben* (Handelmann 1860, S. 26-27).

Wie hatte der Deutsche das rasende Tempo des Fortschritts doch unterschätzt! Schon *ein* Jahrhundert später war es um den „freien Spielraum der Eingeborenen" geschehen. Kreischende Motorsägen, ratternde Bulldozer, Traktoren und Planierraupen fielen ins Tropenidyll ein. Baukolonnen trieben breite, schnurgerade Straßen durch den Dschungel, jede über tausende von Kilometern reichend. Die Straßen leiteten die „Inwertsetzung" der „grünen Waldwüste" ein – und ihren ökologischen Ruin.

Akkurat geplant, sollten die zwei längsten Trassen die Nord- und Südflanken des Amazonasflusses öffnen – die Projektanten tauften sie Perimetral Norte (die Trasse blieb unvollendet) und Transamazônica. Zudem sollten mehrere Zubringerstraßen das Amazonasbecken mit dem brasilianischen Süden verbinden, eine von ihnen die Stadt Belém mit Brasilia im Bundesstaat Goiás, zwei andere die Städte Porto Velho und Rio Branco (Bundesstaat Acre) mit Cuiabá im Bundesstaat Mato Grosso. Über die Straße, die von Manaus nach Boa Vista führt, gelang schließlich der Brückenschlag nach Norden und von dort nach Venezuela.

Die Regierenden des Industrie-Agrar-Staates Brasilien bauten auf Modernisierung, auf Entwicklung nach europäischem Zuschnitt, auf internationales Kapital, auch auf deutsches. Ab 1970 setzten sie dreiunddreißig Großprojekte in Gang, deren Kosten sich auf Abermilliarden von Dollar beliefen. Das mittlerweile bevölkerungsreichste Land Südamerikas, zerrissen zwischen Arm und Reich, in dessen Großstädten das Elend der Slums um sich fraß, sollte nun an den Schätzen Amazoniens gesunden – an seinen Erzen und Diamanten, seinem Erdöl und Erdgas, am Holz seiner Wälder, der Wasserkraft seiner riesigen Ströme und an den grünen Weiten seines „ungenutzten" Landes.

Die Pionierstraßen öffneten den Weg! Und viele wohlklingende Pläne und Programme folgten den Straßen über die Jahre – PIN[1], PROTERRA[2], POL-AMAZÔNIA[3], POLONOROESTE[4], PLANAFLORO[5]. Eigens für sie gegrün-

1  „Nationales Integrationsprogramm", 1970 verabschiedet.
2  „Landverteilungs-Programm", 1971 verabschiedet.
3  „II. Plan zur Entwicklung Amazoniens", 1974 verabschiedet.
4  „Integrationsprogramm zur Entwicklung des Nordwestens von Brasilien" (Programa Integrado de Desenvolvimento do Noroeste do Brasil), 1981 verabschiedet. Beteiligung der Weltbank mit 456 Millionen Dollar, Vorläuferprojekt von PLANAFLORO. Als reines Erschließungsprojekt führte POLONOROESTE zur Vernichtung riesiger Regenwaldgebiete und zum Untergang der dort lebenden indianischen Kulturen.
5  „Agrarviehwirtschaftlicher und forstwirtschaftlicher Plan für Rondônia" (Plano Agropecuário e Florestal de Rondônia). Dieses aktuelle Weltbankprojekt soll die Fehler von POLONOROESTE korrigieren, die Bedürfnisse der indigenen Bevölkerung berücksichtigen und eine „nachhaltige" Entwicklung garantieren. Von alledem ist in Rondônia nichts zu spüren. Innerhalb von PLANAFLORO wurde ein Unterprogramm zur Förderung lokaler Gemeinschaften eingerichtet (PAIC, siehe Seite 143).

dete Behörden versprachen die „integração nacional", die nationale Einverleibung der rückständigen grünen Lunge Brasiliens, priesen volltönend ihr bevorstehendes „desenvolvimento", ihre Entwicklung, an. Hunderttausende von Siedlern kamen ins Land. Besitzlose Familien aus dem dicht bevölkerten Nordosten, die als Kleinbauern einen Neubeginn zu finden hofften. Staatlich gelenkte Kolonisten, verstärkt durch ein Heer illegaler Zuwanderer. Doch auch vermögende Großbauern nahmen sich ihren Teil entlang der Urwaldtrassen, schufen Platz für Viehweiden und für Sojaplantagen. Bald sollten die Abholzungen bis zum Horizont reichen.

„Desenvolvimento" – unerbittlicher Fortschritt im Schein der Rodungsfeuer, im Krachen der nieder stürzenden Bäume, unter den Hufen der Rinder, unterm Joch der Monokulturen. Nein, nicht das viel strapazierte, positiv besetzte Wort „Entwicklung" trifft zu. „Desenvolvimento" bedeutete Unheil. „Mutter Amazonien" – entblättert, enthüllt, entblößt bis auf ihre rote, verletzbare Haut, die unterm Pflug zu Staub und Schlamm zerfällt. Ihr schützendes immergrünes Kleid – zerrissen, verkohlt mit allem, was darin fleucht und kreucht. Die Dörfer der Indios mit einbegriffen, ihre Jagdgründe, ihre Waldgärten und Fruchtbäume.

Doch die Indios galten den Brasilianern schwerlich als Menschen. Wie *sonst* war die zynische Losung auszulegen, mit der die Regierung ihr Staatsvolk zur Besiedlung nach Amazonien rief: „Land *ohne* Menschen – für Menschen ohne Land"? Jede der neuen Straßen war durch Indianergebiete getrieben worden. Ungezählte Male waren ahnungslose Bauarbeiter auf fast nackte Ureinwohner gestoßen, die nie zuvor einen Weißen erblickt hatten und fassungslos auf die eisernen, lärmenden Monster starrten, die ihrem Wald zu Leibe rückten. Nein, Amazonien war kein Land *ohne* Menschen! Es sei denn, man spräche den Indios das Menschsein ab. Und genau dies war geschehen, und nicht allein in Brasilien. So druckte die Stuttgarter Frankh'sche Verlagshandlung 1928 das „Fachurteil" des österreichischen Biologen und Amazonasreisenden namens Raoul Heinrich Francé: *Sie sind die wildesten der wilden und schreckenerregenden Tiere im Amazonasland...* (Francé 1928, S. 63).

Wer in den Lebensraum „wilder Tiere" vorzudringen gedenkt, muss sie zu allererst bändigen! Die Taktik „erst ködern, dann befrieden" hatte in Brasilien schon seit Jahrhunderten geherrscht. Der verbliebene, demoralisierte Rest der Indigenen ließ sich nach der „Befriedung" ohne weitere Gegenwehr umsiedeln, in Reservate stecken oder in Missionsdörfer – ganz nach Belieben. Zum „Ködern" eigneten sich – auch dies seit langem erprobt – Perlenketten, Äxte, Beile, Messer, Macheten und chromblitzende Kochtöpfe. In respektvoller Distanz zu den vermuteten Hütten der Indios hängten die weißen Eindringlinge ihre Lockmittel zwischen die Bäume. Dann hieß es nur noch warten. Hatten die Indios den Schwindel erkannt und versuchten, sich zu wehren, scheiterten sie jämmerlich. Gegen die Feuerkraft der Maschinengewehre vermochten Bambuspfeile und hölzerne Lanzen wenig auszurichten. Schon gar nicht gegen den entsetzlichen Tod, der aus dem Himmel fiel und die Leiber zerfetzte – gegen Bomben und Granaten, die Armeeflugzeuge und Hubschrauber über manch einem aufsässigem Walddorf abwarfen (Gerdts 1985, S. 72). Zudem gab es noch die lautlose Methode der „Indianer-Befriedung", die hinterhältigste. Sie operierte mit todbringenden „Geschenken". Zivilisierte Weiße ließen den nackten „Wilden" Kleidungsstücke zukommen, die mit Masern oder Pocken verseucht waren. Oder sie verteilten freigiebig Süßigkeiten unter den Indianerfamilien – Tüten mit Zucker, den besonders die Kinder gerne naschten, mit weißem Zucker, der Arsen enthielt (Garve 1995, S. 6).

Indianerschutzdienste hielten das Morden nicht auf. Schon der 1910 gegründete „Serviço de Proteção ãos Índios" (SPI)[6] hatte es nicht getan; sein ehrenhaftes Anliegen versank im Sumpf von Korruption und Mittäterschaft. Und viele Angestellte der Nachfolgebehörde „Fundação Nacional do Índio" (FUNAI) erwiesen sich als nicht weniger skrupellos.

Blieben noch die Missionare und ihr subtiles Ringen um die verlorenen „Kinder der Finsternis". Sie reihten sich als die Letzten in die Front der „Befrieder", obwohl sie meist auch die Ersten waren (vgl. Stüben 1994). Gespeist von nahezu überirdischer Energie, trachteten sie, Gottes Wort ins hinterste Dschungeldorf zu tragen. Todesmutig ließen sich manch ein Mönch und manch eine Ordensschwester gar mit Hubschraubern in abgelegene Indianersiedlungen bringen. An einem Seil hinab schwebend, auf den Beistand des Heilands vertrauend und die Bibel fest in den Händen, kamen die Bekehrer dann über die „Wilden" – von oben, dem Strahl der Erleuchtung gleich,

6   Den Vorsitz des SPI übernahm General Cândido Mariano da Silva Rondon, der Namensgeber Rondônias. Er leitete den Bau einer Telegrafenlinie durch die noch unberührten Wälder zwischen Cuiabá und dem heutigen Porto Velho. Sie war 1912 fertiggestellt und hatte für zahlreiche Waldvölker den ersten Kontakt mit der brasilianischen Gesellschaft gebracht.

der ihre Schützlinge nun aus heidnischem Dunkel ins Licht führen sollte. Sie brachten die Botschaft eines Gottes, der kein Gott der Wälder war, kein Gott der heiligen Flüsse und Berge und auch kein Gott der Armen. Zugegeben, jene Missionare, die Christi Botschaft im Munde führten, waren nicht auf die *physische* Vernichtung des Indianertums aus, wohl aber auf die *seelische*. Der deutsche Pater Acker hatte den Urzweck missionarischen Wirkens – das fast ausnahmslos Hand in Hand mit Regierungen und Wirtschaftsunternehmen arbeitet (damals wie heute) – einst unverblümt auf die knappe Formel gebracht: *Missionieren ist Kolonisieren!* (Kolonialkriegerdank-Kalender 1917, S. 22). Das deutschkoloniale Schrifttum griff die geistliche Losung freudig auf, denn der Pater hatte wahrlich ins Schwarze getroffen. Und welcher Imperativ ließe sich schließlich besser zur „Zähmung der Eingeborenen" heranziehen, als das biblische Gebot: „Du sollst deinen Nächsten lieben"? Meint dies nicht gleichermaßen: „Liebe deinen Nächsten – selbst wenn er dein Land stiehlt, deinen Wald abholzt, deine Flüsse vergiftet, deine Frau vergewaltigt, deine Verwandten umbringt? Liebe ihn, töte ihn nicht?"

Seit die ersten europäischen Eroberer ihren Fuß auf südamerikanische Erde setzten, zählten Missionare zu ihrem Gefolge: Jesuiten, Franziskaner, Karmeliter und Kapuziner leisteten die Pionierarbeit im Dschungel (vgl. auch Paczensky 1994). Andere Orden folgten. 1982 hatten achtundvierzig christliche Kirchen und Sekten ihre Fangnetze übers brasilianische Tropenreich gesponnen (Gerdts 1985, S. 75). Von über zweihundert Missionsstationen aus trugen Gottesmänner und Gottesfrauen vieler Nationalitäten ihre Botschaft in die Wildnis. Unter ihnen die Mitarbeiter der schlimmsten Kulturzerstörer, die die christliche „Heidenmission" bislang hervorbrachte – die US-amerikanischen evangelikalen Missionsgesellschaften „New Tribes Mission" und „Wycliff Bible Translators". Vom „Summer Institute of Linguistics", einem Ableger der „Wycliff Bible Translators", wird noch die Rede sein. Doch auch von ihrem Gegenstück – dem Brasilianischen Indianermissionsrat CIMI (Conselho Indígenista Missionário), der sich als Anwalt der Indios und ihrer Kulturen begreift.

## Als Ärztin unter Patres

Im Missionshospital von Surumu waren der jungen Xocó-Ärztin nicht nur die Gemeinschaften der Yanomami anvertraut, sondern auch andere Patienten, die im Missionshospital medizinische Hilfe suchten, Arme wie Reiche. Für Sandrinha begann eine neue, unselige Lehrzeit. Nie hatte sie geglaubt, derart krassen sozialen Gegensätzen zu begegnen. Die reichen „fazendeiros"

aus dem Umland erwarteten im Krankenhaus selbstredend eine bevorzugte Behandlung. Mit unverhohlener Verachtung trampelten sie auf den Gefühlen der Indios herum, als seien es räudige Hunde.

„Bitte, senhor", forderte die Ärztin, als eine Gruppe „fazendeiros" mit dem Auto vorgefahren kam und einen Kranken an der Warteschlange vorbei ins Behandlungszimmer brachte, „die Leute waren alle *vor* ihnen da. Stellen Sie sich hinten an!"

Welch ein Affront gegen die geübte Praxis! Wollte die junge Frau, überdies selbst Indianerin, den Großgrundbesitzern nun ein Umdenken zumuten? Die Beschwerde beim Bischof ließ nicht lange auf sich warten. Eine üble Hetzkampagne der Patres gegen den weiblichen Störenfried folgte. Seit Jahren ließen die italienischen Brüder es sich auf den Grillfesten der Großgrundbesitzer wohl sein. Wer ihnen die fromme Kumpanei vergällte, hatte in ihrem Hospital nichts zu suchen!

„Wie konnten Sie die Herren derart brüskieren?", rügte auch Bischof Mongiano Sandrinhas ungebührliches Verhalten. „Wissen Sie nicht, welche Macht hinter den Großgrundbesitzern steht?"

„Sie müssen mich ertragen, wie ich bin", entgegnete sie. „Ich habe gelernt, dass jeder Mensch gleich ist, egal ob er auf der Straße lebt oder in einer prächtigen Villa. Jeder Mensch verdient den gleichen Respekt. Wenn ihnen meine Art nicht passt, muss ich gehen."

Dennoch verbrachte die Schamanin drei arbeitsreiche Jahre in Surumu. Sie erlebte und gestaltete die ersten landesweiten Gesundheits-Versammlungen der „tuchauas", der indigenen Führer. Sie prüfte Naturmedikamente als Alternative zu chemischen Arzneien, darunter – mit vielversprechenden Resultaten – die indianische Heilpflanze „manjerioba" gegen Malaria. Sie diagnostizierte die Erreger der *Mansonelose*, einer von Stechmücken übertragenen Fadenwurm-Krankheit, die zehn Jahre nach der Infektion das Augenlicht zerstört. Der Fund galt für Roraima als Erstnachweis. Heute ist *Mansonelose* in dem Bundesstaat weit verbreitet, eine Krankheit, die sich kaum eindämmen lässt.

Sandrinhas kleines Arbeitskollektiv am Missionshospital begann auch mit der Ausbildung von indianischen Gesundheitshelfern. Zugrunde lag eine einfache Überlegung: Da fast neunzig Prozent der Krankheitsfälle Malaria sind und der Erreger dieser Krankheit relativ leicht erkennbar ist, können geschulte Indios vorzügliche Hilfe leisten. In ihren Walddörfern können sie Blutproben sammeln, sie im Hospital am Mikroskop untersuchen und danach die Malaria-Medikamente in Empfang nehmen. Mit den Medikamenten können sie dann die Kranken in ihren Gemeinschaften selbst behandeln. Ein Stück indianischer Unabhängigkeit wäre zurückgewonnen!

Schneller als erwartet, stellten sich Erfolge ein. Die verwaisten Betten im Hospital sprachen für sich. Kein malariakranker Indio musste mehr die Strapazen des langen Weges auf sich nehmen. Es gab keine Todesfälle mehr. Die ausgebildeten Gesundheitshelfer sorgten für eine perfekte Kontrolle des gefürchteten Fiebers! Die Patres indes grollten: Den finanziellen Ruin ihres Hospitals vor Augen – denn ohne Patienten keine staatlichen Zuschüsse! –, verweigerten sie den indigenen Gesundheitshelfern kurzerhand den Zugang zum einzigen Mikroskop ihres Hauses. Christliche Eigenliebe hatte gesiegt. Sandrinha erhielt ihre Kündigung.

## Heilpflanzengärten und ein Skandalwerk

Weit weg wünschte sich die junge Frau! Weg von den falschen Patres und Brüdern samt ihren Kruzifixen! Bis ans andere Ende Brasiliens würde sie sich aufmachen, dorthin, wo sie eine neue Chance sah – nach São Paulo, dessen Universität ein einjähriges Spezialstudium für Heilpflanzenkunde anbot. Mitarbeiter der Weltgesundheitsorganisation vermittelten ihr diesen Neuanfang. Sie hatten das Missionshospital in Surumu besucht, und die junge, kontaktfreudige Ärztin, die so beherzt für die Indios eintrat, war ihnen aufgefallen.

Sandrinha wechselte vom Norden in den Süden Brasiliens, allerdings nicht ohne Wehmut. Aus dem tropenheißen Waldland sah sie sich in die lärmende, hektische Millionenstadt am Atlantik versetzt – in die kühlen Gemäuer der „Universidade de Mogi das Cruzes" und der „Universidade de São Paulo", des protzigen Kolonialbaus der Portugiesen.

Ein zweites Mal bewältigte sie Wohnen und Studieren auf engstem Raum. Ein Brett, über zwei Steine gelegt, diente ihr als Bücherbord, ein anderes als „Kleiderregal". Dazu kam die Hängematte und – jede Menge Arbeitsaufgaben, die sie ausfüllten und beglückten. Nicht, dass sie nur studierte. In einem Asyl für Arme und Obdachlose, das die Kirche unterhielt, kümmerte sie sich um Drogen- und Alkoholkranke, um Prostituierte – Gestrandete im Spül-saum der Metropole. Mit ihnen legte Sandrinha einen Heilpflanzengarten an, einen der vielen, die sie in ihrem Leben gepflanzt hat.

Wichtiger noch war eine zweite Herausforderung – die Zusammenarbeit mit gleichgesinnten Medizinern, die sich in TAPS[7] zusammengefunden hatten, einer Organisation, die sich der alternativen Gesundheitsfürsorge widmete. Die Mitarbeiter von TAPS arbeiteten gerade an einem Buch, das nach seinem Erscheinen für Aufsehen sorgen sollte. Sein Titel lautete: „Onde não há Médico" (Wo es keinen Arzt gibt). Verständlich für jedermann geschrieben, lüftete das Buch die Geheimnisse der Medizin. Die Autoren erklärten ihren Lesern, aus welchen Ursachen Krankheiten entstehen, wie ihre Symptome aussehen, wie man ihnen vorbeugen und ob und wie man sie heilen kann. Zum ersten Mal geriet das Wissensmonopol der brasilianischen Ärzteschaft ins Wanken. Die Allmacht einer hohen Kaste stürzte vom Sockel! Medizinwissen – aufbereitet für die Hungerleider der Nation, die im Müll der Slums vegetieren müssen und keine medizinische Versorgung kennen. Aber auch für die Indios der Dschungeldörfer, zu denen sich kein Arzt verirrt. Mehrere Gerichtsprozesse folgten dem mutigen Werk auf dem Fuße. Doch „Onde não há Médico" wurde das am weitesten verbreitete Buch in Brasilien!

Mit Feuereifer arbeitete Sandrinha am Manuskript des Buches mit. Und wenn sie später ihr „Skandalwerk" in so mancher Indianerhütte liegen sah, erinnerte sie sich an die Zeit in São Paulo und an die guten Freunde, die sie bei TAPS gefunden hatte. Aber auch an die Sehnsucht nach Amazonien erinnerte sie sich, die allezeit ihr Herz bedrückte.

Immer und überall vermisste sie ihren singenden grünen Planeten. Doch traute sie ihrer Ahnung, dann war dieses Jahr in São Paulo nur die Vorbereitung auf eine noch längere Trennung von „Mutter Amazonien".

## Zeugin der Massaker

In den folgenden vier Jahren reiste die Ärztin durch Rondônia, durch Mato Grosso und den Süden von Amazonas. Es wurden Jahre, in denen sich ihre Seelenkraft bewähren musste. Wie viel Leid erträgt ein Mensch, ohne daran zu zerbrechen? Eine Helferin, die oft nicht zu helfen vermochte?

Sandrinha war 1986 in den Dienst des katholischen Indianermissionsrates CIMI getreten. Im Gegensatz zu anderen Missionen wollten die Mitarbeiter der CIMI die Kultur der Indigenen bewahren. Deshalb sahen sie sich von den

---

7  Brasilianische Organisation für alternative Verfahren zur Gesundheitsfürsorge (Associação Brasileiera de Tecnologia Alternativa na Promoção da Saúde).

Bischöfen der Region ausgegrenzt. Nur allmählich erlangte die CIMI die Duldung der Kirche. Die einfühlsame, überzeugende Argumentationskraft der jungen Xocó-Medizinerin mag diesen Durchbruch bewirkt haben. Ebenso das überlegte Auftreten des neuen Koordinators der CIMI – Manoel Valdez. Zwischen beiden entspann sich eine herzliche Zusammenarbeit.

Sandrinha suchte nach und nach die Gemeinschaften der Indios auf, zu Fuß, per Anhalter, mit dem Kanu. Die Wege forderten der schmächtigen Frau viele Strapazen ab und fast immer kehrte sie erschüttert zurück. Denn in den Dörfern traf sie auf traumatisierte Überlebende unfassbarer Grausamkeiten, oft auch auf die deportierten Reste von Indiovölkern, entwurzelt, im Griff der Missionen, die mit ihnen ein leichtes Spiel hatten. Die „Straßen des Fortschritts" durch Amazonien waren für die Indios zu Straßen des Todes geworden[8]. Sie hatten ihnen nicht nur die Epidemien gebracht, sondern auch die Banden der „pistoleiros". Großgrundbesitzer entlohnten den systematischen Indianermord mit ansehnlichen „Kopfgeldern". Auch Unternehmer, die es auf Gold und Diamanten und andere Bodenschätze im Indianerland abgesehen hatten, ließen sich nicht lumpen. Der Staat hatte gesetzlich verfügt, nur „menschenleere" Gebiete seien konzessionsfähig. Die „pistoleiros" halfen nach, diesen Zustand herzustellen.

Die Trassen der späteren BR 070 und BR 364 von Cuiabá nach Porto Velho wurden bedenkenlos durch Siedlungsgebiete der Indios geschlagen, sogar mitten durch deren Dörfer, wenn diese zufällig auf der projektierten Route lagen. Von frühen ethnografischen Karten (u. a. Roquette-Pinto 1954) lassen sich noch die Namen jener indianischen Völker ablesen, die der Straßenbau und das nachfolgende „desenvolvimento" zu Tode traf. Doch nur wenige Augenzeugenberichte der großen Massaker der sechziger und siebziger Jahre des 20. Jahrhunderts sind an die Öffentlichkeit gedrungen. Sie ließen das ganze Ausmaß des Völkermords ahnen.

Leonardo Boff, der führende Befreiungstheologe Brasiliens, schildert ein solches Blutbad. Es geschah 1963 am „paralelo onze", dem elften Breitengrad in Rondônia. Indios vom Volk der Cinta Larga fielen ihm zum Opfer:

*In dem Gebiet, in dem 10.000 Indianer in hundert verschiedenen Dörfern lebten, wurden große Landgüter und Zinnminen angelegt. Um leichter in die Räume vordringen zu können, ließ das Unternehmen „Arruda & Junqueira" während eines Festes der Bevölkerung über dem Dorf der Cintas-Largas vom Flugzeug aus Zuckersäcke abwerfen. Ahnungslos sammelten die Indianer die vermeintlichen Geschenke ein. Doch da kommt in rasantem Flug ein weiterer Flieger, wirft Sprengstoff ab und macht sie nieder* (Boff 1996, S. 161).

---

8   Von 1960 bis 1975 sind über 30 000 Indios als Folge des Straßenbaus von Cuiabá nach Porto Velho ums Leben gekommen (ARA konkret 4, 1997, S. 19).

1969 wartete ein englischer Journalist mit noch schrecklicheren Details auf. Sein Bericht im „SPIEGEL" ließ einen Teilnehmer eines „pistoleiro"-Kommandos bei den Cinta Larga zu Wort kommen. Der Mordschütze schilderte die Taten seiner Kumpane so:

*Wenn ein Indianer gefangen genommen wurde, spielte de Brito mit ihm den sogenannten „Besuch beim Zahnarzt". Dem Indio wurde befohlen, den Mund weit aufzumachen, worauf de Brito seine Pistole zog und ihm in den Mund schoss.*

Oder auch so: *Da war eine junge Indianerin, die sie nicht erschossen hatten. Sie hatte ein Kind von ungefähr fünf Jahren auf dem Arm, das aus Leibeskräften schrie. Chico wandte sich ihr zu und ich rief, es solle sie doch in Ruhe lassen. Aber er sagte: „Diese Bastarde werden alle ausgerottet!" Chico Luís schoss dem Kind mit seiner 45er Pistole durch den Kopf und dann packte er die Mutter... Er hängte die Indianerin mit dem Kopf nach unten an einem Baum auf, die Beine auseinander und hieb sie mit einer Machete von oben nach unten in zwei Hälften. Fast mit einem einzigen Schnitt, möchte ich sagen ...* (zitiert nach Garve 1995, S. 106).

Wann endlich werden die letzten Cinta Larga in Ruhe leben können? Der traurige Rest ihres Volkes zwischen Rio Machado und Rio Aripuana? Vermutlich nie, solange ihr Gebiet über Rohstoffe verfügt, die sich plündern und vermarkten lassen!

In den achtziger Jahren setzte der große Holzraub in den Indianergebieten Rondônias und des Mato Grosso ein. Bewaffnet mit Pistolen und Motorsägen zogen die „madeireiros", die Holzfäller, auch zu den Cinta Larga. Als „Entschädigung" ließen sie den Bestohlenen einige Autos da. Die makabre Rechnung ging auf. Die Indios – nie zuvor hatten sie hinter einem Steuerrad gesessen – probierten die schrottreifen Vehikel aus und verunglückten. Am 7. Juli 1988 raste Renato Cinta Larga in sein Verderben. Mit schweren inneren Verletzungen fiel er ins Koma. Sandrinha brachte Renato in ein staatliches Krankenhaus, doch die Ärzte weigerten sich, einen Indio zu behandeln. So begleitete Sandrinha den jungen Mann in den letzten Tagen seines Leidens, bis er starb.

Schon 1986, zu Beginn ihrer Arbeit bei der CIMI, hatte sie die rohe Gewalt der Holzfäller mit ansehen müssen. Ein Schlüsselerlebnis, das sie nie vergessen wird, geschah im Dorf der Suruí, Verwandten der Cinta Larga. Als Sandrinha mir die Begebenheit auf Tonband erzählte, stand ihr die eigene Hilflosigkeit wieder vor Augen:

*Eine Woche lang war ich im Dorf der Suruí und ich habe fast nur geweint in den Nächten. Holzfäller sind gekommen, sie haben einen alten Suruí gefesselt und ihn dann verbrannt. Die Frau des Alten hat darüber fast den Verstand verloren. Sie lag in ihrer Hängematte und schluchzte und wimmerte die ganze Nacht hindurch wie ein kleines Kind. Ich habe ein kleines Feuer gemacht und bin bis zum Morgen bei der Hängematte der Frau geblieben und habe sie weinen gehört.* Während sie erzählte, schaute Sandrinha auf die sich langsam drehenden Tonbandspulen. Ihre zarten Hände blieben ruhig und ihr melodisches Portugiesisch klang leise wie zuvor. Hubert atmete tief, schluckte und wartete einen Moment mit der Übersetzung. Auch mir wurde die Kehle eng.

Am Abend zeigte mir Sandrinha einige ihrer Gedichte. Seit ihrer Zeit in Roraima versuchte sie, durch Poesie mit den Albträumen fertig zu werden. Und mit der Trauer. Einige ihrer Gedichte hat Hubert ins Deutsche übertragen. So auch das *Requiem auf das Massaker am 11. Breitengrad*, das Sandrinha zum Gedenken an vierhundert ermordete Cinta Larga verfasste. In deren Dorf, das sie 1988 besuchte, lebte das Entsetzen noch immer. Die Indios starben durch weiße „pistoleiros" – an einem einzigen Tag des Jahres 1963. Niemand hat die Auftraggeber der Mörder zur Verantwortung gezogen. Die zwei Großgrundbesitzer Arrunda und Junqueira leben noch heute in Rondônia – unbehelligt.

# Requiem auf das Massaker am 11. Breitengrad

Requiem:
Ein eisiger Windhauch und Finsternis
durchwehen seit fünfundzwanzig Jahren – terrorisierend –
den Schmerz am Paralelo Onze.
Requiem:
Für das Zeugnis all der Vögel und Bäume;
für die Sonne, die sich verdeckte in Schande
und vor der Grausamkeit der Menschen,
für den schmerzerfüllten Gesang
der Wasserfälle, der Flüsse und Bäche.
Requiem:
Für die Hunderte von Toten,
deren Fröhlichkeit verletzt zur Erde stürzte
und ertrank im Blut!
Heute, aufgeweckt im Licht,
treiben sie im Blau des Kosmos als Sterne.
Für Euch – eine Minute Stille.

# „Bau eine Brücke nach Amazonien!"

Nasskalt und nebelverhangen lag der Herbst über Bielefeld, über den Fabriken und Wohnvierteln und der Klasingstraße Nummer 17. Die Besucherin an jenem Novembertag 1991 kam unangemeldet. Spürbar verschüchtert, frierend, stand eine schlanke Frau mit langem schwarzem Haar in der Tür, des Deutschen nicht mächtig. Eine Freundin begleitete sie, um ihre Worte aus dem Portugiesischen zu übersetzen.

Die kleine Büromannschaft der „Arbeitsgemeinschaft Regenwald und Artenschutz" (ARA e. V.) rückte Stühle zurecht.

„Einen Kaffee?"

„Ja, das wäre gut!"

Die schmale Frau legte ihre Hände um die wärmende Tasse. Erst nach einer Weile begann sie zu erzählen. Manchmal unterbrach sie ihre Rede, hielt für Minuten inne, als suche sie nach passenden Worten, um sich ihren Zuhörern verständlich zu machen. Ihre Botschaft verbarg sich in vielen überraschenden Gleichnissen, die sie in leiser, lebendiger, zupackender Sprache vortrug. Eine ungewöhnliche Stille zog in den nüchternen Arbeitsraum, in dem sich die Akten diverser Tropenwald-Hilfsprojekte stapelten.

Die junge Frau sprach von ihrem Leben und ihrer Ausbildung in Brasilien, vom Schicksal ihres Volkes. Sie sprach über die alten Werte der indianischen Gemeinschaften. Über den ungesühnten Holocaust an den Indios Brasiliens. Über das Elend, das die Kolonisationskrankheiten mit sich gebracht haben. Über ihr jahrelanges vergebliches Bemühen, die Gesundheitsversorgung der Indigenen von den Almosen des Staates und der Kirche zu lösen. Über ihre Arbeit unter dem Dach der CIMI in Rondônia. Über das anschließende Jahr bei der Organisation OPAN (Unternehmen Einheimisches Amazonien) in Mato Grosso. Und sie sprach über den Auftrag, den ihr schamanischer Lehrer, der alte Pajé vom Volk der Parecí, ihr mit auf den Weg gegeben hatte. Eine Brücke von Deutschland nach Amazonien solle sie bauen. Eine Brücke der Herzen und des Geistes.

Wiederholt kämpfte die Erzählerin mit den Tränen und ihre Zuhörer konnten nur ahnen, dass es dafür noch einen anderen, eine akuten Anlass geben musste. Er blieb unausgesprochen. Die seelischen Verletzungen waren noch zu frisch, als dass die Indianerin darüber hätte reden können. Bescheiden, wie sie gekommen war, ging sie wieder. Ohne um Hilfe gebeten zu haben. Ohne erneute Verabredung.

Durch *wessen* Vermittlung, auf welchem Weg war Sandrinha nach Deutschland gekommen? Von den ARA-Mitarbeitern danach befragt, hatte sie nur mit knappen Sätzen geantwortet und in ihre dunklen Augen trat Schwermut.

Eine deutsche Familie, die sie in Brasilien kennenlernte, habe sie eingeladen. In Deutschland, so habe die Familie beteuert, fände Sandrinha Hilfe für Amazonien und Hilfe für die Indios. Ein Jahr lang habe sie mit der Entscheidung gerungen, dann sei sie dem Ratschlag ihres schamanischen Lehrers gefolgt, der ihr offenbarte: „Amazonien hat eine Aufgabe für dich. Nimm die Einladung an!"

Wer aber war diese deutsche Familie? Und woher rührte die Schwermut in Sandrinhas Blick?

Anstelle einer Antwort beschrieb mir Sandrinha einen schlimmen Traum, den sie ein halbes Jahr vor ihrer Reise nach Deutschland geträumt hatte. In Amazonien konnte sie sich noch über ihn lustig machen. Erst in Deutschland begriff sie – der Traum hatte all ihre Erlebnisse auf der „anderen Seite der Erde" voraus gemalt.

„Ich befand mich in einem großen mehrstöckigen Haus, in dem es sehr kalt war, so kalt wie in einem Keller. Die Menschen um mich herum trugen viele seltsame Kleidungsstücke und ihre Sprache verstand ich nicht. Ich saß mitten unter ihnen und vorn stand jemand, der redete. Immer wieder bin ich zur Tür gelaufen, aber die Tür war verschlossen, ich konnte nicht hinaus. Die Person, die vorn sprach – ich sah nicht, ob ein Mann oder eine Frau – hielt einen Schlüssel in der Hand und zeigte ihn mir lachend. Da wurde ich traurig und verzweifelt, ich wollte nur noch fliehen! So ging ich zum Fenster und wollte hinaus klettern. Aber das Fenster war mit Eisenstäben vergittert. Plötzlich erschienen jedoch von außen zwei Hände, die das Gitter und das Fenster öffneten. Der das tat, trug einen Kapuzenmantel wie die Pater in der Kirche. Sein Gesicht war bedeckt. Ich konnte nicht erkennen, wer es war. Aber ich nutzte den Augenblick, zwängte mich durch die kleine Fensterhöhlung und sprang ins Freie. Unten schlug ich mit der Schulter auf. Ich brach mir die Schulter und den Arm. Es tat sehr weh. In diesem Augenblick schreckte ich aus dem Traum hoch und erwachte. Ich hatte in der Hängematte auf meinem Arm gelegen, so dass er schmerzte!"

Das große Haus. Die eisige Kälte. Das Gefangensein. Die Angst ...

Sandrinhas große Hoffnung, mit der sie das Flugzeug nach Europa bestiegen hatte, war zur bitteren Enttäuschung zerronnen. Was sie für echte Freundschaft gehalten hatte, war zum bösen Spiel geraten. Trauma Deutschland?

Sandrinha verschont Personen, nennt keine Orte, nur wenige Einzelheiten. Erinnerungen können schmerzen, auch noch nach langer Zeit. Sie spürt aufs Neue die Verlassenheit in dem fremden Land. Die Einsamkeit, die ihr kalt in die Seele kroch. Bedrohlich taucht wieder das weiß gekachelte medizinische Forschungslabor vor ihrem Auge auf. Die Heilkraft ihrer Hände – in Messapparaturen gezwängt und gedemütigt. „Wir werden jetzt auch noch Ihre Gehirnströme aufzeichnen. Bitte nehmen Sie dort drüben Platz!" Die Elektrodenhaube …, Sandrinha verstand, auch ohne Dolmetscher. Sie entsinnt sich ihrer Weigerung und der Empörung, die sie damit bei den Weißkitteln auslöste. Sie entsinnt sich des Herrn, der sie nach Sternkonstellationen ausfragte, nach den Medizinpflanzen des Regenwaldes, nach den Heilpraktiken der Schamanen. Sie entsinnt sich, dass man versuchte, ihr den indianischen Schmuck abzunehmen, den sie ihr Leben lang getragen hatte. Sie entsinnt sich ihrer Not, weil sie nicht verstand, was dies alles zu bedeuten hatte.

Und noch etwas: Zeit ihres Lebens hatte sie gearbeitet, um von niemandem abhängig zu sein. Jetzt sah sie sich plötzlich dem Wohlwollen und Trachten zweifelhafter „Gastgeber" ausgeliefert – ohne einen Pfennig Geld in der Tasche, ohne Chance, etwas zu verdienen, um den Rückflug zusammen zu sparen. Und vor allem ohne Kenntnis der deutschen Sprache!

„Bau eine Brücke von Deutschland zu den Indios!", hatte ihr Xurralí, der alte Schamane, mit auf den Weg gegeben. Dasselbe führten wohl auch jene Anhänger Rudolf Steiners im Sinn, in deren „Obhut" sich die Xocó-Frau nun befand. Doch bis heute bleibt dunkel, zu welchem Zweck sie Sandrinha im Namen der Anthroposophie gebrauchen wollten.

Spielverderber verdienen keine Geschenke, und der Flug von Brasilien nach Deutschland war durchaus nicht billig. So erhielt die widerspenstige Schamanin nach einiger Zeit die „Möglichkeit", in einem sogenannten Praktikum die Kosten für Überflug, Unterkunft und Essen abzuarbeiten. Schwere Feldarbeit im Demeter-Landbau, ohne Entlohnung. Nachts Gebete und unverständliche kultische Handlungen bei Kerzenschein, Teilnahme obligatorisch.

Danach, als sie in Pflegeheimen für Alte und behinderte Kinder arbeitete, bekam die Indianerin sogar ein wenig Geld ausbezahlt. Was aber diese Einnahmen anlangt, so hätte sie gern darauf verzichtet. „Es war Horror, was ich dort erlebte", erzählte mir Sandrinha aufgewühlt, „ich habe in den Nächten an den Fingern abgezählt, wann der letzte Arbeitstag für mich sein wird. Wir Indios behandeln behinderte Menschen mit Respekt, obwohl sie anders sind. Aber dort … – ich sah Kinder, die nicht sprechen konnten, denen die Tränen nur so übers Gesicht liefen. Ich sah Kinder, die mit zusammen gebundenen Händen Kerzen halten mussten während der Gebete. Und als ich einmal ein weinendes Kind umarmte, um es zu trösten, riss mich die Pflegerin von ihm weg, denn ich hatte in diesem Moment gegen die Regeln des Hauses verstoßen."

Sandrinhas Albtraum. Das rettende Fenster. Der Fluchtweg zurück in ein selbstbestimmtes Leben. Zurück zu ihrem Auftrag, der sie fünf Monate zuvor nach Deutschland geführt hatte …

An jenem Bielefelder Nebeltag 1991 war ihr der Weg in die Freiheit noch versperrt. Auch in andere Städte, in denen renommierte Umwelt- und Regenwaldschutz-Organisationen ihren Sitz haben, reiste die Ärztin damals: Bremen, Radolfzell, Freiburg. Nie äußerte sie eine Bitte. Sie berichtete lediglich über ihre Erfahrungen und überließ es ihren Gesprächspartnern, die Botschaft heraus zu hören. Eine Brücke der Herzen muss von selber wachsen, nur dann wird sie tragen.

Und sie begann zu wachsen.

Bis heute erinnert sich Jürgen Wolters von ARA an nahezu alle Einzelheiten des ersten Besuchs von Sandrinha in Bielefeld, dem sich später weitere Treffen anschlossen und der den Keim für das Hilfsprojekt für Amazonien legte: „Es war für mich die beeindruckendste Begegnung in meinen zehn Arbeitsjahren bei ARA. Aus Sandrinhas Worten und der starken Ausstrahlung ihres ganzen Wesens sprach nicht ein Nehmen-, sondern vor allem ein Gebenwollen. Sie ließ uns viele Dinge in unserem eigenen Leben anders sehen, neu bewerten. Der Wunsch nach einer Kooperation ist schon aus diesen ersten Eindrücken entstanden. Für mich schien sich damals eine Vision zu erfüllen, die ich immer in mir getragen hatte – für Menschen der ‚Dritten Welt' tätig zu sein, sie selbst das Ziel bestimmen lassen und von ihren Kulturen zu lernen. Ich hatte so etwas nie vorher erlebt, nie danach und ich werde das wohl auch nie wieder erleben."

Erste Vorträge vor Publikum folgten, Begegnungen mit Eine-Welt-Gruppen, mit sensiblen, hilfsbereiten Menschen. Freundlicher zeigte sich Deutschland endlich, und der Weg der Schamanin nahm Konturen an.

## Liebe nach einer Zeit voller Tränen

So kam das Jahresende heran. Klirrend kalt ließ Europas Winter die Tochter Amazoniens fast erfrieren! Doch ausgerechnet der Weihnachtsmonat schickte der Schamanin die wärmsten der wärmenden Strahlen, die Menschen empfangen können. Voller Dankbarkeit entsann sie sich der Prophezeiung Xurralís. Hatte er nicht gesagt, nach einer Zeit voller Tränen werde sie ans Licht treten und erkennen, *warum* sie in das ferne Land gereist sei?

*Im Dezember 1991*, wird Sandrinha später schreiben, *wurde ich zu einem Seminar über Lateinamerika in die Universität Oldenburg geladen. An diesem Tag lernte ich Hubert Groß kennen. Und wieder einmal gab mir mein Herz ein Zeichen, das wichtigste und schönste in meinem Leben: das Wiedertreffen mit meiner verlorenen „Hälfte" – und mit ihr traf ich auch meinen kleinen Sohn, der noch vor unserer Rückkehr nach Brasilien geboren wurde* (ARA 1997, S. 3).

War es Liebe auf den ersten Blick? Nein. Es war mehr! Für Sandrinha ohnehin. Und für Hubert? Er entschied sich mit Gefühl *und* Verstand, denn – nichts würde für ihn so bleiben wie zuvor.

Monoton war sein Leben ohnehin nie verlaufen, der Weg eines Gleichaltrigen auf der „anderen Seite der Erde". Hatte er sich nicht stets auf eigenen Bahnen bewegt? Ein selbstbestimmtes Dasein einer bürgerlichen Karriere vorgezogen? Hatte er jemals den Werten der Konsumgesellschaft gehuldigt? Warum sollte er nicht Südoldenburg mit Südamerika tauschen? Das wassergeebnete Friesland mit dem Becken des Amazonas?

„Erzähl mir von dir!", bat Sandrinha ihn in ihrer sanften Aussprache des Deutschen, das sie zu lernen begann. Zähneklappernd, aber glücklich schmiegte sie sich an ihren Geliebten. Noch immer fror es draußen erbärmlich und in Huberts bescheidener Herberge ging die Kohlenwärme schnell aus. Doch vor seinen Lebensbericht hatte Gott den Sprachkurs gestellt. Hubert büffelte Portugiesisch, Sandrinha Deutsch. Und irgendwann wird er ihr seine Geschichte erzählt haben, so gut es eben ging: „Es war einmal ein kleiner Junge, du hättest ihn bestimmt ,Hubertinho' gerufen, denn er war sehr niedlich und sehr querköpfig. In Friesoythe ist er auf die Welt gekommen, in einem norddeutschen Landstrich – katholischer noch als katholisch. Friesoythe liegt kurz vor Holland. Der Vater des kleinen Jungen war als Soldat für Adolf Hitler in den Krieg gezogen. Im Feldzug gegen Russland wäre er fast verblutet und eine Kugel schoss ihm ein Auge aus. Doch der Vater des Jungen gehörte zu den Glücklichen, die heimgekehrt waren aus all dem Unheil, das die Deutschen selbst verschuldet hatten. Jetzt unterhielt er ein gut gehendes Handwerksgeschäft, das eine siebenköpfige Familie ernährte. Es war Wirtschaftswunderzeit in Deutsch-West. Zeit der Tüchtigen. Auch ,Hubertinho' sollte tüchtig sein, nicht aufmüpfig. Als er siebzehn Jahre alt war, steckte sein Vater ihn für drei Jahre in ein Jesuiten-Kloster. Dort sollte er das Abitur ablegen."

„Lass mich nachrechnen", unterbrach Sandrinha ihren Liebsten, „das müsste 1975 gewesen sein. Bei uns baute man zu der Zeit gerade die Transamazônica!"

„Hmm", brummte der Erzähler nachdenklich und fuhr fort: „Doch Hubertinho hatte sich längst zu Hubert gemausert. Angeödet vom frommen Klosteralltag, packte er nach einem Jahr seine Siebensachen und kehrte der Schule den Rücken. Hubert wollte ein Heide sein und nicht gehorsam! Doch er hatte die Rechnung ohne seine Familie gemacht. Die Polizei griff den Unverbesserlichen auf. Seinen Ausbildungsvertrag als Krankenpfleger in Bielefeld, den er sich heimlich beschafft hatte, konnte er nur noch zerreißen. Daheim erwartete ihn eine Lehre zum soliden Handwerker unter Vaters autoritären Fittichen. Ohne Pardon und Fluchtweg. Erst als einundzwanzigjähriger Elektriker konnte Hubert seinen Ursprüngen den Rücken kehren – konnte Haare und Bart sprießen lassen und die Freude am Leben. Als Gelegenheitselektriker schlug sich der ‚junge Wilde' nun durch, hörte viel Musik und spielte viel Gitarre, lebte mit Freunden, kurvte im bunt bemalten Miniauto durch Portugal, probte die Freiheit. Bis sie ihm *so* nicht mehr gefiel. Deshalb legte er dann doch noch das Abitur ab und wurde Student – an der Fachhochschule für Sozialpädagogik in Emden. Der Student Hubert zog aufs platteste Ostfriesland, er wohnte in einfachen Arbeiterkaten in Upleward und Campen, genoss die herzliche Aufnahme bei den Küstenbewohnern, die sich weder an dem Hippie-Outfit noch am minimalen Besitz des Neulings stießen (eine Kiste Bücher, eine Gitarre, eine Matratze). Sie sammelten für ihn dorfauf, dorfab, bis seine kahle Bude vor Teppichen und Möbeln nur so glänzte. Nebenbei half er bei Viehtransporten aus. Das Geld war zwar immer knapp, aber es war sein eigenes. Der Student Hubert bildete sich politisch und durchschaute das System Bundesrepublik, das System der ungerechten Weltwirtschaft, das System des Kapitalismus. Er schloss sich der Antiatomkraft-Bewegung Ostfrieslands an und wurde einer ihrer Koordinatoren. Der Student Hubert erlebte Tränengas-Einsätze der Staatsmacht, Gummiknüppel auf wehrlose Demonstranten. Er erlebte den Polizeistaat. Und er verwünschte ihn! 1988 rückte der Student zum staatlich geprüften Sozialpädagogen auf. Er war nun dreißig Jahre alt. Zu alt für ein zweites Studium? Natürlich nicht, dachte Hubert und er begann eine neue Ausbildung. Diesmal zum Musiklehrer. Damit, so hoffte er, könnte er seine Leidenschaft zum Beruf machen. Doch dieses Studium beendete er nicht, denn ... eines Tages begegnete er einer jungen Frau, deren dunkle Augen sein Herz fingen. Den Rest kennst du, darum endet hier auch die Geschichte von Hubert."

## Heimkehr

Januar 1997. Gedankenverloren blickte Sandrinha durch das kleine Bordfenster in die sternklare Flugnacht. Wie lange hatte sie sich danach gesehnt, endlich heimzukehren in das Land ihrer Sehnsucht! Dorthin, wo es immer warm ist und sie als Kinder die Sterne des Südens zählen und mit ihnen spielen konnten, wenn der Regen im Winter den Himmel Amazoniens klar und sauber wusch. Damals.

Aus *einem* Jahr Deutschland waren sechs geworden. Doch es waren Jahre, in denen sie mit offenen Sinnen die Natur und die Menschen erlebt und schließlich gute Freunde gefunden hatte. Zahllose Vortragsreisen mit Hubert hatten sie quer durchs Land geführt. Selbst bis zur Berliner Mauer war sie

gekommen, deren Existenz sie erst für wahr hielt, als sie vor ihr stand und den rauen Stein mit ihren Händen berührte.

Ihre zum handfesten Projekt ausgereifte Idee einer unabhängigen indigenen Gesundheitsversorgung in Amazonien fand viele Unterstützer. Schließlich auch genügend Geldgeber. Seit fünfzehn Jahren, seit ihrer ersten Arbeitsstelle bei den italienischen Missionaren in Roraima, trug die Ärztin diese Vision in sich. Jetzt war sie auf dem Weg zurück zu ihren Wurzeln, um sie zu verwirklichen. An ihrer Seite ein wunderbarer Partner, der ihr in die bedrohte Welt der letzten Indiovölker Brasiliens zu folgen bereit war. Ein Herzenswunsch schien sich zu erfüllen und schon im Projektnamen „UIRAPURÚ"[9] tönte ein Stück Gesang des Regenwaldes.

Sandrinha spürte die Wärme ihres kleinen Sohnes, der auf ihrem Schoß schlief. Sie atmete flach, spürte die Schmerzen im Brustkorb. Die Flugtickets waren schon gebucht, da war sie unglücklich gestürzt. Die Röntgendiagnose lautete: zwei angebrochene Rippen. Doch nichts in der Welt hätte die Schamanin dazu bringen können, den Flug hinaus zu schieben. Und sie bat wohl auch, wie sie es immer getan hatte, ihren Schutzgeist um Beistand. Für sich, für ihren kleinen Sohn und für Hubert – den Mann ihres Lebens.

9    Indianischer Name für den Goldkopf-Pipra, einen nur zehn Zentimeter großen Vogel aus der Familie der Schnurrvögel. Er gilt als der beste Sänger Amazoniens. Nach einer Legende der Indios verstummen alle anderen Tiere des Waldes, um seinem Lied zu lauschen.

# Schwarze Schmetterlinge

Tausend schwarze Kohlefalter taumeln in die Himmel, draußen vor der
Stadt, wo die Wälder sind. Gaukeln, schaukeln, wirbeln sacht den heißen
Windweg lang; fall'n auf Porto Velho und fliegen nimmermehr. Ihre Flügel
taugen nicht, zerschellen an den Mauern, sind aus Asche nur, hilflos und
matt. Fingen einst die Sonne ein und Amazoniens Träume; Ascheblätter,
Blätterasche – letzter Gruß der Bäume.
Die Nächte sind zum Tanzen gut, die Tage gut zum Brennen; dann taucht
die Sonn' in Nebeldunst, Zikaden werden stumm. Nur die vielen Kinder-
drachen mit bunt bemaltem Bauch fliegen weiter: „Papagaios" fliegen auch
bei Rauch durch die Himmel von Porto Velho, durch die Hölle auch...
„Wie gefällt Ihnen denn Brasilien?" Die Leute lachen mich an.
„Muito gosto – sehr gut", ich lächle zurück: „Nur ein bisschen zu warm."

*Hannelore Gilsenbach, Porto Velho/Brodowin, Sommer 1997*
*„Schwarze Schmetterlinge", Liedtext*

Wie hager Hubert geworden war! Es fiel mir gleich auf, als er sich durch
die Absperrgitter der Empfangshalle zwängte und freudig auf mich zukam,
mich umarmte und mir meinen riesigen roten Reisekoffer abnahm. Ich bemühte mich, den Schreck zu verbergen. Glücklich lächelnd schloss Sandrinha mich in die Arme und reichte mir ihren Sohn.

„Hallo Sian, kennst du mich noch?"

Der Kleine blickte mich skeptisch an, murmelte eine unverständliche Antwort.

„Er spricht schon viel. Aber meist portugiesisch", klärte seine Mutter mich
auf, „du wirst von ihm lernen, Hanne."

Unglaublich – als wir das letzte Mal beisammen waren, da probierte der
Windelwicht noch vor Freude krakeelend seine ersten Schritte aus und wir
schauten ihm amüsiert dabei zu! Das war im Sommer 1996, fast genau vor

einem Jahr, in der Küche meiner Eberswalder Mansardenwohnung. „Erinnert ihr euch?"

„Du, das ist für mich schon eine Ewigkeit her", erwiderte Hubert, „komm, da drüben steht unser Jeep!"

Erst jetzt, während wir die paar Schritte zum Wagen gingen, nahm ich die beklemmend heiße Abendluft wahr und den brandigen Geruch, der auf allem lag – über der Straße, dem Flugplatz und den spärlichen Bäumen am Rande des Rollfelds.

„Als der Flieger zum Landen ansetzte, sah ich überall den Wald brennen! Mir lief es heiß und kalt über den Rücken", gestand ich Hubert, doch der nahm mein Entsetzen eher gelassen. Sein Kommentar machte meine Ernüchterung komplett: „Das war nur ein kleiner Vorgeschmack. Die Brandsaison hat erst begonnen. In ein paar Wochen ist hier alles schwarz vor Rauch, bis zum Horizont, Tag und Nacht. Manchmal schließt die Behörde dann den Flugplatz. Und es gibt jede Menge Verkehrsunfälle auf den Straßen, weil die Autofahrer nichts mehr sehen können. Aber komm, steig ein!"

Heftig klappernd fuhr der offene Jeep mit uns davon. Und gewissermaßen als Einstimmung passierten wir wenige hundert Meter hinter dem Flughafen ein riesiges, ausgespültes Loch am rechten Straßenrand. Die Asphaltdecke war ausgefranst und hineingestürzt, urplötzlich tauchte es im Scheinwerferlicht auf.

„Dieses *etwas größere* Schlagloch muss man kennen", dozierte Hubert mit Ironie und wich in geübtem Schwung nach links aus. Der Jeep hätte hinein gepasst.

Der Flughafen von Porto Velho liegt am entgegengesetzten Stadtrand; bis zur Rua Alecrim – Huberts und Sandrinhas Straße – hat man die Metropole und das Chaos ihres Straßenverkehrs einmal durchquert. Vor den sparsam beleuchteten Geschäften saßen Leute beisammen – schwatzend, dösend, Musik hörend, Hunde verjagend. Der Fahrtwind machte die Wärme erträglich.

„Hier wohnen wir", sagte Hubert und bremste den Wagen vor einem der niedrigen Häuser in einer der finsteren Straßen am Ende der Stadt. „Unser Büro liegt nicht weit weg, dort entlang. Das zeigen wir dir morgen."

„Willkommen!", flüsterte Sandrinha mir zu und schloss das Gittertor auf: „Bem-vindo!"

# Kläffende Hunde, schlaflose Nächte

Endlich duschen und alle überflüssige Kleidung abwerfen! Nur mit T-Shirt und kurzer Hose bekleidet, tappte ich barfuss auf die gefliste Veranda, die im dämmrigen Licht einer Glühbirne lag und Sandrinha klatschte lachend in die Hände: „Hanne, jetzt bist du schon eine Tochter Amazoniens!"

Hubert überließ mir sein Arbeitszimmer für die Zeit meines Besuches. Zwischen Schrankwand und Schreibtisch fand die Schlafmatratze gerade Platz, die restliche Fußbodenfläche bedeckten mein Koffer und die Taschen. Viel Platz bot das Haus der beiden nicht, dafür um so mehr Gemütlichkeit.

„Sieh mal Sian, das ist auch mit dem Flugzeug gekommen und hatte keine Angst vor dem Fliegen!" Meinem Reisegeschenk für den Kleinen – einem kleinen hellgrauen Spiel-Schaf – hätten die Brodowiner Öko-Schafe Modell gestanden haben können. Doch entschlossen, erst einmal in dem neuen Bilderbuch zu blättern, das ich anschließend aus dem Koffer zauberte, stellte Sian das Plüschtier zur Seite. Dann setzte er sich neben mich auf die lauwarmen Fliesen und mein Portugiesischkurs begann sofort: „Casa, lua, gato, arvore ..." (Haus, Mond, Katze, Baum). Wie ein guter Sprachlehrer wies der Kleine mit seinem Zeigefinger erst auf das Ding, dann nannte er das Dingwort, dann ließ er es mich nachsprechen.

Schnell wurde ich müde.

„Lass uns zu Abend essen und dann leg dich hin, Hanne. Wir haben morgen Zeit, alles zu besprechen. Die Woche wird anstrengend." Sandrinha reichte mir ein Laken für die Matratze und eines zum Zudecken. „Das wird dir wahrscheinlich noch zu warm sein!"

Erschöpft legte ich mich aufs Nachtlager, streckte mein Kreuz. Tausende Eindrücke der letzten zwei Tage sausten mir in den Ohren. Wann würde ich zur Ruhe kommen? Durch das kleine, vergitterte Fenster von Huberts Arbeitszimmer drang Hundekläffen – heiser, gehetzt, wütend; dann wieder gelangweilt jaulend. Einzeln bellten sie oder im Chor oder als Frage- und Antwortspiel, bald von fern, bald von nah. Pausenlos. Am Tage sah ich sie, die bedauernswert mageren Köter, die keinen Herren zu haben scheinen. Von jedermann verjagt, schnüffeln sie an den Straßenecken nach Fressbarem herum. Hier nenne man sie „cachorrus", lernte ich. Wie gerädert hatte ich den Tag kommen sehen. Mein ärmelloses T-Shirt klebte am Körper und die durchwachte Nacht hämmerte in meinem Schädel. Bei meinen Gastgebern erntete ich verständnisvolles Lächeln.

„Mit den Hunden, das ist hier immer so", konstatierte Hubert. „Wir haben uns dran gewöhnt."

Sandrinha und Lucie, die Haushaltshilfe, bereiteten im grellen Morgenlicht das Frühstück vor. Und Sian, putzmunter und voller Tatendrang, forderte, kaum dass er mich erblickt hatte, energisch: „Hanne vai! Hanne vai!" Wie viele Vokabeln verdanke ich dem Kleinen? „Mitkommen sollst du", übersetzte Hubert und nahm den übermütigen Krakeeler auf den Arm, „Brötchen holen. Sollen wir auf dich warten?"

Der freundliche Bäcker bot seine Waren zwei Straßenzüge weiter an. Ein hochgewachsener Brasilianer mit vollem Grauhaar, goldblitzenden Zähnen und dröhnendem Bariton. Wie jeden Morgen und jeden Abend ließ Hubert sich einige „paozinhos" über den Ladentisch reichen, kipfenartiges Weißgebäck. Und wie jeden Morgen und jeden Abend nahm sich der Verkäufer Zeit für einen ausführlichen Schwatz.

Woher *ich* käme? Hubert berichtete von unserer Hilfsorganisation in Deutschland, von meinem Beruf, der Schriftstellerei. Wie mir denn die Wärme gefiele? Und die Sonne? Und Brasilien? Ich antwortete auf englisch. Der Bäcker lachte. Er verstand und überschüttete mich mit neuen Fragen.

Die Rua Alecrim, dort wo nun schon der Frühstückskaffee auf uns wartete, heißt in deutscher Übersetzung Rosmarin-Straße. „Irgendein Witzbold muss sich diesen Straßennamen ausgedacht haben", meinte Hubert. Wir turnten gemeinsam die Bürgersteige entlang – eine Sammlung von Stolperquellen aus zerbröselndem Zement, Autoauffahrten, Regenablaufrinnen, Strommasten, Abfallbehältern, Kieshaufen. Vom Regen ausgewaschene, tiefe Löcher kamen hinzu. Sichtlich beeindruckt hielt Sian jedes Mal vor dem größten inne, wies mit seinem Zeigefinger bedeutungsvoll ins Dunkel und flüsterte todernst „bur-r-r-raco!". Fußgänger in der Rosmarin-Straße benutzen meist die Fahrbahn. Quer verlaufende Betonwälle, alle fünfzig bis hundert Meter über die gesamte Straßen gegossen, sollen die Raserei der Autofahrer eindämmen.

„Diese ‚lambadas' findest du in ganz Porto Velho, denn in Brasilien fährt man mit viel Temperament. Oft auch mit irgendwie zusammen gebastelten Schrottkarossen", erklärte mir Hubert. Knatternd überholte uns ein lebendes Beispiel. Der freundlich grüßende Fahrer beschleunigte, bremste kurz vor der „lambada", krachte über das Betonhindernis hinweg, beschleunigte aufs Neue. Ein magerer Hund spurtete eine Weile der Staubfahne hinterher. Und gackernd nahmen drei Hühner Reißaus, die in der Abwasserrinne nach Fressbarem gesucht hatten. Später beobachtete ich, wie sie fingerlange, bunt gemusterte Nachtfalterlarven zerhackten, die aufgedunsen in der milchigen Brühe schwammen.

Das köstliche Frühstück, der Kaffee, die wohlschmeckenden Früchte vertrieben meine Kopfschmerzen. Wir planten die kommenden Tage. Hubert hatte sie für meine „Eingewöhnung" reserviert und nachdem mich schon der kurze Weg zum Bäcker in Schweiß gebadet hatte, wusste ich seine Vorsorge zu schätzen. Zu allererst wollte er mir die Stadt zeigen. Etliche Einkäufe für die Hochzeitsfeier seien noch zu erledigen, diverse Bankgeschäfte. Beim Büro der CIMI müssten wir vorbei schauen, beim Casa do Indio, und mindestens einen Tag wollten wir gemeinsam auf dem „sitio UIRAPURÚ" verbringen, dem Außengelände des Projekts.

„Und wir wollen dir unbedingt auch die einzige Touristenattraktion zeigen, die Porto Velho zu bieten hat – die alte Eisenbahn am Rio Madeira", ergänzte Hubert. „Aber lass uns jetzt ins Büro gehen. Wir wollen es in vier Tagen offiziell in Betrieb nehmen und müssen noch so manches vorbereiten. Toll, dass du zur Eröffnung dabei bist! Wir erwarten viele Gäste und brauchen dich auch als Fotografin."

## Kirche, Slums und Warteschlangen

Ihre einst blühende Kautschukstadt Santo António haben die Brasilianer in Porto Velho (Alter Hafen) umgetauft. Porto Velho liegt am breit dahin strömenden Rio Madeira, dem Holz-Fluss.

Unsere Ausflüge per Jeep ins Innere der Metropole nötigten mir jedesmal Erstaunen und ungeteilte Bewunderung ab. Dieses unglaubliche Gewühl aus Menschen, Markttreiben und Autos auf den hitzegedörrten Straßen! Die schwer verständlichen Regeln im Straßenverkehr: Vorfahrt hat, wer auf der breiteren Straße fährt ... Wie Hubert das nur hinbekam?

Mit einer Reparaturfirma stand Streit an. Bei ihr schmorte die defekte Klimaanlage der Associação UIRAPURÚ nun schon seit Wochen. Ein angestellter „brasileiro" hintrem Kundentisch wand sich in endlosen Beteuerungen. Dennoch fand sich Hubert auf unerklärliche Weise durch das Labyrinth seiner gestenreich vorgetragenen Ausreden. Im Kundenraum sirrten fünfzig Ventilatoren oder mehr, verbreiteten angenehme Kühle. Ich verstand nur Brocken des Disputs. Wieder im Freien, verschlug mir die Hitze den Atem.

„Tut mir leid", bereitete mich Hubert vor, „aber auf der Bank dauert's sicher noch länger. In Brasilien gibt es bisher keine Überweisungsgeschäfte per Dauerauftrag oder Post. Alles ist persönlich am Schalter zu erledigen. Gehst du zur Bank, musst du mit mindestens zwei Stunden rechnen!"

Doch ich konnte ihn beruhigen: „Vergiss nicht, Hubert, ich komme aus der DDR. Warteschlangen sind mir durchaus geläufig." Ergeben stellten wir uns ans Ende der stattlichen Kundenreihe, die vor der „Banco do Brasil" auf Einlass wartete. Das mit den zwei Stunden traf zu. Nur mit der Hitze hatte ich nicht gerechnet.

Porto Velho ist eine Stadt voller Gegensätze – prachtvoll und ärmlich, ge-

putzt und schmutzig, geordnet und chaotisch. Durch überquellende Supermärkte schlenderten wir und draußen warteten bettelnde Kinder, dunkelhäutig, viele von ihnen pechschwarz, die großen Augen erwartungsvoll auf uns geheftet. Nicht dass sie irgend ein Gebrechen zur Schau stellten, um Mitleid zu erregen. Im Gegenteil, sie boten ihre Dienste an – das Auto zu bewachen oder den Warenkorb zu kutschieren oder die Einkaufstüten in den Gepäckraum zu laden. Erhielten sie einige Centavos dafür, hüpften sie freudig davon.

Im Stadtzentrum, nicht weit von der großen Kirche entfernt, spielten sich ähnliche Szenen ab, jedoch wesentlich aggressiver. Hubert klärte mich auf, als wir zum Parkplatz einbogen: „Siehst du den Typen dort drüben am Kiosk? Dem geb' ich inzwischen jedes Mal freiwillig einen Real, wenn ich hier parken muss. Er hat mir unverblümt gedroht, andernfalls das Auto zu demolieren. Und das machen die hier wirklich. Aber muss man nicht auch in deutschen Städten Parkgebühren berappen? Und billiger sind die auch nicht."

Hubert – der Sozialarbeiter: Er hielt mit dem Parkgeld-Erpresser einen freundlichen Schwatz, erkundigte sich nach dessen Gesundheit und – wir fanden ein sorgfältig bewachtes Gefährt wieder. Der ausgemergelte Mann, ziemlich abgerissen, grüßte zum Abschied und entblößte seine lückigen Zähne zu einem Lächeln: „Até logo!" (Bis bald!)

„Isso", sagte Hubert und grüßte zurück. (Das ist hier so.)

„Wo wohnen Leute wie der? Und wo die bettelnden Kinder?", wollte ich wissen, als Hubert wieder auf die Straße steuerte. Der strahlend weiße Kirchenbau glitt am Jeep vorüber, seine beiden hohen Glockentürme und das stolze Signum über dem Portal.

„Die kampieren irgendwo in den Favelas am Stadtrand. Ihnen hilft kein Herrgott noch sonst wer", antwortete Hubert. „Wir können unseren Weg so einrichten, dass du die Bruchbuden mal siehst. Zehn bis zwanzig Leute müssen sich in jeder den Platz teilen. Ich wollte das zuerst nicht glauben."

Das Armenghetto von Porto Velho zieht sich bis zum Rio Madeira hin – über weite Strecken abgeschirmt von Stacheldraht. Zwischen Müll und rostendem Wellblech, auf versengtem Gras und staubiger Erde schachteln sich die windschiefen Bretterhütten aneinander. An allen Ecken sieht man Ansammlungen stattlicher schwarzer Vögel – Urubús, Rabengeier, Abfallsammler. Unbeholfen über den Boden laufend, zanken sie sich um die essbaren Reste, die selbst noch diese Slums abwerfen.

Die dürftigen Behausungen der Favela-Bewohner sind auf Stelzen gebaut, damit das Wasser sie nicht überflutet, wenn die Zeit der Regengüsse kommt. Durch die offenen Fensterhöhlen scheint kein Mobiliar hervor, weil es hier wohl keines gibt. Dafür gibt es Menschen über Menschen, Kinder über Kinder. Mit ungutem Gefühl schoss ich ein paar Fotos. „Lass uns weiterfahren, Hubert!"

Mochte ich diese Stadt? Ja, ich mochte sie! Trotz allem. Denn die Stadt schien auch mich zu mögen. Mit meinem hellen Teint und den blonden Haaren wirkte ich hier, im tiefsten Westen Brasiliens, vermutlich nicht minder exotisch wie eine Schwarzafrikanerin in Brandenburg. Doch wohin wir auch auf unseren Besorgungsfahrten kamen, die Bewohner von Porto Velho lächelten mir zu! Sie erkundigten sich, woher ich käme. Und ob es in Deutschland tatsächlich

immer so kalt sei: „Muito frio?" Selbst der schwer bewaffnete Polizist, den wir jedes Mal im Kundenraum der „Banco do Brasil" antrafen, versäumte es nie, ein paar nette Worte mit mir zu wechseln. Die bunte brasilianische „Mischrasse" stand ihm ins Gesicht geschrieben.

## Cassupá: Lockvögel in der Schlinge

Das unscheinbare zweistöckige Bürohaus des katholischen Indianermissionsrates (CIMI) von Porto Velho steht ganz in der Nähe der „Banco do Brasil". Freundliche Mitarbeiterinnen trifft man dort hinter Aktenbergen und summenden Ventilatoren. Landkarten und Plakate, die zum indianischen Widerstand aufrufen, schmücken die Zimmerwände, Pfeil und Bogen, hölzerne Speere und prächtige Federhauben. In den Ecken stapeln sich alte und neue Ausgaben der CIMI-Monatsschrift PORANTIM. Und auf dem Flur lädt ein Kaffeeautomat zum obligatorischen „cafezinho" ein, der stark ist und pechschwarz.

Hätte die CIMI in der Anlaufphase des Projektes UIRAPURÚ nicht bereitwillig mit Faxgerät und Telefon ausgeholfen, wäre es um Huberts und Sandrinhas Kontakte nach Deutschland schlecht bestellt gewesen. Immer wieder kommen Indios mit ihren Sorgen in dieses Haus. Cloves Cassupá trafen wir in einem der Arbeitsräume an, über Unterlagen brütend. Als er Hubert und mich erblickte, stand er eilig auf und begrüßte uns, über das ganze Gesicht strahlend.

„Cloves ist ein guter Freund", sagte Hubert, als wir auf die sonnenheiße Straße zurück traten. „Wir hoffen, dass wir den Cassupá bald helfen können. Ihr Schicksal ist eines der schlimmsten hier in Rondônia."

„Und weshalb?", fragte ich.

„Das ist eine lange Geschichte, aber sie ist trotzdem schnell erzählt. Der Staat, genauer gesagt, der staatliche Indianerschutzdienst SPI, hat die Cassupá belogen, für seine Zwecke benutzt und anschließend um ihr Land gebracht. Ganz offiziell. Und schamlos. Zwei Masernepidemien unter den Indios besorgten den Rest."

Glaubt man dem Expeditionsbericht des US-Amerikaners Victor Dequech, dann lebten um 1940 noch über zweitausend Indios in den dichten Wäldern am Rio Machado nahe der damaligen Telegrafenstation Pimenta Bueno. Es waren die Cassupá, die sich selbst Aikana nannten, und die mit ihnen befreundeten Salamãi. Keine zehn Jahre später vegetierten dort nur noch um die siebzig Menschen. Die Angestellten des „Serviço de Proteção ãos Índios" (SPI) hatten sich eines ihrer üblen Tricks besonnen. Und für den benötigten sie Indios, die schon ein wenig Portugiesisch sprachen. Die Cassupá und Salamãi kamen ihnen gerade recht. Seit langem hatte sich der SPI bemüht, einige kriegerische Ethnien im Nordwesten Rondônias „ruhig zu stellen". Die Oro Wari – von den Brasilianern auch Pakaá-Nova genannt – verunsicherten das Gebiet längs der Eisenbahnlinie zwischen Porto Velho und Guajará-Mirim. Zwar stampften die Dampfloks schon seit gut dreißig Jahren durch deren Jagdgründe, doch die Oro Wari galten noch immer als nicht „befriedet" und entzogen sich allen Kontaktversuchen der Weißen.

1946 verschleppten Mitarbeiter des Indianerschutzdienstes kurzerhand mehrere Familien der Cassupá und der Salamãi in die Nähe der „wilden Stämme", ins bolivianische Grenzland. Indigene als Lockvögel für Indigene! Der Plan ging auf. Die „Befriedung" gelang. Die dafür missbrauchten Cassupá und Salamãi warten indes bis heute auf den versprochenen Dank für ihre jahrelange, gefahrvolle Arbeit im Dschungel. Sie durften weder in ihre Heimat zurückkehren, noch erhielten sie die versprochene Unterstützung vom Staat. Statt dessen *deportierte* die Indianerbehörde 1964 auch noch den Rest ihrer beiden Völker aus ihrem angestammten Gebiet. Nur wenige Indios entgingen der Zwangsumsiedlung.

Damals liefen die Bauarbeiten für die Bundesstraße 364 zwischen Cuiabá und Porto Velho auf Hochtouren. Das Land der Indios, das direkt an der Trasse lag, hatten Großgrundbesitzer und Holzfäller schon unter sich aufgeteilt. Durch die heutige Stadt Pimenta Bueno lärmt der Autoverkehr und beiderseits der asphaltierten Bundesstraße erstreckt sich kahles Land bis zum

Horizont. Die dichten Wälder der Cassupá und Salamãi, ihre Friedhöfe und heiligen Stätten sind für immer getilgt. Verlassen und vergessen, schlagen sich die rund hundert Überlebenden beider Völker heute durchs Leben – in den Slums von Porto Velho und in einem Baracken-Ghetto südlich der Stadt. Viele sind zum Betteln gezwungen, mitunter finden sie einen Gelegenheitsjob.

„Aber ganz ohne Hoffnung sind sie nicht", hörte ich Hubert weiter berichten. „Vor zwei Jahren haben beide Völker eine eigene Vertretung gegründet und sie offiziell registrieren lassen. Cloves leitet sie und wir helfen, so gut wir können. Viele junge Cassupá und Salamãi besinnen sich heute wieder ihrer Herkunft und ihrer Traditionen. Die jahrelangen Demütigungen unter Weißen haben ihren Stolz nicht gebrochen. Sie haben sogar begonnen, ihre Sprachen neu zu erlernen. Einige Alte sprechen sie ja noch. Wenn die Behörden in Rondônia kein zweites Mal ihr Wort brechen, werden die Indios bald eine neue Heimat finden und vielleicht auch Hilfe für einen wirtschaftlichen Neuanfang erhalten. Die Cassupá und Salamãi wollen sich gemeinsam im indigenen Gebiet der Karipuna-Indianer niederlassen. Dort wollen sie ein neues Dorf gründen. Die Karipuna haben sie zu sich eingeladen, denn sie sind zu wenige geworden, um ihr Gebiet noch kontrollieren zu können. Von ehemals fünfhundert leben nur noch elf... Doch dies wäre schon die nächste Geschichte. Ich erzähle sie dir ein anderes Mal."

## „... dass der Albtraum vorüber geht"

Porto Velho, die vielfarbige, die quirlige Metropole kommt auch an den Feierabenden schwerlich zur Ruhe. Bis spät in die Nacht hinein dröhnt Tanzmusik aus sämtlichen Hauseingängen und Radiokanälen, vermischt sich auf der Straße zu einem arhythmischen Brei aus Klang und Gesang. Nur wenn der Strom wegbleibt, weil dem Kraftwerk am nahen Stausee „Samuel" wieder einmal die Puste ausgegangen war, fällt jäh Ruhe ein. Und mitunter greifen die Brasilianer dann selbst zu den Trommeln.

Auf der Veranda in der Hängematte schaukelnd, den Kleinen im Arm, summte Sandrinha zur Dämmerstunde leise eine Melodie, Sians Einschlaflied. Schnell brachte es ihn ins Traumland; dann legte die Mutter ihr schlafendes Kind ins Bett.

Mit den Abendstunden kam auch die Muße für lange Gespräche. Sieben Monate waren vergangen, seit Sandrinha ihre geliebte „Mutter Amazonien" wiedergefunden hatte, nach den langen Jahren in Deutschland. Was hatte sich in der Zwischenzeit hier verändert? Als ich Sandrinha danach fragte, überlegte sie ein Weile. Dann antwortete sie: „Es hat sich vieles verschlimmert, Hanne. Und das betrübt mich sehr, denn ich hatte die Heimkehr nach Amazonien so herbeigesehnt. Die Zerstörungen – vor allem durch die großen ‚Projekte‘ – sind viel schneller vorangeschritten, als ich befürchtete. Die Luftverschmutzung hat unbeschreibliche Ausmaße angenommen. Und die Gesundheitsversorgung in Brasilien ist heute schlechter als je zuvor. Manchmal erkenne ich nur wenig Hoffnung unter den Brasilianern. Die Gewaltbereitschaft ist gestiegen. Um Einbrecher abzuhalten, igeln sich die Hausbesitzer hinter hohen Mauern ein, setzen Glasscherben auf die Kanten – du brauchst dir nur unsere Straße anzusehen. Der Alkoholismus greift um sich, die Korruption scheint außer Kontrolle zu geraten. Die Städte – sieh dir Porto Velho an –, sie sind laut und konsumorientiert geworden. Sie haben viel von der Poesie des früheren Lebens verloren. Und auch in der indigenen Bevölkerung hat sich leider nichts zum Guten bewegt.“

„Wie wird es weitergehen?“

„Ich weiß es nicht. Ich kann nur hoffen, dass dieser momentane Albtraum, der auf Amazonien lastet, irgendwann vorübergeht. Dass es irgendwann wieder Respekt gibt, für die Menschen und für die Natur Amazoniens.“

## Todesbahn der Karipuna

Das Lok-Depot und das kleine Eisenbahn-Museum von Porto Velho liegen in Sichtweite zum Rio Madeira, direkt an der breiten Avenida „Sete de Setembro“. Über die wälzt sich pausenloser Autoverkehr, doch er wirft kaum Touristen ab, die sich hier für ein Ticket interessieren. Die beiden hölzernen Passagierwaggons, in die wir zu viert kletterten, blieben überwiegend leer. Reichlich ausgesessen sind sie, die Farben abgeblättert, ohne Fensterscheiben. Doch wenn diese Passagierwagen und die zwei ausgedienten Viehwaggons ihrer museumswürdigen Lok gemütlich hinterdrein zockeln, weht nicht nur Tropenfön in den Fahrgastraum, sondern auch ein Hauch von Geschichte. Einer bösen Geschichte. Die Bahnlinie am Rio Madeira ist alt, aber nicht ehrwürdig. Die Leute nennen sie „Ferrovia do Diabo“ (Eisenbahn des Teufels).

Einst verbanden über dreihundertsechzig Dschungel-Kilometer Bahngleise und zwanzig funktionsfähige Lokomotiven den Rio Madeira mit dem Rio Mamoré, dem Grenzfluss zu Bolivien. Von Porto Velho aus reiste man auf nahezu gerader Strecke nach Südwest, parallel zum Rio Madeira, bis nach Abunã. Dann bogen die Gleise nach Süd ab, dem Rio Mamoré folgend, über Villa Murtinho bis nach Guajará-Mirim. In den Bahnwaggons schnaubten Rinder, stapelten sich Kautschukballen und Edelholz. In den Passagierwagen reisten Goldsucher gemeinsam mit Völkerkundlern, Missionare gemeinsam mit Abenteurern und „pistoleiros".

Kaum acht Kilometer befahrbarer Gleise und vier Lokomotiven sind übriggeblieben, seit die Strecke 1972 stillgelegt wurde. Den überwiegenden Rest des Bahngeschäfts, an dem Porto Velho einst gut verdiente, hat sich die Natur zurückgeholt. Gleich neben der Touristenstrecke sieht man sie rotten – von Moos und Ranken bedeckte, überwucherte Stahlskelette. Frisches Grün auf Rotbraun. Bröckelnder Rost.

Doch warum „Ferrovia do Diabo"? Kein Geschichtsbuch über Brasilien lässt die Bahnlinie Madeira-Mamoré unerwähnt, ihrer traurigen Rekorde wegen. Denn der Bau, so heißt es, habe mehr Geld als der Panama-Kanal verschlungen. Und er habe 40.000 bis 70.000 Menschenleben gefordert, Indios *und* Bauarbeiter. Wenn es nach den Absichten des brasilianischen Kaisers Pedro II. gegangen wäre, dann hätten die Bauarbeiten an der Trasse schon während seiner Regentschaft im Jahre 1870 begonnen. Doch der Bahn schien von Anfang an ein Fluch anzuhaften. Die Wildnis wehrte sich. Erst in einem dritten Anlauf unter dem Kommando Percifal Farkquhars gelang es, die Strecke von 1907 bis 1912 doch noch fertig zu stellen. Was könnten die rostenden Lokomotiven der Nachwelt erzählen? Wie schwer die Arbeiter zu schuften hatten? Wie sie schwitzten, fluchten und elend starben – an Malaria, Schlangenbissen und an den Pfeilen der Indios? Aus fünfzig Ländern, von Deutschland bis China, warb Farkquhar seine Trassenarbeiter an. Die britischen Kolonien Grenada und Barbados lieferten nach, sobald der „Schwund" unter ihnen zu hoch wurde. Und was wäre von den *Indios* zu berichten?

„Ich bin dir noch eine Geschichte schuldig", sagte Hubert. „Erinnerst du dich, was ich dir über die Cassupá und Salamãi erzählt habe? Dass sie sich im Reservat der *Karipuna* ansiedeln wollen? Die Bahn wird gleich halten, dort an den Stromschnellen. Dann haben wir eine Stunde Aufenthalt."

Am Haltepunkt der kurzen Touristenstrecke endet auch die Schiffbarkeit des Rio Madeira. Weit aufgefächert und flach fließt das Wasser hier zwischen riesigen Steinpackungen hindurch. Ein paar Imbiss-Stände mit schöner Aussicht und Sitzplätzen unter Sonnenschirmen helfen den Gästen über die Wartestunde hinweg, bis die Lokpfeife zur Rückfahrt ruft.

Sian an der Hand, spazierte Sandrinha zum Wasser hinunter. Zwei Angler warfen von den Steinblöcken aus ihre Blinker in die lehmbraune Flut und hievten stattliche Fische an Land.

„Sieh dir morgen in unserem Büro die Landkarte an, die an der Wand hängt", fuhr Hubert fort, als wir ausgestiegen waren. „Dann denk dir eine Linie von Porto Velho nach Guajará-Mirim. Mitten auf dieser Linie findest

du das Gebiet der Karipuna. Oder besser, was davon geblieben ist. Die ‚Teufelsbahn' hat damals nicht nur ihren Siedlungsraum durchtrennt, sondern auch ihren Lebensfaden. Stell dir das ganze umgekehrt vor: Was würden die Deutschen tun, wenn plötzlich eine Kompanie dunkelhäutiger, schwer bewaffneter Männer auftauchte, um ‚einfach mal so' ihre Eisenbahnlinie durch Deutschland zu bauen? Natürlich würden sie sich wehren! Die Karipuna taten nichts anderes, doch sie besaßen nur Giftpfeile und Lanzen. Und ihre bloßen Hände. Nachts rissen sie die Schwellen wieder aus dem Boden, die die Bautrupps am Tag verlegt hatten. Das hatten sie schwer zu büßen! Nicht nur Banden von ‚pistoleiros' rächten sich, stellten ihnen nach, wo sie nur konnten. Die Bautrupps, so erzählen die Leute hier, haben die Schienen nachts unter Starkstrom gesetzt. Jeden Morgen sammelten sie dann dreißig bis vierzig tote Indios aus dem Weg, warfen sie irgendwo in den Wald. Die Karipuna waren einmal ein starkes und großes Volk, berichten Chroniken des 18. Jahrhunderts. Manoel hat sie und andere Völker im Auftrag von Associação UIRAPURÚ besucht und befragt – nach ihrer Geschichte und ihrem heutigen Leben. Was er erfahren hat, werden wir in einer Studie niederlegen. Um 1950, so erinnern sich die Alten, waren die Karipuna nur noch fünfzig Menschen. Gewaltsam drangen damals immer mehr Kautschuksammler in ihr Gebiet ein. In den achtziger Jahren kamen Siedler hinzu, immer mehr Siedler – mit Billigung der staatlichen Behörden. Um die Transportverluste auszugleichen, die die Stilllegung der Eisenbahn mit sich brachte, ließen die Regierenden eine Straße nach Guajará-Mirim bauen. Von der BR 364 zweigt sie geradlinig nach Süden ab, parallel zum Rio Mamoré. Eine weitere Straße, die BR 421, soll nun direkt durch das Gebiet der Karipuna führen und du weißt ja, was Straßenbau für die Indios bedeutet. Nicht nur die Karipuna werden dadurch den Übergriffen der Siedler und Holzfäller ausgesetzt sein. Ebenso gefährdet sind die Uru-eu-wau-wau, die letzten Amundawa, die Lages, die Riberãos... Es sind immer dieselben Grausamkeiten, die sich hierzulande an den Kolonisationsfronten abspielen, und es sind immer dieselben Verlierer. Ziemlich traurig, das mit ansehen zu müssen!"

„Haben die Karipuna Überlebenschancen? Du sagst, sie seien nur noch elf?", fragte ich.

„Ihre Zukunft sieht trübe aus. *Eine* Grippeepidemie würde ausreichen und Brasilien wäre der ‚Endlösung' seiner Indianerfrage ein Stückchen näher gerückt. Du kennst ja die Forderung von Ex-Minister Jaguaribe, dem Parteifreund Präsident Cardosos?"

„Ja. Wir haben im BUMERANG die ‚Folha de São Paulo' vom August 1994 zitiert. Es werde im 21. Jahrhundert in Brasilien keinen Indio mehr geben, hatte Jaguaribe auf einer Rede vor Generälen vorausgesagt. Und dass die Arbeit von ausländischen Hilfsorganisationen zugunsten der Indianer nichts als ein gigantischer Schwindel sei." (BUMERANG 1/1995, S. 24)

„Da hast du's", sagte Hubert. Nachdenklich blickte er übers tosende Wasser. „Und 1996 hat Präsident Cardoso das Gesetz über die Indianerreservate geändert. So dass heute jeder ‚Interessierte' zunächst seinen Einspruch anmelden kann, bevor irgendwo eine endgültige Grenze gezogen wird. So zögern sich die Demarkierungen endlos hinaus. Von den Karipuna vermutet man übrigens, dass noch ein kleiner Rest als ‚indios isolados' überlebt haben könnte. Irgendwo, tief in ‚Mutter Amazoniens' Schoß. In ganz Brasilien könnte es noch vierzig solche isoliert lebenden Waldvölker geben, vielleicht sogar fünfzig. Indios, die noch immer in *ihrer* Welt leben, nicht in unserer. Man kann nur hoffen, dass die staatlichen Indianerschützer sie mit ihren offiziellen ‚Kontaktaufnahmen' verschonen. Denn die haben bisher allen Indigenen nur Unglück gebracht."

## Casa do Indio – Finale der Demütigung

Vielleicht war der nächste Tag, an dem Hubert mir das Casa do Indio zeigte, ja besonders heiß. Ich erinnere mich, dass mir übel wurde. Aber vielleicht rührte das von dem Geruch nach Urin und Verwesung her, der über allem lag. Oder von den Bildern, die ich dort zu sehen bekam – im „Haus des Indios". Bilder, die mir noch tagelang durchs Gehirn geisterten.

„Lass uns heute hinfahren!", hatte Hubert vorgeschlagen. „Kann sein, dass einige Tenharim schon dort sind. Wegen der Büroeröffnung morgen. Sie haben versprochen zu kommen."

Der Gebäudekomplex, den die Indianerbehörde FUNAI unterhält, liegt am anderen Ende der Stadt. Kranke Indios müssen hierher kommen, weil es in ihren Dörfern in der Regel keine Gesundheitsversorgung gibt. Meist reisen alle Familienangehörigen mit. Auch Indios, die nur einen Übernachtungsplatz in der Stadt suchen, finden ihn im Casa do Indio. Offiziell bietet das Notasyl Platz für achtzig Insassen.

Nur – welchen Platz? Was ich sah, drehte mir das Herz im Leibe herum. Dürftige Steinbaracken, um Höfe gruppiert, auf denen zwischen Müll und Kot und umgestürzten Bäumen Indianerkinder spielen. Wäscheleinen, auf denen löchrige Kleidung baumelt. Die einzige Toilette mit Brettern vernagelt – aus „Hygienegründen" ...

„Die Schließung der Toilette hat die Gesundheitsbehörde von Porto Velho schon vor zwei Monaten verfügt", sagte Hubert. „Dass es hier so übel riecht, wundert's dich? Und kannst du dir vorstellen, dass auch die Wasserleitung nicht funktioniert?"

„Aber das ist doch nicht möglich!", warf ich ein, „hier sind doch Kranke! Woher bekommen die ihr Trinkwasser?"

„Die müssen es vom Rio Madeira holen und der ist weiß Gott verdreckt genug, sogar mit Quecksilber aus der Goldwäsche stromaufwärts", antwortete Hubert. „Wer nicht laufen kann, muss sich Wasser vom Fluss mitbringen lassen. Zum Trinken und zum Waschen. Bis die FUNAI die Wasserleitung irgendwann reparieren lässt. Wir haben bei der Behörde mehrfach protestiert, aber umsonst. Die vom Staat bereitgestellten Gelder für das Casa do Indio fließen sonst wo hin, nur eben nicht in das Casa do Indio. FUNAI-Mitarbeiter machen halt überall ihre Geschäfte auf dem Rücken der Indios. Und nichts passiert! Aber komm weiter. Dort drüben, auf der Rückseite der Steinbaracke, sind die Krankenunterkünfte, in denen sich die Tenharim immer aufhalten."

Wir trafen keinen von denen, die Hubert erwartet hatte. Doch ein Diahoí-Indio begrüßte uns, er und seine sechs Kinder. Auf dem Arm hielt der Mann seinen jüngsten Sohn. Ein Auge des Kleinen war zugeschwollen, er wirkte apathisch. Eine Entzündung habe sein Sohn, erklärte uns der Vater mit sorgenvollem Gesicht. Und obendrein Malaria. In blauen Lettern, als wolle es seinen Träger verspotten, stand auf dem T-Shirt, das der Diahoí trug: „There ist nothing so beautiful." (Nichts ist so wunderschön.)

Ob ich ihn und seine Familie fotografieren wolle? Sieben ernste Augenpaare blickten ins Objektiv. Mit Gesten versuchte ich anschließend, dem Mann klar zu machen, dass ich Hubert das Foto schicken würde. Der würde es ihm dann geben. Der Diahoí lächelte und nickte.

„Kommt denn hierher jemals ein Arzt?", flüsterte ich Hubert zu.

„Siehst du einen?", fragte Hubert zurück. „Manchmal vergehen viele Tage, bis sich eine Krankenschwester blicken lässt. Ärzte kommen sowieso nicht in diese Zone. Nur im Nachbargebäude gibt es einige Behandlungsräume. Die Kranken liegen hier in ihren Hängematten und müssen auf Hilfe warten – mit Knochenbrüchen, Schlangenbissen, Durchfall, Malaria, Windpocken, Masern, sämtlichen Infektionskrankheiten Brasiliens – oft tagelang, wochenlang. Und das, nachdem sie über hunderte von Kilometern hierher gefahren sind – per Anhalter oder per Bus. Schwerkranke schafft die FUNAI in öffentliche Krankenhäuser. Falls es dafür nicht schon zu spät ist. Immer wieder gibt es auch Todesfälle, nur weil sich niemand um die Indios gekümmert hat. Und wer hier eine Krankheit auskuriert, infiziert sich meist schon mit der nächsten."

Die Unterkünfte des „Indianerhauses" erinnern an Viehställe. Oder an Gefängniszellen. Tür reiht sich an Tür; kaum ein Fenster. Am Ende der Reihe trafen wir dann doch noch Tenharim – eine Mutter mit ihren vier kleinen Kindern. Das jüngste von ihnen habe Malaria, machte die junge Frau mir begreiflich. Bereitwillig ließ sie mich ihre kahle Unterkunft von innen fotografieren – einen Raum aus kaum verputzten Ziegelwänden, nicht ganz so groß und komfortabel wie deutsche Schweinebuchten, denn es fehlte an Stroh.

Wo ihre Kinder nachts schliefen, wollte ich wissen und konnte meine Fassungslosigkeit kaum verbergen. Nur eine einzige Hängematte sah ich quer durch den Raum gespannt. Die junge Mutter wies vor sich auf den blanken Zementfußboden: „Aqui – hier." Ich fragte nicht weiter. Beim Abschied deutete die Indianerin schüchtern auf ihren Magen und auf ihre Kinder: „Fome – Hunger." Sie bat um etwas Geld. Ich gab es ihr und fühlte mich elend. Wir würden bald nach Marmelo fahren, versuchte ich mich noch auf portugiesisch verständlich zu machen. Dabei zeigte ich auf Hubert und mich. Ein Lächeln huschte über das Gesicht der Frau. „Marmelo?", vergewisserte sie sich.

„Sim – Ja."

Wieder in der Rua Alecrim angelangt, in Huberts und Sandrinhas Zuhause, blieb ich lange still. Die junge Tenharim-Mutter ging mir nicht aus dem Kopf; nicht ihre Kinder, die sie Abend für Abend auf den harten Beton zu „betten" gewohnt war. Wie kuschelweich vollzog sich dagegen der Kleinkindalltag in jener Welt, aus der ich kam! Das tägliche Bad, bei Wundsein Penaten-Dreiphasenschutz, Pflegeshampoo mit aktivem Fruchtextrakt...?

Sandrinha spürte den Grund meiner Beklemmung. Als wollte sie mich trösten, versicherte sie: „Die Casas do Indio sehen in keiner Großstadt von Brasilien besser aus. In Manaus, in Belém, in Cuiabá – es ist überall das gleiche Bild."

## Ein Lied für die Deutschen

Die Eröffnung des Büros der Associação UIRAPURÚ am späten Nachmittag sollte eine kleine Feier werden. Renoviert und gründlich geputzt warteten die drei Büroräume schon auf die Besucher, ebenso der Versammlungsraum, das bescheidene Labor und ein Gästezimmer. Alles war eingerichtet so gut es ging. Nur Fax und Telefon funktionierten noch immer nicht störungsfrei.

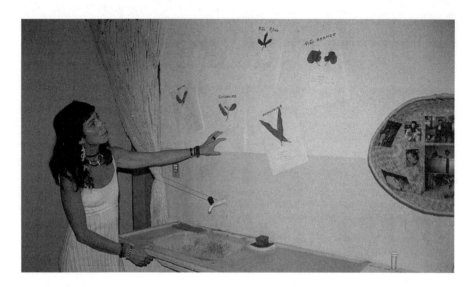

Am Vormittag gab Sandrinha den kleinen Sian in die Obhut von Lucie. Ich begleitete sie ins Büro, um noch zu helfen, wo ich konnte. Auf große weiße Papierbögen klebte Sandrinha einige getrocknete Arzneipflanzen. Deren Namen und die als Medizin verwendbaren Pflanzenteile tippte sie – per mechanischer Schreibmaschine – auf Zettelchen und fügte sie hinzu. Hubert befestigte schließlich die kleine Ausstellung mit Klebestreifen an den Laborwänden:

Copaíba *(Copaifera officinalis L.)* Öl
Urucum *(Bixa orellana L.)* Samen/Farbstoff
Abacateiro *(Laurus persea L.)* Blätter
Boldo *(Pneumus boldus M.)* Blätter
Goiabeira *(Psidium guayava R.)* gesamte Pflanze
Mangueira *(Mangifera indica L.)* gesamte Pflanze

Die Gelder aus Deutschland – koordiniert und beschafft durch die Mitarbeiter von ARA aus Bielefeld, zum Teil auch durch den Bund für Naturvölker – finanzierten Hubert als Projektleiter, Sandrinha als Halbtags-Mitarbeiterin, dazu eine Sekretärin. Weil Hubert und Sandrinha auf einen Teil ihres Gehalts verzichteten, war noch ein vierter in ihrem Bunde – Manoel Valdez. Seine Mitarbeit war eine unschätzbare Hilfe für die Associação UIRAPURÚ. Gerade jetzt, wo die Probleme eines jeden Indiovolkes erfragt werden mussten. Das verlangte viele Reisen in abgelegene Gebiete, Erfahrungen im Dschungel, Erfahrungen mit den Indios – Manoel kannte sich in allem aus.

Ich freute mich riesig, ihn hier zu treffen! Und er, der liebenswerte, lautstarke, fröhliche Ex-Pater schloss mich nach Brasilianer-Art in seine Arme: „Como vai? – Wie geht's?" Und dann erzählte er mir sehr viel in seinem sprudelnden Gemisch aus Spanisch und Portugiesisch, von dem ich sehr wenig verstand, ohne dass es ihn störte.

Die Bürofeier brauchte keine offizielle Rede. Sie kam mit einigen Begrüßungs- und Dankesworten aus, denn man kannte sich – Sandrinha, Hubert und ihre um die vierzig Gäste. Die meisten waren Indios, die bei Einrichtungsarbeiten geholfen hatten. Auch Kaziken waren gekommen, Vertreter der indigenen Organisation CUNPIR, Mitarbeiter der „Landlosenbewegung", der CIMI von Porto Velho und Journalisten lokaler Zeitungsredaktionen.

Getränke und Gebäck standen bereit. Kinder tummelten sich zwischen den Erwachsenen. Und ich versuchte mir in all dem freundlichen Durcheinander Namen einzuprägen, Gesichter, portugiesische Vokabeln, bemühte mich Fragen zu beantworten, die an mich gerichtet wurden. Und dann trat irgendwann der kleine, alte Indio in die Tür. Ohne zu zögern, kam er auf mich zu, mit einem strahlenden Lächeln, als hätten wir uns nach langer Zeit wieder gesehen! Lächelnd blickte er zu mir auf, lächelnd ergriff er meine Hand und nannte seinen Namen. Zuerst den, den ihm die weißen Kolonisatoren gaben: „Alexandre". Dann: „Kwahã".

Um seine Umarmung zu erwidern, musste ich mich zu dem Grauhaarigen hinunter beugen. Ein lädiertes T-Shirt und eine zerbeulte Hose kleideten seine knabenhaft schlanke Gestalt. Auf dem Kopf trug er ein Basecap. Angepasst an die Großstadt war er gekommen. Eine Tagesreise weit. Vor mir stand der Kazike der Tenharim! An die achtzig Jahre alt sollte er sein. Aus seinen Augen sprachen Wärme und Weisheit.

Zwei Wochen vor meinem Flug nach Rondônia hatte Hubert ein langes Fax geschickt. Darin war auch von Kwahã die Rede und von dessen Dorf an der Transamazônica. Hubert hatte die Gemeinschaft der Tenharim gerade besucht.

„Ihr Kazike Kwahã", hatte Hubert geschrieben, „ist einer der wichtigsten und einflussreichsten Kaziken in dieser Region. Er ist ein kleiner, alter, freundlicher Mann, der den Eindruck erweckt, an nichts interessiert zu sein, der aber dabei im Gegenteil alles genau beobachtet. Alle Versammlungen, die wir in seinem Dorf abhielten, wurden von ihm beendet, mit einer kleinen Ansprache, mit Gesang und Tanz. Er und einige andere alte Tenharim achten sehr auf die Einhaltung der Traditionen und die Jungen schätzen dies. Kwahã möchte seine Lieder, Gedichte und Geschichten an die Jüngeren weitergeben. Sein Traum ist es, sie auf Tonband aufzuzeichnen, damit sie nach seinem Tode seinem Volk erhalten bleiben. Wir wollen ihm dabei helfen."

Die Feststunden vergingen, ohne dass man die Zeit spürte. Gegen Ende der Feier bat Kwahã um Gehör, denn er wolle singen – für Sandrinha, für Hubert, für alle Gäste. Die hohe, heisere Stimme des Kaziken trug die Sprache der Tenharim bis auf die Rosmarin-Straße hinaus – fünf Strophen auf Tupí. Eine Art Sprechgesang. Worüber hatte er gesungen? Kwahã schwieg und setzte sich auf einen der hinteren Stühle.

„Ich glaube, wir sind jetzt auch ein Lied schuldig", meinte Hubert und drückte mir seine Gitarre in die Hand. Was singen eine Ostdeutsche und ein Westdeutscher in Südamerika? Hubert hatte den rettenden Einfall: „Du, Hanne, wir kommen doch beide aus'm Noordn. Lass uns singen ,Dat du min leevsten büst'!" Mit leuchtenden Augen verfolgte Kwahã unseren zweistimmigen Gesang und die Gitarrenbegleitung. Wenn wir wenige Tage später in seinem Dorf Marmelo ankommen, wird er sich als erstes vergewissern, dass ich doch diejenige sei, die bei der Büroeröffnung Gitarre gespielt hätte – „violão?"

„Sag uns noch, worüber Kwahã gesungen hat", bat Hubert João Sena, einen der jungen Tenharim, die gemeinsam mit Kwahã nach Porto Velho gekommen waren.

„Kwahã hat sich bedankt", antwortete João Sena, „für das Fest und dass es hier zu essen und zu trinken gab. Er hat den Deutschen gedankt, die von so weit her gekommen sind, um den Indios zu helfen."

João Sena und die anderen Tenharim brachen zum Casa do Indio auf, um dort zu übernachten. Wir stellten die Gläser zusammen. Dann machten auch wir uns auf den kurzen Heimweg, die Rua Alecrim entlang. Es war spät geworden.

Beim Gute-Nacht-Sagen umarmte mich Sandrinha und sagte leise: „Das war mein großer Traum, Hanne."

## Waldinsel der Hoffnung

Tage in Porto Velho: Sonnenglut, Hundekläffen, Stadtgewühl; aber auch wichtige Gespräche mit Sandrinha und Hubert; Spielen mit Sian. Und Ausruhen in der Hängematte, wenn über die Mittagshitze jede Bewegung den Schweiß aus allen Poren trieb.

Am Wochenende nach der Büroeröffnung waren wir ins Grüne gefahren – zum „sitio UIRAPURÚ", dem „Demonstrationsgelände" des Projektes. Besser gesagt, wir waren geflüchtet vor dem Radio-Terror aus den Nachbarhäusern, der an den arbeitsfreien Tagen unerträglich wird. Auf der Fähre hatten wir den Rio Madeira überquert und ich hatte die riesigen Soja-Fabrikanlagen von Porto Velho silbrig am Flussufer leuchten sehen.

„Die verarbeiten, was auf gestohlenem Indianerland wächst, auf dem früher Regenwald stand", hatte Hubert bitter bemerkt. „Futter für Europas Schlachtvieh, auch für deutsche Batteriehennen und Mastschweine."

„Ich weiß", hatte ich geantwortet. „Das alles ist nachlesbar im ‚Schwarzbuch Hamburg' unter dem Motto: ‚Das Vieh der Reichen frisst das Brot der Armen' (Arbeitsgruppe „Hamburg – Dritte Welt" 1990, S. 9 und 144). Auch

die Geschichte des Alfred Toepfer und seines marktführenden Futtermittel-Imperiums kann man dort studieren. Es firmiert unter ‚Stiftung F.V.S.' und vergibt alljährlich den ‚Hans-Klose-Preis' an herausragende deutsche Naturschützer. Und niemand findet etwas dabei."

Auf der anderen Uferseite des Rio Madeira waren wir auf die holprige, staubige Wegstrecke zum sitio eingebogen und ich hatte den ersten unberührten Regenwald meines Lebens zu Gesicht bekommen. Er wechselte mit abgeholzten, abgebrannten Parzellen. Aus schwarzen Stümpfen kroch weißer Dampf und ein zarter Schleier aus blaugrauem Rauch schwebte über dem getöteten Wald. Erste Pfahlbauten der Siedler zeigten sich am Weg. Rinder, Wäscheleinen, Stacheldraht.

„ Vor wenigen Jahren stand hier überall noch hoher Primärwald, die ganze Straße entlang. Wenn das so weitergeht, wird unser Gelände demnächst zum Achtzig-Hektar-Inselstandort", hatte Hubert erklärt.

Dann waren wir durch den prächtigen grünen Dom des Regenwalds spaziert, Sian auf Huberts Schultern und um uns herum bunte Riesenschmetterlinge, die nicht flogen und nicht flatterten, sondern mit der Luft zu spielen, in ihr zu tanzen schienen.

Vom Waldboden hatten wir Samen des Copaíba-Baumes gesammelt. Getúlio, ein Arbeiter auf dem sitio, hatte uns zu einem dieser schlanken hohen Bäume mitten im Wald geführt, deren Harzgänge bis zu zwei Zentimeter messen. Im Stamm des Baumes steckte ein Pfropfen. Zog man ihn heraus, trat das kostbare Balsam-Kopal in klebrigem Strahl hervor. Getúlio hielt einige Minuten lang eine Plastikflasche darunter. Dann verschloss er die Öffnung wieder sorgsam. Schon kleine Mengen des Balsam-Harzes, so erzählte er, erzielen in brasilianischen Apotheken hohe Preise. Nachhaltige Waldnutzung! Dafür soll das Außengelände in den kommenden Jahren ein Beispiel liefern, allen Brandrodungen der Nachbarn zum Trotz. Baumschulen und Heilpflanzengärten sollen hier entstehen und für die künftigen Kursteilnehmer ein Gästehaus. Die Startfinanzen für das sitio waren über den Bund für Naturvölker aus dem Land Brandenburg gezahlt worden, aus dem Umweltministerium in Potsdam. Hubert hatte mir gezeigt, was er davon gekauft hatte: Gartengeräte, Äxte, Macheten, Nägel, Zement, Steine, Bohrer, Schläuche, Siebe, Maschendraht, Wasserbehälter, einen Generator, eine Motorpumpe ...

Rechtzeitig vor dem Dunkelwerden waren wir auf der rostbraunen Straße zurück zur Fähre gefahren, die uns über den Rio Madeira setzte, zurück durch die belebten Straßen von Porto Velho. Der Bodensatz in der Dusche färbte sich dunkelrot, als ich den Staub aus den Haaren und vom verschwitzten Körper wusch. Ein Vorgeschmack auf die Transamazônica?

# Himmelstanz der „papagaios"

Schwül wie gewohnt senkte sich der Abend über die Stadt, der letzte Abend vor unserer Reise zu den Tenharim. Die Rua Alecrim entlang tummelten sich, lauthals wie jeden Abend, die Kinder. Erschöpft und schwitzend schaute ich ihnen von der Hängematte aus zu. Weiße Wolken türmten sich über der flachen Häuserkulisse und begannen sich allmählich zu verdunkeln. Von fern dröhnten Flugzeugmotoren.

Ihr liebstes Spiel tragen die Kinder der Rua Alecrim am Himmel aus. Hoch oben lassen sie bunte Papierdrachen miteinander kämpfen. Hatte Sian einen dieser Himmelskämpfer entdeckt, rief er so laut er konnte: „Papagaio, papagaio!" Aufgeregt zog er uns dann in den Hof und zeigte nach oben.

Die Regeln des Turniers sind verblüffend einfach. Hubert hatte sie mir erklärt: Die Kinder reiben die Drachenschnüre mit Glasstaub ein, lassen ihren Papierflieger in die Lüfte steigen und dirigieren ihn in die Nähe eines zweiten – bis sich die Schnüre der beiden irgendwann verheddern. Dann beginnt der Himmelstanz. Schneller und schneller drehen sich die „papagaios" im Kreis, wirbeln und flattern umeinander her wie balzende Rivalen, zu allem entschlossen. Du oder ich. Nur einer wird leben.

Totentanz.

Die Überreste der Verlierer verfangen sich beim Absturz oft in den Stromleitungen. Dort baumeln sie dann für den Rest ihres Daseins – Perlonschnüre, halbe Drachen, bunte Papierschwänze – als wollten sie die Tristesse des Straßenbildes ein wenig verschönen.

Könnte man mit den Drachen steigen! Und sehen, was sie sehen? Wie jeden Tag hatten sich auch heute große Ascheflocken auf den Fliesen der Terrasse angesammelt. Auf Häuser und Straßen war die Asche herab gerieselt, auf das ganze Wohnviertel, das den irreführenden Namen „cohab floresta" (Waldviertel) trägt. Der Name mag aus früheren Zeiten herrühren, als es hier noch Wald gab. Heute verdunkelt der Rauch der Rodungsfeuer den Horizont. Südlich, nördlich, östlich der Stadt. Tag für Tag. Brandgeruch mischt sich in die Stadtluft – vom Wind herüber geweht, der auch die lustig bunten „papagaios" trägt. Und die Asche des verbrannten Regenwaldes.

Totentanz.

Manche Ascheflocken sind so groß, dass sich in ihnen noch die Blattstruktur abzeichnet, mit allen Rippen und Adern. Verkohlte Blätter taumeln und schweben über Porto Velho – wie große schwarze Schmetterlinge, die mit der Luft zu spielen, in ihr zu tanzen scheinen...

# Pater Manoel

Und die Invasion geht weiter; sie bedrängen uns von allen Seiten, wollen uns verändern nach ihren Vorstellungen, uns abhängig machen von den Dingen, die sie produzieren, womit sie meinen, glücklich zu werden. Sie kommen in Massen, um unsere Tänze zu sehen, wenn sie durcheinander reden, klingen ihre Worte nach Streit. Sie haben einen unstillbaren Durst nach Silber und Gold, den wir nicht begreifen wollen. Für uns sind die Gefieder der Vögel oder die schillernden Flügel der Falter weitaus schöner als jegliches Metall. Doch die Invasoren sehen und denken anders als wir. Um ihren Durst zu stillen, benehmen sie sich wie die Raubtiere, sie holzen die Wälder ab und öffnen die Erde – ohne Achtung und mit Gewalt. Sie vergessen, dass die Erde ein lebender Körper ist.

*Gedanken von Luciano, Schamane der Tarahumara-Indianer aus Mexiko (Gesellschaft für bedrohte Völker 1996)*

Erschien Manoel morgens in der Rua Alecrim, dann stets auf seinem alten Fahrrad. Er klapperte heran, bremste vor der Eisenpforte zu Huberts Haus und klatschte zwei Mal in die Hände, denn so machen Besucher hierzulande auf sich aufmerksam. Meist frühstückten wir gerade und Sian lief freudig seinem großen Kumpel entgegen, mit dem es sich so gut herumtoben ließ.

„Oi, amigão, todo bem?", rief Manoel lachend. (Hallo, mein großer Freund, alles in Ordnung?) Er trat auf die Terrasse, umarmte jeden und setzte sich für ein paar Minuten zu uns. Ich mochte die Art des hochgewachsenen Ex-Paters, seine überschäumende Herzlichkeit, seine Offenheit. Und seine überzeugende, kenntnisreiche Art zu argumentieren, wenn er von seiner Arbeit sprach und von der Not der Indios, der er täglich begegnete.

Manoel, gebürtig in Mexiko, hatte zwei Jahrzehnte der jüngeren Geschichte Amazoniens miterlebt und mitgestaltet. Sandrinha hatte mir von ihren gemeinsamen Arbeitsjahren bei der CIMI erzählt und wie sehr sie Manoel schätzte. Vier- oder fünf Mal hatte sie ihn in jener Zeit gepflegt, als er mit schwerer Malaria aus dem Urwald zurückgekehrt war. Manoel hatte niemanden, der sich sonst um ihn gekümmert hätte. So kochte sie für ihn, kaufte für ihn ein, half ihm, sich auszukurieren.

## „Ich wollte nicht missionieren"

Ich bat Manoel, mir einige Fragen auf Tonband zu beantworten: Über seine Herkunft, seinen Weg zum katholischen Pater, seine Arbeitsjahre in Amazonien und über seinen Bruch mit der Kirche. Hubert würde übersetzen. So zogen wir zu dritt ins Büro. Ich platzierte mein Mikrofon zwischen Computer und Abrechnungsunterlagen der Associação UIRAPURÚ. Und Manoel begann zu erzählen, während die Klimaanlage rauschte und die Zikaden durchs Fenster lärmten.

„Ich bin 1944 im Volk der Tarahumara-Indianer geboren worden, im Norden von Mexiko. Mein Vater ist Indio. Meine Mutter stammt von einem spanischen Vater und einer indianischen Mutter ab. Durch eine staatliche Landreform hatten die Tarahumara noch vor meiner Geburt ihr gesamtes fruchtbares Ackerland verloren, nur die Berge waren ihnen geblieben. Mein Vater büßte auch all sein Vieh ein. Schließlich zog er mit meiner Mutter in einen fremden Landkreis, in dem er überhaupt kein Landrecht besaß. Ich habe als Kind sehr darunter gelitten, dass wir kein eigenes Land hatten. Unsere Familie lebte in großer Armut. Dies war auch der Grund, dass ich später für indigene Landrechte zu kämpfen begann."

*„Welche Schulen hast du besucht?"*
„Seine erste Ausbildung erhält jeder Angehörige unseres Volkes in der Landwirtschaft. Er eignet sich diese Fertigkeiten in der eigenen Familie an. Von anderen Berufen lernt er dann später etwas dazu – ein wenig Maurer, ein wenig Frisör, ein wenig Bäcker. So ist man später von niemandem abhängig. Die Schule konnte ich nur sechs Jahre lang besuchen. Das reichte gerade, um Lesen und Schreiben zu lernen. Ich habe zwei Schwestern und vier Brüder. Da ich der älteste Sohn war, musste ich dann meinem Vater bei der Arbeit helfen, damit auch die jüngeren Geschwister etwas lernen konnten. Mit dreiundzwanzig Jahren ging ich dann nach Zentralmexiko. Dort wollte ich ein Gymnasium besuchen und mich auf ein Studium vorbereiten. Das habe ich

dann später in São Paulo absolviert. Meine Eltern waren allerdings gegen meine Entscheidung. Mein Vater, weil er meine Arbeitskraft verlor. Meine Mutter, weil sie befürchtete, ich würde nie mehr zur Familie zurückkehren. Ich wollte schon damals Missionar werden."

*„Warum gerade Missionar?"*
„Das ist schwer in wenige Worte zu fassen. Ich hatte davon gehört, dass es in Afrika und in Asien Menschen gibt, denen es noch viel schlechter geht als uns Indios in Lateinamerika. Mein Wunsch war es, ihnen irgendwie helfen zu können. Deshalb bin ich einer italienischen Brüderschaft katholischer Missionare

beigetreten. Diese Brüderschaft ist in Afrika tätig, auch in Mexiko, Peru, Brasilien und anderen Ländern. Als ich 1980 mein Philosophie- und Theologiestudium abgeschlossen hatte, war ich sechsunddreißig Jahre alt."

*„Wo hast du dann gearbeitet?"*
„Die Brüderschaft suchte 1981 einen Theologen, der zu den brasilianischen Indios gehen würde. Sie fragten mich, ob ich bereit dazu wäre und die Bedingungen des tropischen Regenwaldes Amazoniens aushielte. Die Aufgabe schien mir interessant zu sein, zumal ich mich in den Semesterferien schon oft in indigenen Gemeinschaften Rondônias aufgehalten hatte. An den Wochenenden während meiner Studienzeit in São Paulo hatte ich auch die Slums

der Großstadt aufgesucht, um das Leben der Ärmsten innerhalb der brasilianischen Gesellschaft kennen zu lernen. In den letzten Semesterferien besuchte ich einen Kurs in Acre, den ein Bruder des bekannten Befreiungstheologen Leonardo Boff abhielt. Ich erfuhr dort zum ersten Mal in meinem Leben, dass die katholische Kirche die kulturelle Eigenständigkeit der Indianer Amazoniens, ja ganz Lateinamerikas, nicht akzeptiert. Deshalb stellte ich der Brüderschaft für meine Arbeit in Amazonien drei Bedingungen. Die erste: Ich wollte mindestens zehn Jahre in Amazonien bleiben. Die zweite: Ich wollte die Indios weder christlich taufen, noch verheiraten, noch beerdigen, sondern deren indigene Religionen akzeptieren und sie kennen lernen."

*„War das überhaupt möglich, solche Bedingungen zu stellen?"*
„Ja, denn meine dritte Bedingung lautete: Ich wollte im katholischen Indianermissionsrat CIMI arbeiten, der sich – wie ich wusste – den progressiven Ideen der Befreiungstheologie angeschlossen hatte."

*„Wie lange existierte die CIMI damals schon?"*
„Seit 1972. Sie hatte es schwer, die eingefahrenen Gleise der katholischen Missionsarbeit zu durchbrechen. Als ich 1981 nach Porto Velho kam, hatte die CIMI noch kein eigenes Gebäude. Die ersten Erfahrungen in der Arbeit mit den Indios sammelte ich dann 1982. Ich wurde zu den Zuruahã geschickt, in den Bundesstaat Amazonas."

## Spurensucher im Namen der Indios

Auf diese Weise kam Manoel zum ersten Mal mit Ureinwohnern in Berührung, die noch an ihren eigenen Traditionen festhielten:

„Dieses Volk lebte bislang ohne Kontakte zur Außenwelt. Unsere Gruppe errichtete ein Haus in einigem Abstand vom Dorf der Zuruahã, um das Leben der Indios nicht zu stören. Wenn nötig, wollten wir aber mit ihnen kommunizieren können. Und ihnen helfen. Nach vier Monaten waren alle von uns an Malaria erkrankt. Ich verließ den Wald, hatte zwanzig Kilo abgenommen und wurde in ein Krankenhaus eingeliefert – mit einer ansteckenden Hepatitis. Mehr als zwei Monate musste ich in einer winzigen Zelle isoliert zubringen. Das war die stärkste Prüfung meines Lebens! Die Ärzte rieten mir nach meiner Genesung, auf keinen Fall wieder nach Amazonien zu gehen."

*„Hat wirklich die CIMI die ersten Kontakte zu den Zuruahã hergestellt, nicht die FUNAI? Und warum überhaupt?"*
„Das war einer der wenigen Erstkontakte, die außerhalb der FUNAI abliefen. Der Grund: Damals sollte eine Straße durch das Gebiet der Zuruahã gebaut werden. Für die Indios hätte es eine große Gefahr bedeutet, wären sie unvorbereitet auf die Trasse gestoßen. Per Hubschrauber von Lábrea an der Bundesstraße 230 bis zu den Malocas, den traditionellen Gemeinschaftshäusern der Zuruahã, brauchte man nur etwa sechzig Minuten. Per Boot allerdings zehn bis vierzehn Tage."

*„Ist die Straße tatsächlich gebaut worden?"*
„Nein. Aber ganz in der Nähe ist heute eine Erdgasleitung geplant. Zu jener Zeit waren vor allem Straßenbauprojekte in der Diskussion. Und unzählige Erkundungstrupps durchstreiften die Wälder auf der Suche nach Bodenschätzen."

*„Wie sah deine Arbeit bei den ‚indios isolados' konkret aus?"*
„Wir bemühten uns, möglichst viele Worte der Zuruahã zu notieren. Wir wollten herausfinden, zu welchen anderen indianischen Sprachen Ähnlichkeiten bestehen. Einige meiner Kollegen beherrschen heute die Sprache der Zuruahã. Die Indios dieses Volkes meiden allerdings bis heute die Städte, sie kleiden sich noch immer traditionell und leben ihr eigenes Leben."

*„Die Kirche hat dies nicht verändert?"*
„Nein. Aber seit geraumer Zeit hat sich eine evangelikale Missionssekte bei den Zuruahã eingenistet. Ich bin sehr traurig darüber. Es sind junge Mitarbeiter des US-amerikanischen ‚Summer Institute of Linguistics'. Sie wollen die Bibel in die Sprache der Zuruahã übersetzen und die Indios anschließend zum Christentum bekehren. Doch zurück zu meinem Krankenhausaufenthalt im Jahre 1982. Kurze Zeit danach – ich war noch gelb im Gesicht und geschwächt von der Malaria – bin ich in den Norden des Bundesstaates Mato Grosso gereist, zu den Rikbaktsá. Auch sie lebten bislang isoliert. Nun aber waren Farmer und Großgrundbesitzer in ihr Gebiet eingedrungen und hatten begonnen, den Wald abzuholzen. Es wurde immer enger für die Rikbaktsá. Irgendwann, so war zu befürchten, würden sie in einem Massaker enden. Unsere CIMI-Gruppe folgte monatelang im Wald den Spuren der Indios. Wir fotografierten, sammelten Beweise für deren Existenz, um dann der brasilianischen Regierung sagen zu können: ‚Dies hier ist Indianergebiet!' Nur dann würde eine rechtliche Absicherung erfolgen können."

*„Gab es damals noch keine abgegrenzten ‚Indigenengebiete' in Brasilien?"*
„Für die Rikbaktsá und viele andere Indianervölker noch nicht. Und bis heute existieren sie ja nur für einen Teil der Indigenen. Mit der Beweisaufnahme für ‚Indigenengebiete' war ich bis 1984 beschäftigt. Ich musste gegen eine Unzahl von Widerständen ankämpfen. Zum Beispiel verbot die Indianerbehörde FUNAI von Rondônia uns CIMI-Mitarbeitern, in die indianischen Gebieten zu reisen."

*„Mit welcher Begründung?"*
„Die FUNAI behauptete, die CIMI-Mitarbeiter seien Denunzianten. Dazu will ich eine Begebenheit erzählen: Ich traf einmal mitten im Dschungel eine Gruppe Indigener, die von sich behaupteten, sie seien gar keine Indios, sondern Kautschuksammler. Es war die Zeit der vielen Massaker. Die Indios fürchteten sich und versuchten, sich und ihre Sprache zu verbergen – um zu überleben. Als ich merkte, dass es Indios vom Volk der Arara waren, setzte ich mich für sie ein. Ich sprach bei offiziellen Stellen vor. Und die Arara erhielten schließlich ihr Land zurück. Es ist heute ein demarkiertes ‚Indigenengebiet' und die Indios sprechen auch wieder ihre eigene Sprache. Trotz des von der FUNAI verhängten Reiseverbots bat mich die CIMI-Leitung bald darauf, mit einer Arbeitsgruppe das Gebiet der Mequens aufzusuchen. Auch die Mequens waren zwischen alle Fronten geraten. Obwohl die brasilianische Regierung ihnen bereits 220.000 Hektar als eigenes Gebiet zugesprochen hatte, waren dort drei große Holzfällergesellschaften eingedrungen, hatten illegal Sägewerke errichtet und plünderten den Wald der Indios.

Die Aktion, auf die wir uns damals einließen, war äußerst gefährlich. Zahlreiche ‚pistoleiros' tummelten sich im Gebiet. Es gab dort schon zwei Flugzeugpisten und drei Radiostationen. Große landwirtschaftliche Projekte – von der Kolonisationsbehörde INCRA in der Hauptstadt Brasilia beschlossen – hatten viele Landlose aus dem Süden Brasiliens angelockt. Jedes Projekt versprach Land für siebzig Familien. Und die verantwortlichen Planer versicherten, es gebe nirgends Ureinwohner!"

*„Wie verhielt sich die FUNAI in dieser Situation?"*
„Der Chef der FUNAI von Rondônia war selbst in die illegalen Invasionen bei den Mequens verwickelt! Das machte unsere Lage doppelt schwierig. Doch auch diesmal sammelten wir Beweise für die Existenz der Indios und dokumentierten deren Sprache."

# Kreuzfeuer der Drohungen

Bei der Hilfe für die Mequens wagte Pater Manoel sein Leben:

„1984 herrschten bereits drei Weiße über das gesamte Land der Mequens. Die Gemeinschaft der Indios zeigte tiefe Risse; die Lage schien ausweglos. Wir alarmierten die Regierung, sammelten Unterschriften und erreichten endlich, dass sich Anthropologen und Regierungsvertreter in das umstrittene Gebiet begaben. Als Pater der CIMI reiste ich mit, so etwas hatte es in Rondônia noch nie gegeben. Die Mequens gewannen schließlich ihr Land zurück; zwar nur 105.000 Hektar, doch es war gutes, fruchtbares Land. Als Folge hatte ich allerdings jede Menge Morddrohungen einzustecken – über zwei Jahre lang!"

*„Haben sich die Wogen zwischen der CIMI und der FUNAI von Rondônia geglättet?"*
„Nein, die Probleme blieben bestehen. 1986 und 1987 war ich zum Koordinator der CIMI in Porto Velho berufen. In dieser Funktion bat ich die FUNAI-Zentrale in Brasilia um ein Schreiben, das uns den Zutritt zu den Indianergebieten Rondônias erlaubte. Wir wollten nicht nur den Mequens, sondern auch den anderen Indigenen in Rondônia helfen. Dieses Dokument, das wir, über die Köpfe der FUNAI-Beamten von Rondônia hinweg, dann tatsächlich erhielten, öffnete uns die Augen. Nur allzu oft trafen wir in den Indianergebieten auf ähnliche Verstrickungen zwischen FUNAI-Mitarbeitern und illegalen Invasoren wie bei den Mequens. Nun war uns klar, *weshalb* uns die Rondônia-Behörde der FUNAI den Zutritt hatte sperren wollen! 1987 setzten auch Repressionen seitens der katholischen Kirche gegen uns ein. Der Grund: Wir hatten die katastrophalen Zustände der Indigenenpolitik Brasiliens international angeprangert. In Cacoal wurde ein Pater umgebracht, der die Indios verteidigt hatte. Viele Indigene erlitten dasselbe Schicksal. Großgrundbesitzer und Farmer bedrohten uns mit entsicherten Waffen – sie würden uns töten, wenn wir nicht mit den ‚Denunziationen' aufhörten. So bekam es die katholische Kirche mit der Angst zu tun. Doch in der Öffentlichkeit von Rondônia fand unsere Tätigkeit ein positives Echo. Ebenso bei den drei einflussreichen Bischöfen von Guajará-Mirim, Porto Velho und Ji-Paraná. Dennoch blieb die Lage kritisch. Ich musste mich entscheiden: Sollte ich Brasilien verlassen und nach Afrika gehen, um mir meinen alten Lebenstraum zu erfüllen? Sollte ich hier um Vertretung bitten? Die Regeln unserer Brüderschaft sahen dies für den Fall vor, dass die Situation für einen Pater gefährlich geworden war. Ich forderte also einen anderen Missionar für meine Stelle an.

Doch die Brüderschaft antwortete nur, es gäbe keinen so verrückten Pater wie mich!"

## Der Kirche den Rücken kehren

*„Wie hast du dich entschieden?"*
„Plötzlich überstürzten sich die Dinge und ich musste mich nach allen Seiten wehren. Die Brüderschaft beabsichtigte, mich gegen meinen Willen nach Mexiko abzuschieben, damit sich die Lage in Rondônia erst einmal beruhigen könne. Und die katholische Kirche schickte sich an, die Arbeit der CIMI komplett einzustellen. Nun stand mein Entschluss fest: Ich würde sowohl meiner Brüderschaft als auch der katholischen Kirche den Rücken kehren und eine eigene Organisation gründen, die den Indios in ihrer verzweifelten Lage beistände."

*„Bist du damals aus der Kirche ausgetreten?"*
„Nicht direkt. Ich habe mich einfach nicht mehr um die Kirche gekümmert. 1989 gründeten wir in Rondônia den ‚Verein für Umweltschutz und die Wiedererlangung indigener Gebiete' (APARAI). Die APARAI war die erste Organisation dieser Art in Rondônia. In den Anfangsjahren erhielten wir von nirgendwoher finanzielle Unterstützung. Dennoch bemühten wir uns, kleine Hilfsvorhaben zu verwirklichen, um die Lage der Indios zu erleichtern. Wir setzten uns für indigene Landrechte in Rondônia ein, im Norden von Mato Grosso und im Süden von Amazonas, für eine bessere Gesundheitsversorgung und für faire Bildungschancen in Indianergebieten."

*„Wie hast du diese Zeit ökonomisch überlebt?"*
„Ich habe zwei Jahre als Lehrer gearbeitet. Damals hatte ich immer wenig Geld und wenig Zeit! Neben meiner Arbeit musste ich sehr viele Versammlungen für die APARAI abhalten. Es waren schwierige Jahre für mich. 1991 wurde die Landesumweltbehörde von Rondônia (SEDAM) eingerichtet. Der Leiter und der Mitarbeiter für Indigenenfragen luden mich zur Mitarbeit in der ökologischen Abteilung ein und ich sagte zu. Allerdings stellte sich bald heraus, dass sie mich für ihre Zwecke ausnutzen wollten – das hieß, gegen die Indios. Nur eines von vielen Beispielen: Im Gebiet der Arara und Gavião sollte ein Wasserkraftwerk gebaut werden. Die SEDAM wünschte, dass ich zustimmte. Als der Druck für mich unerträglich wurde, gab ich die Arbeitsstelle auf. Kurze Zeit darauf bat mich dieselbe Behörde jedoch, zurückzukehren. Ich willigte ein, doch nur, wenn sie einige Bedingungen erfüllte. Sie soll-

te sämtliche Eindringlinge aus den Gebieten der Mequens und der Uru-eu-wau-wau ausweisen, ebenso aus dem Indigenenreservat Rio Branco. Niemand konnte jedoch ernsthaft damit rechnen, dass die SEDAM diese Bedingung erfüllen würde. Großfarmer hatten das Indianerland okkupiert, auf den Weiden grasten über tausend Rinder. Rechtsanwälte und Politiker hatten ihre Hände im Spiel, selbst Vertreter der Kirche. Die SEDAM wünschte, dass die APARAI, deren Präsident ich war, mit ihnen zusammenarbeitete. Es ergab sich eine außergewöhnliche Konstellation – Vertreter der Bundesumweltbehörde IBAMA, der Landesumweltbehörde SEDAM und der Indianerbehörde FUNAI von Rondônia, der Bundespolizei, der Militärpolizei und der Waldpolizei wirkten zusammen. Und sie begannen tatsächlich, die Eindringlinge aus den Indianergebieten herauszuholen. Am Anfang funktionierte alles noch ziemlich reibungslos. Politischer Filz spielte keine Rolle. Wir nahmen weder auf die Kirche noch auf politische Parteien Rücksicht. Anhand unserer geografischen Karten stellten wir lediglich fest, wer sich illegal im Gebiet aufhielt – und innerhalb weniger Stunden musste er es verlassen haben. Ich verbrachte damals drei Monate ohne Unterbrechung in den Indianergebieten. Die Polizisten, die Angestellten der IBAMA und anderer Behörden wurden im zehntägigen Rhythmus ausgewechselt. Ich blieb. Wir durchstreiften die Wälder, vertrieben illegale Goldgräber vom Land der Indios, aber auch Farmer und Siedler."

## „Sie werden wieder Mut schöpfen"

*„Jetzt arbeitest du im Büro der Associação UIRAPURÚ. Wie kam es dazu?"*
„Um weiterhin unabhängig zu sein, hatte ich bei der SEDAM keinen festen Vertrag unterzeichnet. Die Tätigkeit in einer Nichtregierungsorganisation wie Associação UIRAPURÚ schien mir wichtiger, als bei der Regierung angestellt zu sein. Daher bin ich 1997 gern der Einladung von Hubert und Sandrinha gefolgt."

*„Welche Wünsche hast du für die Zukunft der Indios?"*
„Vor allem wünsche ich ihnen die Absicherung ihrer Gebiete. Immer noch gibt es indigene Völker in Brasilien, die überhaupt kein Land mehr besitzen. Die Cassupá und Salamãi sind nur zwei dieser traurigen Beispiele. Wichtig ist auch die Gesundheitsversorgung der Indios. Sie müssen sich nicht nur gegen die traditionellen Krankheiten wehren können, sondern auch gegen die vielen eingeschleppten Kolonisationskrankheiten. UIRAPURÚ bemüht sich auch um Verbesserungen der ökonomischen Situation der Indios, för-

dert Projekte wie Fischzucht, Bienenhaltung, Hühnerzucht und Obstgärten. Die wirtschaftliche Situation der Indios ist ein Teil der Gesundheitsvorsorge. Wer nichts zu essen hat, wird irgendwann krank.

Ich wünsche den Indios auch, dass sie künftig eine gleichwertige, aber ihren eigenen Überlieferungen angepasste Bildung erhalten. Die Indianerkinder brauchen einen zweisprachigen Unterricht, erteilt von indigenen Lehrern. Einen Unterricht, der sich auf ihre eigene Lebenssituation bezieht und nicht nur auf das Leben der brasilianischen Mehrheitsbevölkerung. Der Tagesablauf in der indigenen Gemeinschaft muss im Lehrmaterial seinen Platz finden – Jagd und Fischfang, Feste und Mythen, Lieder und Geschichten. Jedes Indianervolk hat seine ureigene Geschichte und die ist eben nicht die Geschichte der Weißen.

Ich erlebe heute, dass Indigene, die schon lange im Kontakt zur brasilianischen Gesellschaft stehen, Dinge übernehmen, die ihr Leben durchaus erleichtern. Zum Beispiel manche Agrartechniken. Es macht mich aber sehr traurig, wenn ich sehe, dass viele Indios auch den Schmutz der weißen Gesellschaft übernehmen – vor allem den Alkoholismus, der indianische Existenzen restlos zerstören kann. Selbst Drogen und Prostitution fanden ihren Weg zu den Indigenen. Was die Zukunft der Indios hier in Rondônia angeht, nur soviel: Ich habe schon schlimmeres Leid gesehen als das heutige. Zahlreiche Indiovölker bekamen keine Kinder mehr, weil man ihnen das Land geraubt hatte und damit auch jede Hoffnung erloschen war, dass sie in ihrer Kultur überleben könnten. Wenn wir es aber schaffen, dass die Indiovölker endlich in abgesicherten Territorien leben können, dass sie eine ausreichende Gesundheitsversorgung und eine angepasste Bildung erhalten, dann werden sie wieder Mut schöpfen und ihre Zukunft in die eigenen Hände nehmen. Rondônia ist übrigens ein Beispiel dafür. 1981 lebten hier nur noch 3.500 Indios. Inzwischen sind es wieder über 6.000."

Noch immer lärmten die Zikaden durchs Fenster. Wie schnell die Zeit vergangen war, hatte niemand von uns bemerkt. Es ging auf den Abend zu.

„Ich habe vieles aus deinem Leben auch noch nicht gekannt", gestand Hubert.

„Danke, Manoel!", sagte ich.

Hubert sortierte Schriftstücke in den Schreibtisch. Dann verließen wir das Büro. Zum Abschied umarmten wir uns, herzlicher als sonst. Und Manoel verschwand, wie er morgens gekommen war – auf seinem alten Fahrrad durch die engen, staubigen Straßen des Viertels.

# Transamazônica

Ich bin sicher, dass die Tage der Weltwirtschaft unaufhaltsam kommen. Die ganze Erde wird zivilisiert werden, und überall wird man neue Reiche gründen und zur Blüte bringen. Aber den großen Tropenwäldern entlang dem Äquator wird man jahrhundertelang, vielleicht für immer aus dem Wege gehen. Vielleicht werden sie einmal die großen Klimareservoire der Weltwirtschaft. Das wäre dann ihr natürlichster Beruf.

*Raoul Heinrich Francé, (Francé 1928, S. 68)*

**Ä**chzend rumpelte Huberts altersschwacher Jeep durch Schlaglöcher und zementharte Spurrinnen, vor denen es kein Ausweichen gab. Wieder und wieder klammerte ich mich an den Eisenbügel, über den die Dachplane gespannt ist. Hochziehen, in Schwebehaltung verharren, bis das Gepolter vorüber ist – wenigstens die schlimmsten Stöße abfangen! Doch meine Klimmzüge konnten die Schläge kaum mildern. Für den Rest der Woche sollte mir jedes Bücken zur Qual werden.

Transamazônica – die berühmte, die berüchtigte Amazonas-Straße! Bis auf den Namen findet sich nichts Romantisches zu beiden Seiten der schnurgeraden Piste. Von Dschungel keine Spur, statt Tropenfeuchte nur Staub und Hitze. Trostloses Offenland; erst weit hinten am Horizont steigt eine grüne Wand auf.

„Seit drei Monaten ist kein Tropfen Regen mehr gefallen", sagte Sandrinha und drehte sich zu mir um. Sie saß vorn, neben ihr Hubert. Sian kuschelte sich in ihren Arm. Manoel und ich teilten uns den Rücksitz mit einigen Gepäckstücken. Niemand von uns war durch Gurte gesichert, der Jeep besaß keine.

Erstaunlicherweise schien die stundenlange Fahrt dem Kleinen kaum etwas auszumachen. Wurde er müde, schlief er trotz des heftig schüttelnden

Untersatzes einfach ein. Dann wieder turnte er auf Mutters Schoß herum, verlangte „peito" (die Brust) oder „agua" (Wasser).

„Es ist bald Mittag und dann wird's richtig heiß", rief Hubert in den Krach hinein und trieb den Jeep schneller voran.

## Hab Dank, Schutzgeist!

Unsere Reise zu den Indios schien seit unserer Abfahrt aus Porto Velho unter einem ungünstigen Stern zu stehen. Oder war das Gegenteil der Fall? Um Bruchteile von Sekunden waren wir einem grauenvollen Unfall entgangen, nur wenige Kilometer hinter Porto Velho, auf der mit Schlaglöchern übersäten BR 319 in Richtung Humaitá. Doch wir alle waren unverletzt geblieben und auch der Jeep hatte keinen Kratzer abbekommen. Haarscharf vorbei geschrammt am Desaster! Wenn das kein Glück bedeutete ...

Unser indianischer Fahrer – nennen wir ihn an dieser Stelle „Antonio" und halten wir ihm zugute, dass sich Hubert bislang immer auf ihn verlassen konnte – unser Fahrer also, hatte sich verspätet. Erst gegen zwei Uhr zwanzig hörten wir den Jeep in der stockfinsteren Rua Alecrim vorfahren.

Wortkarg trat der Karitiana-Indio ein, kaum dass er uns begrüßte. Wortkarg trug er unser Gepäck vor die Tür und verstaute es mit Manoels Hilfe im Wagen. Wortkarg blieb er für den Rest der Fahrt. Bis es in Humaíta zum großen Krach kam, weil Hubert dort den Grund seines eigentümlichen Verhaltens herausbekam.

Wie mit den anderen Karitiana verabredet, fuhr uns Antonio zunächst durch das nächtliche Porto Velho zum Casa do Indio. Ab hier, so hatte Hubert geplant, würden Lucie und Manoel im Jeep der Karitiana weiter reisen, die ebenfalls zur Hochzeitsfeier nach Marmelo eingeladen waren. Die Karitiana würden uns auf der Transamazônica im Falle einer Panne aushelfen können. Und auch unser ansehnliches Fass mit „gasolina" sollte am Casa do Indio den Transporter wechseln. Der reichlich abgewirtschaftete Toyota der Karitiana besaß immerhin eine Ladefläche. Und Benzinvorräte sind unentbehrlich für Fahrten auf der Transamazônica. Tankstellen sucht man dort vergeblich.

Kühl war die Nacht, das Warten aufreibend. Kein Motorengebrumm näherte sich, kein Scheinwerferlicht, keine Karitiana. Lediglich ein sturzbetrunkener alter Indio kauerte vor der Eingangsmauer des Notasyls, rülpste und schwankte.

„Oh, mein Gott!", hörte ich Sandrinha seufzen.

„Wir könnten jetzt die Vier-Uhr-Fähre über den Rio Madeira gerade noch schaffen", überlegte Hubert und wurde allmählich nervös. „Aber dann dürfen wir jetzt wirklich nicht länger warten. Gut zweihundertsechzig Kilometer sind's bis Humaitá. Und einhundertdreißig von Humaitá nach Marmelo – auf übelster Fahrbahn! Ich fürchte, wir kommen in die pralle Mittagshitze, was ich vermeiden wollte. Also, ‚vamos' – lasst uns abfahren! Obwohl – es ist wirklich verdammt eng in dieser Kiste!"

„Zum Luft holen reicht's, Hubert", warf ich ein. Doch im Grunde war mir nicht nach Scherzen zumute. In dem zugigen Jeep, dessen zerschlissene Fensterplanen im Fahrtwind flatterten, fror ich inzwischen jämmerlich – auch wenn Hubert, Lucie, Manoel und ich uns auf dem Rücksitz dicht aneinander drängen mussten. Als Tropen-Greenhorn hatte ich den Temperaturunterschied zwischen Tag und Nacht gehörig unterschätzt und war nun viel zu leicht bekleidet. Währenddessen lag mein Rucksack mit wärmeren Sachen eingekeilt im Gepäckraum – unter Hängematten und Moskitonetzen, Wolldecken und Angelgerät, Autowerkzeug und Toilettenpapier, Windeln und Taschenlampen, Bohnen, Salz und Reis und Brot für ganz Marmelo ...

Wir hatten Glück: Am Abhang, der zur Anlegestelle am Rio Madeira hinführt, stand ein Transamazônica-Bus! Eingereiht in die anderen Autos wartete er, um mit der Fähre über den nachtschwarzen Fluss zu setzen. Lucie und Manoel konnten umsteigen und es wurde Platz auf dem Rücksitz. Erleichtert kramte Hubert zwei der neu gekauften Wolldecken hervor – in die wickelten wir uns für den Rest der nächtlichen Fahrt.

„Kurz vor Humaitá wird die Sonne aufgehen", sagte Hubert noch, als wir den Fluss überquert hatten, dann stülpte er sich den Sombrero auf den Kopf und zog die Decke fest um sich. „Am besten, du versuchst auch zu schlafen."

Ich hatte die Stunden bis zur Abreise aus Porto Velho kein Auge zugetan, fühlte mich hundemüde – aber schlafen? Bei Antonios Fahrstil? Redlich mühte der Indio sich, den schlimmsten Löchern auszuweichen, die den Asphalt der schmalen BR 319 zerfraßen wie einen Schweizer Käse. Er kurvte nach links, bald wieder nach rechts, dann wieder nach links – fuhr Slalom auf der gesamten Straßenbreite. Dennoch krachten die Räder des Jeeps wieder und wieder mitten hinein in die schwarzen Asphalthöhlungen. Im schwachen Scheinwerferlicht tauchten sie erst wenige Meter vor uns auf.

„Wieso fährt Antonio so seltsam?", wollte ich Hubert fragen, doch der war an meiner Seite fest eingenickt. Auch Sandrinha und Sian schliefen auf dem Beifahrersitz. „Lass nur", redete ich mir selber zu, „schließlich ist Antonio hier zu Hause und nicht du. Er kennt die hiesigen Straßenverhältnisse und wird schon wissen, warum er so fährt!"

Im Klappern und Schlingern des Jeeps klaubte ich eine zweite Wolldecke aus dem Gepäckraum, verpackte mich doppelt und drückte den Sombrero fest in den Nacken, um mich gegen den kalten Fahrtwind zu schützen, der von der Rückseite ins Innere des Wagens schlug. Für Augenblicke schloss ich die Augen. Dann starrte ich wieder auf die Straße, die von wenigen Büschen gesäumt war und versuchte das Bild der Landschaft zu erraten, die im Dunkel an uns vorüberglitt. An einigen Stellen roch es nach verbranntem Wald. Reste von Feuern glommen dunkelrot und nahe. Über viele Kilometer trafen wir kein einziges Lebewesen – kein Tier, keinen Menschen, kein Auto. Mitunter schlugen Äste an die Plane, wenn Antonio der Straßenböschung wieder zu nahe gekommen war. Irgendwann flatterte uns eine große Eule entgegen und entging knapp dem Aufprall gegen die Frontscheibe. Die Spitzen ihrer grauweiß gebänderten Flügel streiften das Dach. Der Fahrer hatte den Vogel offenbar nicht bemerkt. Stur blickte er nach vorn. Dann zog den Jeep erneut von der rechten auf die linke Straßenhälfte und wieder erlebte ich die Tücke brasilianischer Schlaglöcher.

Antonio fuhr links, als vor uns der Lastzug auftauchte. Hinter einer entfernten Kurve kam der Truck hervor, mit großen trüben Scheinwerferlichtern, die langsam größer wurden.

Antonio fuhr links.

Der Truck brummte uns auf gerader Linie entgegen.

Antonio fuhr weiter links.

Was, um Himmels willen, war mit ihm los?

Sekunden nur. Bruchteile von Sekunden. Der Truckfahrer blendete auf, dann hupte er. Seine Scheinwerfer hatten uns jetzt voll im Visier, keine dreißig Meter trennten unsere Fahrzeuge noch voneinander.

Bruchteile von Sekunden. Wie gelähmt schaute ich zu. Blieb stumm, wo ich hätte schreien müssen, egal ob auf deutsch oder portugiesisch. Ich saß neben mir: Eine unbeteiligte, übermüdete Zuschauerin, die nicht glauben konnte, was ihre Augen sahen. Hubert – in vertrauensvollem Schlaf versunken, lehnte an meiner Schulter.

Nein, das konnte doch nicht ... Antonio, bist du denn des Teufels?

Im allerletzten Moment, wie aus einer Starre erwacht, riss der Indio das Lenkrad nach rechts. Wir passierten den mit mächtigen Baumstämmen beladenen Lastzug unversehrt und ratterten weiter durchs Dunkel, als habe es diesen Moment zwischen Leben und Tod nie gegeben.

Nein! Nicht ausmalen, auf welche Weise der Truck unsere Hochzeitskutsche zur Hölle gejagt hätte! Das volle Benzinfass im Laderaum. Die Wucht des Aufpralls! Hätte jemand von uns überlebt? Und wenn ja – wäre irgendwann ein Fahrzeug mit hilfsbereiten Leuten vorbeigekommen?

Noch vor Tagesbeginn wachte Hubert auf und erlebte selbst Antonios Schlingerkurs. Wie ich schrieb auch er ihn wohl den Schlaglöchern zu. Doch ein zweites Mal führte Antonios Fahrweise fast zu einem Zusammenstoß, diesmal mit einem PKW. „Cuidado – Vorsicht, Antonio!", rief Hubert dem Indio zu.

Leise erzählte ich Hubert den gespenstischen Vorfall mit dem Truck, den er verschlafen hatte. „Hätte uns jemand geholfen?" Hubert schüttelte den Kopf: „Wenn du hierzulande verletzt an der Piste liegst, wirst du mit größerer Wahrscheinlichkeit ausgeraubt, als dass dir jemand hilft."

Endlich malten die ersten Sonnenstrahlen ihr zartes Rosa auf das schwarz verbrannte Land entlang der Straße, auf die riesigen Viehweiden, aus denen der Morgennebel stieg. Humaitá lag nicht mehr fern. Dort würden wir dem Rio Madeira auf seinem Weg zum Amazonas ein zweites Mal begegnen und ihn erneut auf einer Fähre überqueren.

Zum wütenden Wortduell zwischen Hubert und Antonio kam es an der Anlegestelle. Dort mussten wir eine gute Stunde warten. Wie auch immer Hubert den wahren Grund für Antonios eigentümlichen Fahrstil erfahren haben mochte – seine erregten Worte auf portugiesisch verstand ich auch ohne Übersetzungshilfe. Antonio hatte vor unserer Abfahrt in Porto Velho bis tief in die Nacht mit Freunden gefeiert – und Alkohol getrunken! Und niemand von uns hatte es bemerkt? Nichts gerochen im frisch durchlüfteten Jeep?

„Alkohol bringt die Indios um", das waren Manoel gestrige Worte. „Er vergiftet den Stoffwechsel bei Ureinwohnern weitaus stärker als bei Weißen, die sich über Jahrhunderte an diese Droge gewöhnt haben. Alkohol ist der Untergang der Indigenen. Deshalb bringen ihn die Weißen ja immer wieder in die Indianerdörfer."

„Unser Untergang wär's denn wohl auch gewesen", fügte ich in Gedanken hinzu. Nur Sandrinha blieb gelassen. Sie ergriff meine Hand und versicherte, ihr Schutzgeist habe das Unheil von uns abgewendet und er werde es weiterhin tun.

Danke, Schutzgeist!

Immer noch aufgebracht, setzte sich Hubert ans Steuer. An der Anlegestelle hatten wir den Transamazônica-Bus ein zweites Mal eingeholt. Antonio verschwand grußlos darin. Manoel stieg in den Jeep um. Ob ich nicht auch lieber im Bus weiterreisen wolle, erkundigte sich der Ex-Pater. Ich verneinte und fotografierte unser Fahrzeug vor dem rauchenden Holzverarbeitungsbetrieb am Flussufer, und die riesigen Baumstämme, die ihrer Zerstückelung entgegensahen. Dann ließ Hubert den Jeep auf die hölzerne Plattform der Fähre rollen. Am jenseitigen Ufer beginnt die Transamazônica.

Und da, die großen, schwimmenden Buckel – das sollten wirklich Delfine sein? „Sim", bestätigte Manoel und zeigte stromabwärts. „Ali tambem. Olha! – Auch dort. Sieh nur!"

## Marterfahrt in rotem Staub

Durch die ungeschützte Fahrerkabine wirbelten Schwaden aus staubtrockener Erde. Rotbraun und puderfein legte sie sich auf Haut und Kleider, drang in alle Poren, verfing sich in den Haaren, verstopfte die Nasenlöcher, zerfloss auf der verschwitzten Haut, verklebte die Augenwinkel. Jeder Schwerlaster, der uns entgegendonnerte, setzte das nächste Staubgewitter in Gang. Unser Versuch, die Fensterplanen notdürftig zu schließen, brachte nur größere Hitze. Also Atem anhalten und warten, bis sich der Schleier hebt und die Luft wieder durchsichtig wird.

Eine Straße aus purem Staub. Zumindest während der Trockenzeit. Denn sobald die täglichen Wassergüsse vom Himmel stürzen, verwandelt sich das Erdpulver in rotbraunen, schlüpfrigen Lehmbrei. Die Spuren der letzten Regenzeit waren noch erkennbar. Das prasselnde Wasser hatte kilometerweit holprige Bodenrippen in die Piste gewaschen und die Schwerlaster hatten den Schlamm an den vielen Stellen über den Straßenrand gedrückt. In den Senken, zwischen grauen Turmbauten der Termiten und verkohlten Fragmenten des Regenwaldes, war er zu braunroten Wülsten erstarrt. Öko-Schlamassel im Endstadium! Nicht die Spur von „nachhaltiger Entwicklung", wie die Experten sie 1992 auf der Rio-Umweltkonferenz gefordert haben. Menschengemachte Hölle aus Staub und Schlamm!

Weich federnd überholte uns ein weißer Toyota. Und wie zum Hohn schüttete auch er gepulverten Rotlehm mit all seinen Eisenoxidhydraten über uns aus. Ach, Hubert, könnten wir doch in solch einem edlen, voll klimatisierten Fahrzeug reisen! Doch um wie viele Eindrücke ärmer bliebe dann unsere Fahrt!

„Die Mitarbeiter des Weltbankprojektes PLANAFLORO haben hundertfünfzig Stück davon", bemerkte Hubert lächelnd, als könne er Gedanken lesen.

„Deren Bandscheiben werden vermutlich länger durchhalten. Mit diesem Auto ruiniert ihr euch den Rücken, euch und erst recht dem Kleinen!", war ich versucht, einzuwerfen. Doch nichts wäre jetzt unpassender als diese Bemerkung. Ergeben wartete ich auf das nächste Schlagloch. Und während wir mitten hineinkrachten, kam mir Herr Schulz in den Sinn, Reinhard Schulz, der Bürgermeister von Eberswalde.

## „Dann hätte Eberswalde mehr getan ..."

Vor gut anderthalb Jahren hatte ich an seinem Konferenztisch gesessen. „Ich werde mich um ein Geländefahrzeug kümmern, über einen Sponsor aus der Wirtschaft." Dieses Versprechen ging das Oberhaupt der unlängst gekürten „Klimabündnis-Stadt"[10] ein, nachdem ich ihm von Amazonien berichtet hatte, vom Bund für Naturvölker (damals noch mit Sitz in seiner Stadt Eberswalde) und von dem Hilfsprojekt für Waldindios, das Sandrinha und Hubert in Rondônia beginnen wollten.

„Wenn es Ihnen tatsächlich gelänge, für den Aufbau des medizinischen Ausbildungsprojekts in Rondônia ein Auto aufzutreiben", schrieb ich dem Bürgermeister wenig später, „dann hätte Eberswalde mehr getan als alle Klimabündnis-Städte zusammengenommen, zu denen wir bisher Kontakt hatten." Ich zählte die für Brasilien in Frage kommenden Geländefahrzeugtypen auf. Und ich schlug ihm ein persönliches Gespräch mit Sandrinha und Hubert vor, die demnächst in Eberswalde sein würden. Bald darauf, an einem düsteren und kalten Maitag, kam es tatsächlich zu dem Treffen. Zu dritt plus Baby saßen wir dem Bürgermeister gegenüber, in der blankgeputzten Ungemütlichkeit, die für mich allen Ratszimmern und den darin geführten Gesprächen anhaftet. Hubert erläuterte, erklärte, begründete und übersetzte Sandrinhas leise Rede vom Schicksal der Indios und von den vielen eingeschleppten Krankheiten, die ihnen heute zusetzen. Ich spürte Sandrinhas Frösteln; es lag nicht allein an der Kühle des Tages.

---

10  Dem „Klimabündnis der europäischen Städte mit indigenen Völkern der Regenwälder" haben sich seit seiner Gründung (1990) 850 Städte, Gemeinden und Landkreise angeschlossen (Stand Mai 2000). Sie verpflichten sich zur Halbierung der Kohlendioxid-Emissionen, zum kommunalen Verzicht auf Tropenholz und zur Unterstützung der Indiovölker Amazoniens bei ihren Bemühungen zum Erhalt des tropischen Regenwaldes, bei der Sicherung ihrer Landrechte und der nachhaltigen Nutzung ihrer Territorien.

Sian robbte indessen respektlos über das glänzende Rathausparkett. Nach zehn Minuten begann er zu greinen und Sandrinha legte ihn zum Stillen an die Brust. Dabei unterbrach sie ihre Rede nicht. Während Sian nuckelte – von der Seite skeptisch auf den Ratsherrn schielend, aber zufrieden – holte seine Mutter eine Kette aus Tucumá-Perlen aus ihrer Tragetasche hervor. Ein traditionelles indianisches Schmuckstück als Dank für den Bürgermeister, weil er den Indios helfen wolle. Hubert übersetzte: „Diese Kette schützt den, der sie trägt. Und sie hilft gegen Krankheiten, zum Beispiel auch gegen Rheuma."

„Wieso hast du eigentlich das mit dem Rheuma gesagt?", fragte Hubert, als wir kurz darauf mit Kleinkind und Wagen im Fahrstuhl des Rathauses abwärts glitten.

„Ich denke, er könnte welches haben", erwiderte Sandrinha und ich sah ihr behutsames Lächeln.

„Ele é muito simpatico – er ist sehr sympathisch", meinte Sandrinha auf dem Nachhauseweg zu mir.

„Was er verspricht, klingt nicht gerade überzeugend", meinte Hubert.

Die Sache mit dem Geländewagen versickerte irgendwie im märkischen Sand. Wir erfuhren zudem, dass Brasilien keine Autoimporte genehmige. Doch ließe sich über den Gegenwert in Geld reden? Ich fragte im Rathaus an. Das Rathaus schwieg. Kein Rückruf, kein Antwortschreiben. In zweihundert Metern Luftlinie vom Amtszimmer des Bürgermeisters entfernt entstand indessen in kurzer Bauzeit die erste Mc Donald's-Filiale am Finowkanal. Die Bürger der Klimabündnis-Stadt ließen sich die Hacksteaks munden. Steaks der Mac Donald-Rinder, die auch in Südamerika auf gerodetem Regenwald grasen.

Für Hubert und Sandrinha stand der Aufbruch nach Rondônia unmittelbar bevor. Die verfügbaren Fördergelder für das Projekt waren ohne Rest verplant. Geld für ein Geländefahrzeug fehlte. Im seinem ersten Brief, den er mir aus Porto Velho schickte, berichtete Hubert von dem rund dreißig Jahre alten Jeep, den Sandrinha und er sich von ihrem privaten Geld hatten kaufen müssen: „Der war noch teuer genug (etwa 5.500 US-Dollar). Deshalb sind wir auch total pleite und müssen unglaublich haushalten." Der Jeep funktioniere jedoch einigermaßen, sie kämen nun überall hin. Allerdings müsse nach jeder etwas deftigeren Tour irgendwas repariert werden. „Und hier ist jede Tour aus Porto Velho heraus deftig", schrieb Hubert. „Außerdem schluckt der Wagen jede Menge Benzin, ich glaube zwanzig Liter pro hundert Kilometer. Aber es war die einzige Möglichkeit, ein einigermaßen brauchbares Geländeauto anzuschaffen. Ein adäquates Gefährt, ein Toyota mit einem ökonomischen Dieselmotor, würde ca. 30.000 US-Dollar kosten."

Die Wirklichkeit und der nächste Schlag ins Kreuz rüttelten mich aus meiner Erinnerung ans Eberswalder Rathausgespräch. Wir fuhren weiter durch staubrote Nebelwände, rangierten zwischen Löchern und Spurrinnen, schlugen Haken wie flüchtende Hasen, um dem Gröbsten auszuweichen. Das volle Fass „gasolina" hinter der Rückenlehne brachte den nahezu ungefederten, hochbeinigen Veteranen zum Schwanken, dass einem Angst werden konnte.

Ja, hier zwischen Manoel und mir wäre noch Platz, sinnierte ich, gerade noch genug Platz für Reinhard Schulz, den Bürgermeister. Ich könnte das bisschen Gepäck ja auf den Schoß nehmen oder unter die Beine quetschen. Mit uns könnte Reinhard Schulz dann das gequälte Amazonien in Augenschein nehmen. Mit uns könnte er dursten und sich in Huberts unsäglichem Gefährt kreuzlahm rütteln lassen; mit uns könnte er sich in eine lehmverklebte Rothaut verwandeln. Zumindest farblich hätten wir dann einen waschechten Bündnispartner der Indios an unserer Seite.

Meine Phantasie reichte nicht aus, mir vorzustellen, was ein halbes Jahr darauf in Eberswalde geschah. Statt sich den richtigen Indios im fernen Brasilien zuzuwenden, hielt sich der Bürgermeister wählerwirksam an die verkleideten Indios, die sich in seiner Stadt austobten. Der agile Karnevalklub seiner Stadt rief sechs Monate nach Sandrinhas und Huberts Bittgespräch im Rathaus eben dort die Närrinnen und Narren des Finowtals zum Indianerfasching auf. Thema: „Ein Wigwam steht im Schwärzetal"! Im Foyer des Rathauses flossen an diesem Elften Elften 1997 reichlich Sekt und Bier. Und der mit grauen Gänsefedern geschmückte, promovierte Obernarren-Häuptling empfing feierlich und mit „großem Hallo" die Regentschaft über das Hohe Haus: *Mögen Sie die Arbeit beenden, die wir in diesem Jahr begonnen haben", gab Reinhard Schulz den Narren schmunzelnd mit auf den Weg. Ferner übergab er der Kinderfunkengarde einen Scheck über 5.000 Mark* (Märkische Oderzeitung, Oberbarnim-Echo 12.11.1997).

Auch während der „heißen Phase" der Faschingsfeten war Reinhard Schulz mit von der Partie. Dunkle Lederbänder zierten seinen Hals und Pseudo-Schmuck, wie ihn der deutsche Faschingsfan für indianisch hält. Zur Gaudi der tausend kreischenden Zuschauer ließ sich das Stadtoberhaupt willig an den Marterpfahl fesseln. Der Lokalreporter wusste freilich zu berichten, Herr Schulz habe nur halb so lange daran schmoren müssen, wie es eigentlich vorgesehen war (Märkische Oderzeitung, Oberbarnim-Echo 9.2.1998).

Ein übriges zu ihrer „Verbundenheit" mit den letzten Regenwäldern leistete sich die Klimabündnisstadt im Januar 1998 mit der Einweihung des neuen *Urwaldhauses* im Tierpark – ein drei Millionen schweres Meisterwerk des Firmensponsorings (Märkische Oderzeitung, Oberbarnim-Echo 24.1.1998).

Transamazônica. Staub und Hitze und ein entwicklungspolitisches Desaster zum Anfassen! Wie fern lag Deutschland, wie fern Brandenburg, wie fern das kühle Eberswalder Ratsherrenzimmer mit seinen unverbindlichen Gesprächen, wie fern jener Parkettfußboden mit seiner sinnlosen Sauberkeit, wie fern jenes „Klimabündnis" mit all seinen hoch gesteckten Zielen!

Wie viel Grad waren es jetzt? Fünfundvierzig oder bald fünfzig? Kein Zweifel – zu Hause in Deutschland hätte ich schon längst über Durst gejammert. Doch zu Hause hatte ich doch nie wirklichen Durst verspürt! Hier war ich still, wie die anderen. Denn das zur Neige gehende Trinkwasser musste für den Kleinen bleiben, dem die Strapazen der Reise inzwischen sichtbar zu schaffen machten. Wir waren seit zehn Stunden unterwegs.

## Indianerwald

Die Kulisse beiderseits der Straße blieb trist. Einsame Baumleichen fingen den Blick; verkohlte Erinnerungsstücke an die besiegte Wildnis. Dazwischen neu aufgesprossene Sträucher und Kletterpflanzen, Winden, die sich mit auffälligen Blüten schmückten.

Regenwaldvernichtung. Ungezählte Male hatte ich sie auf dem Fernsehbildschirm gesehen. Immer in gut temperierter Umgebung, auf komfortabler Sitzgelegenheit, ein kühles Getränk in Reichweite. Doch was es tatsächlich bedeutet, einen Landstrich nach eigenem Gusto umzumodeln, einen Landstrich, auf den die Schöpfung, die Evolution oder wer auch immer Regenwald gesetzt hat, begriff ich erst jetzt, da wir an den riesigen Viehherden der „fazendeiros" vorüberrumpelten. Und an den mageren Buckelrindern der Kleinbauern auf sonnenversengter Weide. Schmutzig weiß standen sie da, nach Hälmchen suchend. Klapperdürr, wie es auch die Bretterhütten ihrer Besitzer sind – armselige Stelzenhäuser, die sich in den Schatten einzelner Palmen zu ducken scheinen, als warteten sie in der brennend heißen Sonne auf die Kühle der nächsten Nacht.

Wenig ist von den Entwicklungsvorhaben geblieben, die Regierungschef General Médici Amazonien einst zudachte, indem er ab 1971 die Transamazônica bauen ließ. Die Asphaltierung der Piste blieb ein Wunschtraum. Weggespülte Dämme, zerbrochene Brücken, ungezählte Unfalltote sind dagegen die Realität. Das geplante Siedlerglück für fünf Millionen Brasilianer unter den Fittichen des „Nationalen Instituts für Besiedlung und Agrarreform" (INCRA) geriet zur Tragödie. Nur wenige Kleinbauern hielten den Enttäuschungen stand, die der schnell ausgewaschene Tropenboden mit sich brachte. Nur wenige ertrugen die gottverlassene Einsamkeit an der schmierigen, staubigen Trasse, in deren Umkreis es weder Schulen noch Ärzte gibt. Unverdrossene rodeten sie sich weiter in den Dschungel hinein. Die Mehrzahl der Gescheiterten verkaufte jedoch ihr Land an die Viehbarone der Umgebung und landete unweigerlich in den Slums der Städte. Auch in den Slums von Porto Velho, dessen Einwohnerzahl heute schon bei 300.000 liegen könnte, wogegen Lexika sie 1992 noch mit 138.000 bezifferten.

Ab und zu überquerten wir tief eingeschnittene Flüsse. Ihr Wasser schimmerte glasklar und ich spürte den brennenden Wunsch, aus ihnen zu trinken. Einige der einspurigen Brücken, hohe Balkenkonstruktionen, bemessen für die Regenzeit, verdienten Skepsis. Dann stieg Manoel aus und dirigierte unseren Jeep routiniert über die längsgelegten, unter dem Gewicht der Schwerlaster kreuz und quer verrutschten Bohlen.

Nur einmal wechselte das Bild. An der linken Seite der Transamazônica stieg unvermittelt eine hohe Dschungelfront auf – über einige Kilometer hinweg begleiteten uns hoch aufstrebende Stämme, verhangen mit Lianen und Blattgrün, verwirrend schön und undurchdringlich. Ein Dickicht ohne erkennbare Pfade. Über allem lag eine seltsame Stille, die man trotz Quietschen, Rasseln und Schlagen unseres Fahrzeugs zu spüren schien, ein Frieden, den man nicht stören mochte.

„Das ist Indianerwald", erklärte Manoel die jähe Wandlung der Szenerie. „Hier haben sie schon immer gewohnt", erzählte er, „die Parintintin. Aber nicht nur hier, auch außerhalb ihres Indigenengebietes, das die Regierung heute den wenigen hundert Überlebenden zubilligt." Ein noch verschontes Gebiet Amazoniens, das zwanzig Jahre Straßenbau überlebt hat! Reisende auf der Transamazônica – sollten sie wie ich den Anblick der „Grünen Hölle" suchen –, hier können sie sich satt sehen.

„Erinnerst du dich, was Manoel über die Parintintin erzählt hat?", rief Hubert in den wabernden Staub hinein.

„Ja", rief ich zurück, doch es gelang mir kaum, den Jeep zu übertönen. „Die Parintintin sind mir übrigens aus der deutsch-ethnologischen Literatur vertraut. Ernesto Wagner hat sie 1932 in seinen ‚Erlebnissen einer Forschungsreise' beschrieben – als ‚wilde Horde, die noch weit unterm Steinzeitstadium vegetiert'. Wagner zufolge wird ‚dem Wildindianer der Niederungsgebiete um den Rio Madeira ein heimtückischer, wetterwendischer, unkontrollierbarer, verräterischer Charakter nachgesagt (Wagner 1932, S. 23, 32)'. Das dürfte dann ja auch für die Tenharim gelten, Hubert!"

„Der musste es wissen", gab Hubert zurück. „Die gute alte koloniale Völkerkunde! Diese Philosophie hat bisher noch jedes Verbrechen der ‚Zivilisierten' an den Ureinwohnern gerechtfertigt, egal auf welchem Kontinent."

Hubert hatte recht. Und Manoel wusste davon zu berichten. Erbeuten Waldindianer, wie die Parintintin, heutzutage ein Stück Vieh aus den Herden der Farmer, die sich auf dem Land ihrer Vorfahren breit machen und ihr Jagdwild verdrängen, gelten sie als heimtückische Diebe. Betrinken sie sich am Alkohol, den ihnen Weiße an der Transamazônica grinsend verabreichen, gelten sie als verkommene Vagabunden. Lassen sie sich in „Stammeskonflikte" verstricken, aufgehetzt von Kolonisatoren, Straßenbauern oder Holzfällern, gelten sie als Unruhestifter.

## Axthieb – mitten durchs Herz

Die Projektanten der sechstausend Kilometer langen Transamazônica rühmten sie einst als Hauptachse zur Erschließung Amazoniens. Und Astronauten, so schwärmte Brasiliens Regierungschef Médici, sollten die Fernstraße, schnurgerade wie ein Axthieb, noch aus 300 Kilometern Höhe mit dem bloßen Auge erkennen (Bender 1983, S. 78).

Wer mit staubtrockener Kehle auf der roten Piste unterwegs ist, braucht viel Phantasie, um sich den Wald vor Augen zu rufen, der hier einmal stand: Hoher, schattiger Amazonaswald, wie ihn die Parintintin und andere „wilde Horden" bis heute bewahren. Wie mag sich der Bau der Transamazônica abgespielt haben? Andreas Bender schildert ihn so:

*Die Baubehörden schickten die bislang im Straßenbau noch unerfahrenen Landarbeiter bewaffnet mit 1000-PS-Caterpillar-Planierraupen in die Schlacht. Mit ihren Karabinern, ihrer 38er-Special im Gürtel und ihren Strohhüten sahen sie aus wie Männer auf dem Kriegspfad. In zahlreichen Urwaldsiedlungen, ehemaligen Kautschukdepots, die bislang nur per Dampfer zu erreichen waren, entstanden monströse Baucamps mit umfangreichen hochtechnisierten Maschinenparks. Die Transamazônica wurde als eine sich im Unendlichen verlierende Schneise aus roter dampfender Erde von verschiedenen Camps aus zwischen den Mauern aus Bäumen vorangetrieben. An der Front bearbeiteten die Baumfäller die Urwaldriesen zunächst mit ihren mit anderthalb Meter langen Schneideblättern versehenen Stihl-Motorsägen. Im Abstand von sieben bis acht Stunden folgte ihnen eine Armee von Planierraupen, Bulldozern und Raupenschleppern. Tag und Nacht trieben sie Kilometer um Kilometer die Piste durch den bisher als undurchdringlich geltenden Urwald und bahnten damit den Weg zu einem der größten Abenteuer des Menschen im 20. Jahrhundert! Bald schon sollte der Mensch am Amazonas nicht mehr der ewig Besiegbare sein ... Etliche Millionen Bäume mussten fallen, Hunderte von Brücken mussten gebaut werden, einige Milliarden Kubikmeter schlammiger Erde mussten bewegt werden, um die Piste in den zahlreichen Tälern auf zwanzig bis fünfzig Meter Höhe anzuschütten* (Bender 1983, S. 73, 75).

Marmelo, das Zentraldorf der Tenharim im Bundesstaat Amazonas, ist auf normalen Landkarten Brasiliens nicht verzeichnet. Ein winziges Fleckchen rotbrauner Erde, bewohnt von gerade dreihundertfünfzig Seelen, Indios zudem. Die Transamazônica hat das Dorf der Indios in zwei Hälften zerteilt – „schnurgerade wie ein Axthieb".

Dem Kaziken Kwahã steht das unfassbare Geschehen von 1974 noch deutlich vor Augen: „Viele Traktoren und Lastwagen kamen plötzlich in unser Dorf. Die Fremden haben alles niedergerissen, was ihnen im Weg stand. Unsere Kautschukbäume, unsere Paranussbäume – alles haben sie zerstört. Von all dem Bösen, das sie brachten, wussten wir vorher nichts."

Auch einer der Dorfältesten wird nie vergessen, was damals sein Volk fast auszulöschen drohte: „Bald nachdem die Weißen gekommen sind, tauchte in unserem Dorf eine schlimme Krankheit auf, die hieß Masern. Auch ich habe die Krankheit bekommen und wäre beinahe daran gestorben. Niemand von uns kannte bis dahin Masern oder Windpocken oder Blattern." (Pollmann 1999)

Doch die Tenharim hatten Glück im Unglück: Trotz Straßenbau hat ihnen der brasilianische Staat einen Teil ihres angestammten Siedlungsgebietes als dauerhafte Bleibe zugestanden – wenn auch Jahrzehnte Streit darüber verstrichen. Anderen Ureinwohnern an der Transamazônica erging es schlechter. Die staatliche Indianerbehörde siedelte sie während der turbulenten Baujahre kurzerhand in ein Sammelreservat um, selbst wenn es sich um miteinander verfeindete Ethnien handelte. Endlösung mittels Lastwagen und Kleinflugzeug! Die weiße Obrigkeit glaubte sich dazu berechtigt, schließlich räumte das brasilianische Gesetz den „Wildindianern" nur eine beschränkte Handlungsfähigkeit ein und stellte sie unter amtliche Vormundschaft der staatlichen Indianerschutzdienste (dies übrigens bis 1988). Als Sammelreservat wies die Behörde den Deportierten ein Sperrgebiet am Rio Xingu zu, im Bundesstaat Pará. Von Indianern „befreit", sollte der stolze Transamazonian-Highway fortan störfrei bleiben.

*Die Welt staunte, Hunderte von kritischen Stimmen der letzten Jahre waren zunächst verstummt. Die BR 230, die „Straße des Jahrhunderts" war zum Muster-Mammutprojekt der staatlichen brasilianischen Straßenbaubehörde geworden.* (Bender 1983, S. 75)

## Wie die Tenharim Freunde empfangen

Unser Reiseziel lag noch gut achtzig Kilometer entfernt, als die sonderbaren Motorgeräusche einsetzten. Schon vor Humaitá hatten wir den Tankverschluss eingebüßt und ihn durch ein Provisorium ersetzen müssen. Nun aber – Hubert fluchte auf portugiesisch, als er die Misere erblickte –, nun aber hatte uns das mörderische Rütteln und Klappern auch noch den Luftfilter gekostet!

„Wir müssen weiter, solange der Motor durchhält. Steig wieder ein", trieb Hubert mich zur Eile an, kaum dass ich meinen Fotoapparat aus der dreifachen Plastikverpackung hervorgeholt hatte.

Der Motor hielt durch. Nur Sian war mit seinen schwachen Kräften nun sichtbar am Ende. Der Zweijährige schluchzte und weinte und schrie, überfordert von der heißen Sonne, dem Durst, dem Krach. Nichts konnte ihn mehr trösten, so sehr Sandrinha sich auch um ihren Sohn bemühte. Und jeder von uns vier Erwachsenen wartete bang auf das nächste Stammeln der Maschine. Doch wie ein Wunder blieb es aus.

Kilometer um Kilometer rollten wir Marmelo näher.

Zusammengekrampft und leblos lag eine große, sandfarbene Schlange auf der Gegenfahrbahn, zweieinhalb bis drei Meter lang. Dann wieder deutete Manoel auf drei rot gepuderte Holzkreuze am Weg. Auf meinen fragenden Blick hin schlug er unmissverständlich die Fäuste zusammen: Autounfall ... Endlich begann der hohe Wald und wir erblickten das Sperrschild, mit dem die FUNAI-Behörde Indianerreservate kennzeichnet: „Area proibida" – Eintritt verboten.

„Noch eine halbe Stunde, dann haben wir's geschafft!", rief Hubert erlöst und klopfte mit Zuversicht aufs Armaturenbrett. Braver Jeep! „Hanne, fotografiere möglichst viele Szenen der Begrüßung im Dorf. Du weißt, die Tenharim bitten uns um Bilder."

Gleich als unser Auto erschien, kamen die Bewohner von Marmelo zur Straße gelaufen, um uns, die Staubverschmierten, halb Verdursteten, zu begrüßen. Von beiden Seiten der Straße her eilten die Indios herbei, Kinder wie Erwachsene, aus beiden Hälften ihres zerteilten Dorfes. Die betagten Männer, die uns als erste die Hände schüttelten, trugen ihren prächtigen Feder-

schmuck. Bunt bemalte Oberkörper erblickte ich, Pfeile, Bögen und lange Bambusflöten in ihren Händen. Dann: Der Kazike Kwahã. Begleitet von seinem jüngsten Enkel schritt er durch die flimmernde Mittagsglut auf unser Fahrzeug zu, das noch immer auf der Transamazônica stand. Der Alte hieß uns willkommen, würdevoll, mit schwarz bemaltem Oberkörper und seinem so liebenswerten Lächeln auf dem Gesicht... Angekommen!

Wochen später werde ich einem befreundeten Journalisten in Deutschland die Fotos unserer Ankunft in Marmelo zeigen. Doch er wird sie entrüstet, fast ärgerlich zur Seite schieben: „Was, das sollen Indianer sein? Willst du mir das ernsthaft weismachen? Die tragen doch alle Klamotten. Die seh'n doch aus wie beim Indianerfasching!"

Ich werde meinen Ärger hinunterschlucken und meinem Journalistenkollegen empfehlen, bei der Lektüre von Karl May zu bleiben. Oder dieses Buch zu lesen.

# Der Gesang des Kaziken

Ihr habt von weit her ein Geschenk mitgebracht,
niemand hier in Brasilien hätte das je für uns getan.
Ihr habt von weit her einen Recorder mitgebracht,
niemand hier in Brasilien hätte das je für uns getan.
Nun werden wir damit unsere Gesänge aufzeichnen,
so werden wir sie für immer bewahren.
Seht her, wir haben einen Recorder bekommen,
von Menschen von sehr weit her.
Jetzt haben wir einen Recorder,
auf dem können wir uns immer hören.
Ich bin glücklich und wir alle sind in Frieden!
Hí ú – hí ú – hí ú !

*Gesang des Kaziken der Tenharim, Marmelo, Juli 1997*

Sacht fiel der Flötenton zwischen Dämmerschlaf und Erwachen. Dem rauen, zärtlichen Klang folgte ein zweiter, dann wiederholten sich beide, ein Mal, ein zweites Mal. Die Müdigkeit meiner ersten Nacht in dem ungewohnten Schaukelbett Amazoniens schien wie weggezaubert. Hellwach und reglos lag ich in der Hängematte und lauschte ungläubig, denn Kwahã begann dicht neben unserem Haus zu singen. In unseren vier Wänden war es noch dunkel. Draußen aber, im beginnenden Morgengrauen, vermischte sich der Gesang des Kaziken mit den ersten Rufen der Waldvögel, mit dem Krähen der Hähne und dem pausenlosen Lärm der Zikaden. Ein Augenblick, so schön und so unwirklich wie ein Traum!

Schon gestern zur Mittagszeit, als ganz Marmelo auf den Beinen war, um uns nach unserer Ankunft mit Umarmungen und Gesang ins Gemeinschaftshaus zu geleiten, erklang der selbstbewusste Tenor des Kaziken. Halb Lied, halb Rezitativ, vorgetragen in einer sonderbar fremdartigen, melancholischen

Melodie, die er, kaum variiert, mehrfach wiederholte. So oft ich auch versuchte, mir die monoton wirkende Weise einzuprägen, so oft vergaß ich sie, meist schon nach Minuten. Mein sonst durchaus trainiertes Melodiegedächtnis versagte.

Viermal sang Kwahã jetzt und viermal, wie zum Ausruhen zwischen alter und neuer Strophe, blies er auf seiner kleinen Bambusflöte. Dann war es still und nichts verriet, ob der Kazike davongegangen oder geblieben war. Durch das kleine Fenster unserer Herberge drang jetzt so viel Licht, dass sich die Konturen der Inneneinrichtung abzeichneten. Die rohen Bretterwände mit den darin steckenden Nägeln, an denen sich unser mitgebrachter Hausrat verteilte – Sombreros, Fototechnik, Angelgerät, Dschungelhosen, Badeanzüge, Sonnenbrillen und rot eingestaubte Plastiktüten. Zu meinen Füßen, in der linken Ecke des Raumes, stapelten sich fünf prall mit Maniokmehl gefüllte Säcke und auf ihnen lag der Rest meines Reisegepäcks.

Vorsichtig lüftete ich das Moskitonetz, schlüpfte in die Turnschuhe. Im Nebenraum, spärlich abgetrennt durch eine lückige Bretterwand, schliefen Sandrinha, Sian, Lucie und Hubert. Welches Gaze-Himmelbett mochte ihn, den Bräutigam der heutigen Hochzeitsfeier, verhüllen? „Hubert?" Im Halblicht tappte ich durch die Bretterlücke, zielsicher zur richtigen Hängematte. „Hast du Kwahã singen hören? Wollte er uns wecken? Was müssen wir jetzt tun?"

Bevor ich zum Weiterflüstern kam, ertönte der Gesang des Kaziken aufs neue, aber leiser als vorher, von weiter her. Verschlafen antwortete es aus dem Mos-

kitonetz: „Ich glaub' nicht, dass wir aufstehen sollen." Hubert räkelte sich. „Das war sicher Kwahãs Einladungsgesang für die Hochzeitsfeier. Er wird damit durch das ganze Dorf gehen. Leg dich ruhig noch ein wenig hin."
Gut gesagt! Wie jetzt an Schlaf denken?

## Als hätte ich es nur geträumt

Während ich durch die offene Tür ins Freie trat, erkannte ich schemenhaft die kleine, aufrechte Gestalt des Kaziken, die sich ohne Eile entfernte. Unter den dicht belaubten Mangobäumen schritt Kwahã den Pfad entlang, der durch die Südhälfte des Dorfes hinunter zum Fluss führt. Immer leiser wurde sein märchenhaftes Morgenlied, schwang sich von Hütte zu Hütte, von Hängematte zu Hängematte.

Draußen im Sand lag ein Stück Holz. Keine bequeme Sitzgelegenheit, aber besser als auf dem kahlen Boden zu hocken. Mit schmerzendem Rücken nahm ich darauf Platz und lehnte mich nachdenklich an die Bretter der Veranda. Wann hatte jemals für mich ein Morgen so stimmungsvoll begonnen? Soweit ich mich erinnere – niemals. Schrillende, quäkende Wecker fielen mir ein und mein obligatorischer Missmut, wenn ich ihnen notgedrungen gehorchen musste. Welch unvergleichlicher Morgen dagegen hier, mitten im klingenden, singenden Amazonien! Und welch phantastisches Spiel der Himmelsfarben! Caspar David Friedrich hätte sie kaum schöner auf seine Staffelei zaubern können – pastellrosa Schäfchenwolken, aufgereiht auf zartblauem Grund über der schwarzer Urwaldkulisse. Mit zwei wie bestellt darüber hin fliegenden Aras. Kaum zehn Minuten vergingen, dann war das zarte Rosa zu kräftigem Purpur gedunkelt. Und als bald darauf die ersten Sonnenstrahlen über den Dschungelrand lugten, verging das Wettspiel der Farben im Nu, löste sich auf, als hätte ich es nur geträumt.

Und Hubert und Sandrinha lagen noch immer in ihren Hängematten! Vielleicht hätte ich die beiden ja hinausgerufen: „Schaut euch das an! Extra für euch, dieser wunderschöne Himmel!" Wäre da nicht gestern Sandrinhas Sturz gewesen. Die schmale Frau war von einer Minute auf die andere vor Erschöpfung eingeschlafen, mitten im Gehen. Ausgerechnet auf dem abschüssigen Weg, der von der Autobrücke zur Badestelle am Rio dos Marmelos hinunterführt. Sie schlief einfach ein und stürzte aufs Geröll!

„Jetzt solltest du zum Fluss gehen, solange das Dorf noch still ist", überlegte ich und suchte meine Wasch-Utensilien zusammmen. Meine Uhr zeigte fünfzehn Minuten nach sechs.

## Schwarzer Trompeter

Noch lag dichter Nebel über dem Rio dos Marmelos. Ich mochte diesen Fluss, seit er uns gestern Mittag von der staubigen Dreckschicht der Transamazônica befreite. Mit dem Bücken haperte es zwar, aber das bisschen Morgentoilette war schnell erledigt. Belustigt schaute ich dem Fischnachwuchs zu, der sich im glasklaren Wasser gierig um die Reste meiner Zahnpasta stritt, die vor meinen Füßen in weißen Flocken auf den sandigen Grund hinab schaukelten.

Klingendes Amazonien: Von tausenden Singwarten im Dschungel herab überzogen tausende Zikaden das Dorf mit ihrem tosenden Geplärr. Rotbunte Aras kreischten durch die laue Luft. Und irgendein Sänger summte und brummte mit lauter Stimme eine beruhigende, langgezogene Melodie in den Morgen, als schaukele ein alte Frau gedankenversunken ihren Enkel auf dem Schoß: „Hmm, hmm – hmm ... hooh hooh." Wer da sang, wussten die Götter! Etwa dieser komische schwarze Laufvogel, der einer Pfauenhenne ähnelte und ein Weilchen zwischen den Steinen am gegenüberliegenden Ufer herumgepickt hatte? Dann war er verschwunden, aber die Melodie erklang weiter. Als ich später Ivã beim Frühstückessen die eigentümliche Strophe vorsang, lachte er und wusste sofort Bescheid: „Jakamí!"

Meine Vermutung traf zu und jeden Morgen sollte ich nun dem summenden schwarzen Vogel am Fluss begegnen – einem gezähmten *Grünflügel-Trompeter-Hahn*, den die Kinder von Marmelo als Spielgefährten ansahen. „Ele mora no mato", hatte Ivã noch hinzugesetzt, das Tier sei im Wald zu Hause.

Unterdessen war das Dorf erwacht. Kinder kamen über die hochbeinige Brücke gelaufen, bald würde der Waschplatz bevölkert sein. Auch der Nebel hatte sich gelichtet und gab den Blick auf die Boote frei und auf kreischende Möwen, die einander kleine Fischchen abjagten.

An der Schwelle unseres Hauses trat Hubert mir gähnend entgegen.

„Schade, dass ihr euren wunderbaren Hochzeitshimmel nicht gesehen habt", sagte ich, „aber ich hab ihn fotografiert."

Hubert blinzelte ins Morgenlicht und wartete, bis auch Sandrinha aus dem Haus kam. Dann ging das Brautpaar über den sandigen schmalen Weg zum Flussufer. Lucie folgte, an der Hand den kleinen Sian.

## Hochzeit auf der Hängematte

„Cinco", bedeutete mir der Indio und platzierte das letzte Fleischstück auf dem hölzernen Rost. Ich verstand nicht gleich. „Cinco Tapi-íra."

Jetzt fielen mir Huberts Worte von gestern abend wieder ein: „Die Tenharim hatten seltenes Jagdglück. Sie haben fünf Tapire geschossen. Genug für's Festessen von ganz Marmelo!"

Das Gesicht des Indios erhellte sich, als er sah, dass ich verstand und ihn erkannt hatte. Es war Dúka, der Jäger, der sich gestern am Flussufer bereitwillig zum Foto postiert hatte. Seine Beute – Tapir Nummer fünf in rehbraunem Kurzfell – lag neben ihm, halb im Wasser, halb an Land.

Dúkas Grill war aus frischen Stämmchen verblüffend einfach konstruiert, wie auch die Wärmequelle darunter. Sie bestand aus fünf sternförmig aneinanderstoßenden Baumstümpfen. In der Mitte des Sterns begann es langsam zu qualmen. Mit dieser Feuerung lässt sich die Hitze genauso effektiv regulieren wie bei einem Elektroherd. Denn stoßen nur zwei Stämme aneinander, entsteht eine Sparflamme, bei drei Stämmen angenehme Mittelhitze, na und so weiter.

Gern erinnerte mich an unseren gestrigen ersten Rundgang durchs Dorf, das aus etwa dreißig Familienhütten bestehen mag. Wie selbstverständlich traten alle Familienmitglieder, an deren offenen Häusern wir vorüberkamen, auf uns zu, um uns mit strahlenden Gesichtern zu begrüßen und uns ihre Namen zu nennen, vom Urgroßvater bis zum Jüngsten. „Wie heißt du?", wollten sie von mir wissen. Und: „Ist es sehr weit nach Deutschland? Wie lange braucht man dorthin?"

„Oh, Deutschland liegt sehr weit – muito longe. Man braucht zwei Tage mit dem Flugzeug", strapazierte ich mein dürftiges Portugiesisch und deutete in den azurblauen Himmel. Nur gut, dass ich zu Hause zumindest die ersten Lektionen der Sprachkassette gebüffelt hatte! Amüsiert über meinen Akzent und die eigenwillige Grammatik quittierten die Indios jede meiner Antworten mit einem Lachen und mit der nächsten Frage.

Doch jetzt stand Marmelo eine Doppel-Hochzeit bevor! Nicht nur Sandrinha und Hubert sollten heute getraut werden, sondern auch ein junges Paar der Tenharim. Zum Auftakt der Feierlichkeiten hatten alle Bewohner von Marmelo an der Stirnseite des großen Gemeinschaftshauses die Gabe der Hochzeitsleute aus Porto Velho in Empfang genommen. Jeder Anwesende erhielt ein kleines Weißbrot, etwa so groß wie ein Kipfen. Mit Bedacht aßen die Tenharim die seltene Speise und spülten mit einer Tasse Wasser nach.

„Hier am Gemeinschaftshaus wird immer geteilt – die Jagdbeute, Fische, Früchte ...", erklärte mir Hubert. Es sei ein Teilen unter Gleichen, denn jede Familie erhalte so viel, wie sie Angehörige zähle. Dann rief João Sena ihn und Sandrinha zur Bemalungszeremonie. Das junge Brautpaar der Tenharim trug schon das indianische Festkleid – schwarze Farbtupfer auf Armen, Beinen und auf dem Oberkörper des Bräutigams. Während Kwahã und sein älterer Bruder Luiz nach Art der Tenharim unaufhörlich sangen und ihre kleinen

Bambusflöten bliesen, kamen Sandrinha und Hubert an die Reihe. Danach Manoel und Lucie. Ich musste einen nach dem anderen fotografieren, so blieb ich unbemalt.

Unsere Gastgeber ließen sich Zeit. Das Hochzeitsritual kannte weder Hektik noch eine festgefügte Tagesordnung. Überall herrschten statt dessen Fröhlichkeit und ein buntes Durcheinander. Fotomotive über Fotomotive! Zum Beispiel der hochbetagte Luiz: Er trug seinen prächtigen Federschmuck, ein wahres Feuerwerk aus Farben! Auch João Sena, sein fünfundzwanzigjähriger Enkel, hatte die traditionelle „corona" der Tenharim angelegt. Sie leuchtete in Türkis, Hellblau, Rot, Grün und Gelb. Über den Rücken herab wallte ein großer Strauß aus langen Papageien-Schwanzfedern, an dem bunte Federglöckchen befestigt waren. Handgedrehte Schnüre aus Baumwolle hielten das ganze Kunstwerk zusammen. Bei jeder Körperbewegung wippte es bedeutungsvoll.

Dass die Indios Südamerikas Papageien als Federlieferanten halten, berichteten schon die ersten Forschungsreisenden. Und wirklich: Die Ähnlichkeit der „coronas" der Tenharim mit dem Arankanga, den ich vorhin gemächlich über den Sand zum nächsten Palmenstamm wackeln sah, war verblüffend!

Der Krummschnabel spazierte in exakt demselben Türkis, in Hellblau, Rot, Grün und Gelb daher!

Nachdem Kwahã und Luiz nach Abschluss der Bemalungszeremonie, mit je einer Braut untergehakt, die Front der Zuschauer abgeschritten hatten – wobei beide weiter wie beschwörend sangen – nahmen die Hochzeitsleute auf zwei Hängematten Platz. Diese waren quer durch das Gemeinschaftshaus gespannt. Um sie befestigen zu können, hatten die Männer in der Mitte des Hauses einen starken Stützpfahl eingraben und ihn mit den Dachbalken verbinden müssen.

Zwei Indiofrauen ölten nun den vier Heiratskandidaten das Haar und frisierten sie dann unter den amüsierten Blicken der Zuschauer neu. Geduldig ließ auch der Brautvater diese Prozedur über sich ergehen. Er und die zweite Braut des heutigen „casamento" (der Hochzeit) stammten aus einem Nebendorf der Tenharim.

Zum guten Schluss wurden die Brautleute mit bunten Federkronen geschmückt, mit Tucumá-Perlenketten und aus Bast geflochtenen Armreifen. Luiz überreichte dem Indio-Bräutigam zudem einen neuen Bogen und einige federgeschmückte Pfeile. Welch prächtiger Anblick! Und gerade jetzt ging mein Filmvorrat zur Neige. Nachschub lag neben meiner Hängematte.

Zwischen den lachenden und schwatzenden Zuschauern war ich, so schien es mir, ohnehin die einzige, die sich ständig um etwas zu sorgen hatte: um die beste Position fürs Fotos, um einen staubfreien Platz für den Filmwechsel und wieder und wieder musste ich meinen kläglichen Vokabelvorrat durchforsten, wenn einer der Indios wissen wollte, wie teuer meine Kamera sei, ein anderer, ob man in Deutschland wirklich das ganze Jahr über frieren müsse, ein dritter, ob mir die Feier gefiele. Und ob sie mir gefiel! „Ela e muito bonito! – Sie ist sehr schön!" Diese Antwort gab ich auch Kwahã, als wir uns bei meiner Rückkehr vom Filmeholen über den Weg liefen. „Bonito?", vergewisserte er sich. Ein gütiges Lächeln breitete sich über sein Antlitz und der kleine Mann mit der großen Stimme schloss mich in seine Arme.

Die Wärme, mit der die Tenharim mich in ihrem Dorf aufnahmen, berührte mich. Als ich mit der Filmtasche aus unserem Haus zurückkam, verließen drei alte Frauen den schützenden Schatten des Gemeinschaftshauses und traten auf mich zu. Aus unzähligen Fältchen und Runzeln, die das harte Sonnenlicht nachzeichnete, sprach ihre Freude über mein Hiersein. Jede der Frauen umarmte mich, drückte ihre Wange an meine, nach dem Brauch der Tenharim drei Mal. Und jede legte zum Schluss ihre rechte Hand auf meine Brust, dort wo das Herz ist. Wie alt mochten die Frauen sein? Siebzig oder achtzig Jahre, so alt wie Kwahã? Welche Vorstellung mochten sie von „alemanha" haben, dem Land, aus dem Hubert gekommen war, um den Indios beizustehen? Aus dem auch ich kam, die Frau mit den blonden Strubbellocken, die alle Frauen hier um Haupteslänge überragte?

## Die versteinerten Missionarinnen

Nachdem ich den Höhepunkt der Hochzeitsfeier in Bildern festgehalten hatte, fand ich Muße, die zwei bleichgesichtigen, älteren Damen in der ersten Reihe des Publikums näher zu betrachten, zwei unauffällige Zuschauerinnen, an denen alle Festfröhlichkeit abzuprallen schien. Ihre Mienen unter dem sorgsam gescheitelten, kurz geschnittenen Grauhaar zeigten nicht die geringste Regung. Was, um alles in der Welt, hatten ausgerechnet sie hier verloren?

Die kleinere der beiden Damen, korpulent, bekleidet mit einem rosa Pullover und beigefarbener Hose mit strenger Bügelfalte, erinnerte entfernt an eine Küchenhilfe. Die größere – dünn und mit asketischem Zuschnitt – eher an eine ehemalige Hochleistungs-Sportlerin.

Hubert bemerkte mein Erstaunen: „Das sind die beiden Missionarinnen vom ‚Summer Institute'. Ich hab' dir von ihnen erzählt."

Richtig, nur hatte ich sie mir anders vorgestellt!

Kurz nach dem Bau der Transamazônica waren sie ins Dorf der Tenharim gekommen und geblieben. Zwei Frauen in der zweiten Lebenshälfte, gebürtig in Nordamerika. Seit nunmehr einundzwanzig Jahren fristeten sie am Rio dos Marmelos ihr frommes Dasein – um „Sprachstudien zu treiben", wie die

 fundamentalistisch-evan-
gelikale Missionsgesell-
schaft aus den USA ihre
Tätigkeit gern wissen-
schaftlich-akademisch be-
mäntelt. Seit seiner Gründung im Jahre 1942 hat das
„Summer Institut für
Sprachkunde" über drei-
tausend Missionare zu in-
digenen Völkern in alle
Welt entsandt – meist Ehepaare oder wie in Marmelo zwei alleinstehende
Frauen. Kein Buschwinkel unserer Erde lag den christlichen Heilsbringern
zu entfernt. Gewöhnlich nisteten sie sich für zehn bis zwanzig Jahre bei den
heidnischen „Eingeborenen" ein, erlernten deren Sprache, übersetzten die
Bibel, um anschließend mit ihrem intrigenreichen Bekehrungswerk zu beginnen. Mit Sitz im texanischen Dallas, gilt das „Summer Institute of Linguistics" heute als die größte Einzelorganisation, die ihre Bestimmung darin sieht,
indigene Völker weltweit aus ihrer „sittlichen Verderbtheit zu erlösen".

Wenn sie es nur dabei beließe! Denn das „Summer Institute of Linguistics"
und die noch aggressivere „New Tribes Mission" (Neue Stammes-Mission)
verbinden, wie Gert von Paczensky ausführt, *ihre Missionstätigkeit mit der Pro-
pagierung des amerikanischen „way of life"; sie werden immer wieder beschuldigt,
zu allererst die Interessen der USA zu vertreten, möglicherweise sogar in Abstim-
mung mit der CIA. Sie halfen besonders lateinamerikanischen Regierungen, bei ihren Programmen zur wirtschaftlichen „Erschließung" Ländereien und Wälder von
Indianern zu „säubern"* (Paczensky 1991, S. 71).

Wie perfide die Glaubensverkünder dabei vorgehen und welch bleibendes
Unglück ihr Werk hinterlässt – sowohl für die einst intakten sozialen Gemeinschaften als auch für die indianischen Lebensräume – ist hinreichend
dokumentiert (Kuppe 1994, S. 110). So gelang auch die „Befriedung" der
Huaorani-Indígenas (Auca) in Ekuador durch die tatkräftige Hilfe der „Wy-
cliff-Bibel-Übersetzer".

Nach Heinz Schulze spielte sie sich auf folgende Weise ab:
*Die Missionare zeigten den Auca die Wunder der Neuzeit: Gummibänder, Ballon-
reifen und Jo-Jo-Spiele. Man reichte ihnen Limonade und Hamburger mit Senf, die
ihnen offenbar ausgezeichnet mundeten... Die Wycliff-Missionarin, Raquel Saint,
bekannt auch unter dem Namen die „Befriederin der wilden Auca", war überzeugt,
das Richtige zu tun. In ihrer Vorstellungswelt waren die Auca wilden Tieren ver-*

*gleichbar und Jesus solle den Teufeln befehlen, aus den Körpern der Auca zu fahren. Zur konkreten Teufelsaustreibung benutzten die Missionare bereits christianisierte Huaorani, die ihre Botschaft per Lautsprecher aus Hubschraubern ihren „wilden Brüdern und Schwestern" im Dschungel verkündeten. Der Inhalt solch froher Botschaft: Die Auca sollen die Erdölgesellschaft nicht angreifen, sondern sie auf ihrem Land gewähren lassen. So rühmten sich die Wycliff-Verantwortlichen, dass sie Erdölgesellschaften wie Gulf und Texaco vorangegangen seien, um die Wilden auf die Ankunft der Weißen „vorzubereiten"* (Schulze 1994, S. 134).

Die Waldheimat der Huaorani von Ekuador gehört heute zu den ökologischen Katastrophenregionen des Landes – ausgeplündert, vom Öl verseucht, von Krankheiten überzogen.

War den zwei ergrauten „Befriederinnen von Marmelo" Ähnliches vorzuwerfen? Ihre bescheidene Hütte – bestückt mit Solaranlage und Computer – lässt sich auf den ersten Blick von denen der Indios kaum unterscheiden. Sie steht linksseits am Weg zum Fluss. Hubert hatte mir das Haus gezeigt. Auch auf die Kalendersprüche im Tupí-Dialekt der Tenharim hatte er mich hingewiesen. Gleich neben meiner Hängematte hingen solche Sprüche an einem rostigen Nagel. Dort verdösen sie die Zeit, ungelesen und verstaubt. Unsere Hängematten hingen im Haus des Kaziken Kwahãs, der sich nicht hatte missionieren lassen. Doch auch sein Haus hatten die Frauen des „Summer Institutes" mit ihren Sinnsprüchen bedacht, wie vermutlich jede Familienhütte des Dorfes.

Die zwei Damen des „Sprachforschungs-Institutes" beherrschten fließend die Sprache der Tenharim, doch hatten sie kein Wort für die Brautpaare übrig, kein Lächeln, keine Freundlichkeit. In Marmelo, so erfuhr ich, hatten sich die Missions-Damen durch die Finanzierung eines Brunnens eingekauft, der inzwischen nicht mehr benutzbar ist. Sie lebten bis heute isoliert von der Dorfgemeinschaft und unter den Indios kursiere der Witz: Sie säßen seit zwanzig Jahren in ihrem Haus und schrieben Papier voll. Niemand im Dorf wisse, worüber sie eigentlich schrieben. Wahrscheinlich hätte das „Summer Institute" die beiden einfach vergessen!

Am darauf folgenden Sonntag sahen wir die Missonarinnen zu ihrer kleinen Kirche jenseits der Transamazônica spazieren. Zwei einsame Gestalten, vor den Urwaldriesen am Dorfrand winzig und vergänglich wirkend. „Gottesfrauen" – leibhaftige Karikaturen! Die Korpulente, ein schwarzes Täschchen in der Hand, trippelte voran, unter dem Dach ihres Regenschirms, ohne den sie offenbar keinen Schritt in Amazoniens Sonne wagte. Die Hagere hinterdrein, mit langen Schritten und unbeschirmt. Nach gut anderthalb Stunden promenierten die beiden in gleicher Formation zurück. Höchstens zwei

Indio-Familien waren ihrem Gottesdienst gefolgt. Amüsiert schauten wir zu, wie das ungleiche Frauen-Paar im Schatten der Fruchtbäume verschwand.

Und dann erzählte Sandrinha eine Geschichte, die mich vieles begreifen ließ – die Geschichte ihrer Vertreibung aus Marmelo: „Es war 1986, vor elf Jahren also. Ich reiste damals als Ärztin im Auftrag der CIMI durch Amazonien und kam auch zu den Tenharim nach Marmelo. Wie in allen indigenen Gemeinschaften habe ich mich danach erkundigt, unter welchen Krankheiten die Indios leiden und ob sie ausreichend zu essen haben. Ich bin in die Waldgärten gegangen, um zu sehen, welche Früchte dort wachsen. Gemeinsam mit den Einwohnern habe ich dann eine Liste der Krankheiten aufgestellt, die im Dorf auftreten, und habe versucht, ihnen in einfacher Form den Krankheitsverlauf und die mögliche Heilung zu erklären. Manchmal ist es ja gar nicht nötig, chemische Medikamente anzuwenden, sondern es genügt, sich auf das alte schamanische Heilwissen zu besinnen. Den zwei Missionarinnen war ich ein Dorn im Auge. Sie waren damals schon seit zehn Jahren in Marmelo und wollten nicht dulden, dass ich – eine Fremde und eine Schamanin obendrein – ihrem Bekehrungswerk in die Quere kam. Schließlich bestand der Urzweck ihrer Missionierung darin, die Indios von ihrer Tradition zu trennen. Ich dagegen bestärkte die Tenharim darin, ihren Stolz auf die indianische Kultur zu bewahren. Damals wie heute sind die Kirchendamen übrigens perfekte Meisterinnen, wenn es darum geht, Zwietracht im Dorf zu säen, vor allem zwischen Missionierten und nicht Missionierten. Irgendwie brachten sie auch den FUNAI-Postenchef gegen mich auf und ich musste Marmelo verlassen. Doch bevor ich den Bus nach Porto Velho bestieg, gab mir Kwahã ein Versprechen und er verlieh mir auch einen neuen Namen: Tuwã. Erst gestern abend habe ich erfahren, dass seine Frau genauso heißt. Ich glaube, Kwahã hatte mich schon bei unserem ersten Treffen in sein Herz geschlossen."

„Und welches Versprechen hat er dir gegeben?", wollte Hubert wissen.

„Kwahã hat es nun eingelöst", antwortete Sandrinha und lächelte. „Er hat mir damals versprochen, er werde mich nach indianischem Brauch verheiraten – sobald ich den Mann meines Lebens gefunden habe. Eine Heirat gilt bei den Tenharim bis zum Lebensende und auch im Leben danach. Nur – eine Verbindung zwischen Tenharim und Weißen zu schließen, verstößt bei ihnen gegen ein strenges Tabu. Dass sie uns dennoch getraut haben ..."

„Was? So lange war das schon abgesprochen?", Hubert lachte laut auf. „Und ich dachte immer, das sei eine Abmachung unter uns Männern gewesen?"

Im Februar 1997, seine kleine Familie war gerade von Deutschland nach Brasilien übergesiedelt, bekam Hubert Besuch von Kwahã. Sein Trauungsversprechen erwähnte der Kazike mit keinem Wort, aber er unterhielt sich lange mit Hubert. Geprüft und für gut befunden! Alles weitere war dann tatsächlich eine Vereinbarung unter Männern.

Jetzt, nachdem ich Sandrinhas Geschichte gehört hatte, konnte ich die Eisigkeit der bigotten Ladies während der Hochzeitsfeier gut verstehen, ihre steinernen Gesichter. Zwei Jahrzehnte Missionierungsmühen in den roten Sand gesetzt! Die Tenharim pfiffen drauf und hatten – unter Leitung ihres nicht missionierten Kaziken – ihre ureigene Tradition wieder belebt. Die Jungen hatten die wenigen Alten der Tenharim, die noch am Leben sind, nach den Hochzeitsbräuchen befragt, hatten Rituale neu einstudiert, die fast schon vergessen waren. Eine kleine Sensation mitten im Zeitalter des großen Kulturenschwunds unter den Söhnen und Töchtern Amazoniens!

Seit dem Einzug der Missionen[11] und der staatlichen Zwangsverwaltung hatten die Indios jedes Begräbnis, jede Hochzeit, jede Taufe nach christlichem Brauch begehen müssen. Ihre offiziell registrierten brasilianischen Namen lauteten Adriana, Monica, Maria oder Irene, Alberto, Eduardo, Carlos oder Isaac. Kwahã hieß „Alexandre", seine Frau Tuwã hieß „Joana" ... Nun aber heiratete ausgerechnet die vor elf Jahren des Dorfes verwiesene Schamanin und Ärztin Sandrinha im Angesicht des „Summer Institutes" auf ur-indianisch, im Geist des „tupanaga", der alten Gottheit der Tenharim. Mit Vogelfedern und Holzperlen geschmückt, von heidnischen Gesängen geleitet, noch dazu einen europäischen Bräutigam an ihrer Seite!

Die eisernen Ladies zogen sich in den hintersten Winkel des Festhauses zurück und schmollten von dort aus weiter. Ich sollte sie fragen, ob jene ungeheuerlichen Vorwürfe wahr seien, die brasilianische Indianervertreter gegenüber ihrem „Sprachinstitut" erheben? Das „Summer Institute of Linguistics", behaupten sie, beteilige sich an Gold- und Diamanten-Abbau auf Indianerland. Und es nehme unter dem Vorwand medizinischer Behandlungen Sterilisationen an Indianerfrauen vor! Doch den Versuch eines Interviews mit den Missionarinnen ließ ich sein. Es war ohnehin viel zu heiß und zudem rechnete ich mit einer Abfuhr, wie auch andere Journalisten sie erhalten haben (Pollmann 1999).

Das Trauungsritual neigte sich seinem Ende entgegen. Wie es der Brauch vorschrieb, wuschen sich die Brautleute nun die Hände – mit dem Wasser des Rio dos Marmelos. Dann tanzten Krieger draußen vor dem Festhaus durch das gleißende Sonnenlicht und schwangen unter lautem Gesang ihre Pfeile und Bögen. Zuallerletzt zogen die Hochzeitsgäste über den Dorfplatz bis zur Uferböschung des Flusses, angeführt vom singenden Kwahã, von seinem

---

11 In Marmelo sind außer dem evangelikalen „Summer Institute of Lingustics" noch Katholiken und Baptisten ansässig.

Bruder Luiz und den beiden Brautpaaren. Die Missionarinnen bildeten den missmutigen Schluss des fröhlichen Zuges. Ein letzter Blick über das gottlose Treiben, dann schritten sie von dannen.

Die Gäste zerstreuten sich. Doch schon bald scharten sie sich um den Grillplatz, der einen angenehm würzigen Geruch von gegartem Fisch und Tapirfleisch verströmte. Mittagessen. Und endlich „siesta" in der Hängematte, während flimmernde Hitze über Dorf und Dschungel brütete.

## Großer Tanz der Bambusflöten

Niemand außer uns schien müde zu sein, denn schon bald dröhnte es laut und dumpf aus riesigen Bambusflöten. Unter dem Dach des Festhauses hatten sich die Männer versammelt, um weiter zu feiern. Der alte Luiz, noch immer im farbenfrohen Federschmuck, führte das Bläser-Ensemble an. Nach einer kurzen Weile, in der die Musikanten stehend in ihre Rieseninstrumente bliesen, setzte sich ihre Reihe langsam in Bewegung. Entgegen dem Uhrzeigersinn liefen die Männer im Kreis, mit der rechten Hand das schwere Instrument an den Mund pressend, es mit der linken Hand zur Mitte haltend. Viele Minuten lang währte jeder Rundtanz.

Die jüngeren Flötenspieler hatten ihre Oberkörper mit Farbmustern verziert, mit Streifen oder Halbkreisen, Zackenlinien oder Punkten. Atemlos fand Leo in einer Tanzpause ein paar erklärende Worte für seine Bemalung. Sie stellte eine Kombination aus roten und schwarzen Punkten dar. Damit sei er als Anführer einer Kriegergruppe erkenntlich. Sprach's und kehrte in den Kreis der Bläser zurück.

Die halbwüchsigen Tenharim beherrschten das Flötenspiel ebenso geschickt wie die Erwachsenen; die Sieben- bis Zwölfjährigen gesellten sich mit ihren kürzeren Bambusflöten hinzu und bald röhrte das von Fußrasseln rhythmisch gelenkte Orchester aus über dreißig Instrumenten. Von den Urgroßvätern bis zu den Urenkeln – alle genossen den Riesenspaß des gemeinsamen Musizierens. Vier Generationen, vereint in derselben Tradition! Wieder und wieder drehten sich die Bläser. Einige junge Indiofrauen liefen im Innenkreis mit. Den rechten Arm hatten sie um die Hüfte ihres Partners gelegt, mit dem linken halfen sie, die schwergewichtige Flöte zu halten. Unter Tausenden von Tritten wirbelte rotbrauner Staub in die Luft und ich malte mir aus, wie er allmählich die Mattscheibe des Fernsehapparates überpuderte, den die FUNAI im Gemeinschaftshaus aufgestellt hatte. Eine Brettertür verdeckte den Bildschirm heute und auch an den anderen Tagen. Niemand im Dorf vermisste offenbar sein Flimmern.

Nachdem Domingo mich zu einer Tanzrunde eingeladen hatte, lief mir der Schweiß in Rinnsalen am Körper hinab. Doch Domingo ließ es bei dieser einen Tour bewenden; die Tenharim waren eben einfühlsame Gastgeber. Abends am Feuer verriet uns der Vierzigjährige den Namen der großen Bambusflöten: „Üreró" hießen sie auf Tupí und „ürerop'ü" nannten die Indios den Rundtanz mit diesen Blasinstrumenten. Die letzte Silbe korrekt kehlig auszusprechen, gelang weder Hubert noch mir.

# „Sou indio!"

Einen ganzen langen Tag hatte Marmelo gefeiert. Wäre da nicht jener dissonante Ausklang gewesen ...

Schuld waren die Karitiana, die gestern wegen einer Autopanne erst spät in Marmelo eingetroffen waren. Ihr „Kulturbeitrag", den sie heute zum Hochzeitsfest beisteuerten, blieb fast ohne Zuhörer – eine Art indianischer Rockmusik, mittels Stromaggregat aus Verstärkern durch die Nacht geplärrt, grell und übersteuert. Nur ein paar Kinder der Tenharim bestaunten das Schauspiel. Still folgten ihre Augen den zwei oder drei Karitiana-Paaren, die sich eng aneinander geschmiegt und bedauernswert einsam über die spärlich beleuchtete Sandfläche des Gemeinschaftshauses schoben.

Die Tenharim hatten mit der Einladung an die Karitiana die Hoffnung verbunden, es würde einen Wettstreit indianischer Kulturen geben! Doch nun breitete sich knisternde Spannung über Marmelo und wir spürten, wie arg enttäuscht sich die Tenharim fühlten. Dass die Karitiana zudem ein strenges Tabu verletzt hatten, indem sie Alkohol mit ins Dorf brachten, kam uns erst zwei Tage später zu Ohren.

„Die Tenharim werden das Gastrecht gewähren, ganz gleich, was passiert", versicherte Hubert, nachdem er mit Sandrinha von einem Spaziergang durchs finstere Dorf zurückgekehrt war. Aus herumliegenden Holzstücken entfachten wir ein kleines Feuer vor unserer Gasthütte und kauerten uns im Kreis in den warmen Sand. Von irgendwoher aus dem Dunkel traten zwei Tenharim zu uns, sechzehn oder siebzehn Jahre alt. Wir baten sie, sich zu uns zu setzen, was sie wortlos taten.

Hubert fragte sie: „Warum seid ihr nicht bei der Musik?"

„Sie taugt nichts", entgegnete der eine. Und der andere fügte leise hinzu: „Sou indio." (Ich bin Indianer.)

Das Feuerchen vor unsere Hütte schien auf einen Schlag alle Konflikte Amazoniens und seiner Bewohner zu fokussieren. Mir klangen wieder die Worte des alten Tenharim im Ohr, der neben dem Friedhof wohnt. Nach dem Bad im Fluss kamen wir immer an seiner Hütte vorüber. „Sie spielen die Musik der Weißen", hatte der Achtzigjährige gemeint und müde abgewinkt. Da hatten die Verstärker gerade losgedröhnt.

In seinem schwer verständlichen Sprachgemenge aus Portugiesisch und Tupí hatte uns der Alte noch mehr mitzuteilen und wir hatten uns eine Weile zu ihm gesetzt. Alles sei durch die „brancos" und die Straße gekommen, sagte er mit brüchiger Stimme und hob seinen Arm in Richtung Transamazônica. Ich folgte seiner Geste und versuchte, mir das entmutigte Häuflein Tenharim der siebziger Jahre vor Augen zu rufen – auf Weisung der Missionare

*Kwahã, der Kazike der Tenharim, löste mit der Hochzeit an der Transamazônica ein Verspre-chen ein, das er Sandrinha Barbosa elf Jahre zuvor gegeben hatte.*

*Dúka und die anderen Jäger des Dorfes haben für das Hochzeitsessen gesorgt – Tapirfleisch und Fische aus dem Rio dos Marmelos.*

*Doppelhochzeit in Marmelo. Das indigene Brautpaar der Tenharim (oben) und Sandrinha und Hubert (unten); neben ihnen Aurelio Tenharim mit seinem Sohn Andersen und Aurelios Frau Iraides.*

Das ganze Dorf feiert mit und begleitet die Hochzeitspaare auf dem abschließenden Gang zum Flussufer. Selbst der Arakanga (unten) schaut zu. Er und zwei weitere zahme Papageien lieferten die Federn für die prächtigen „coronas" der Tenharim, auch für die von Joãa Sena (rechts).

*Selbstbewusst postieren sich die Kinder mit ihren Bambusflöten zum Foto – die Tradition der Tenharim von Marmelo ist lebendig geblieben.*

*Unten: Vogelspinne in unserem Haus (siehe Kapitel „Aranha").*

*Rechts: Der dreijährige Sohn João Senas – Sena Junior.*

*Ein Dank, der von Herzen kommt. Mit der traditionellen Hochzeitsfeier – der ersten seit dem Einzug der Missionare vor gut zwanzig Jahren – haben die Tenharim ein Stück eigener Kultur zurückgewonnen.*

und staatlichen „Indianerverwalter" mit ihren allerersten T-Shirts und Hosen behängt und mit bunten Kleidern. Ureinwohner, deren Dorf die Bulldozer eben erst von der Steinzeit in die Moderne planiert hatten.

Ja, von dort seien sie gekommen, wiederholte der Alte. „Und dort stand früher auch unsere große Maloca, in der wir unsere Feste feierten. Dann durften wir keine Malocas mehr bauen." Nachdenklich rückte der Alte seine Mütze zurecht und fuhr fort: „Alles ist seitdem anders. Früher sind die Leute bei uns immer sehr alt geworden. Erst dann sind sie irgendwann gestorben, an Schwäche. Heute sterben schon junge Frauen und kleine Kinder." Er wies auf zwei frische Grabhügel mit hölzernen Kreuzen. Dort hatten die Tenharim vor wenigen Wochen ein dreijähriges Mädchen und eine Tochter Kwahãs begraben, Dúkas Frau. Beide starben an Malaria. „Nein, ich möchte sie nicht hören, diese Musik", hatte der Alte geendet und sich resigniert in seine Hängematte gelegt.

Unser Vorrat an Brennmaterial war verglüht und die Nachtkühle kroch durch die Kleider. Die beiden jungen Tenharim waren gegangen. Höchste Zeit, sich in Decke und Hängematte zu wickeln. Doch noch lange vergellte die schrille Rockmusik die sternenklare Tropennacht und der Schlaf wollte nicht kommen. „Sie möchten Brasilianer sein", ging es mir durch den Kopf, „es sind keine alten Karitiana mehr am Leben, die sie davon abhalten könnten."

Bei den Tenharim hingegen gibt es sie noch, die Hüter der eigenen Kultur. Bei ihnen gibt es Kwahã, den über mein Gastgeschenk hocherfreuten Kaziken. Gleich morgen wolle er damit beginnen, seine Gesänge mittels Recorder und Mikrofon aus Deutschland aufzuzeichnen. „Die Jungen werden mir zur Hand gehen", hatte er gesagt, „und die Gerätetasten bedienen."

Die plötzliche Ruhe wirkte erlösend. Das Fragment eines rockigen Refrains, zu einem kurzen Klagelaut geschrumpft, stand noch für den Bruchteil einer Sekunde in der Luft. Dann gehörte die Nacht wieder den Zikaden und Fröschen.

## Tod ohne Blut

An das ungebundene Leben der Tenharim zwischen dem Rio dos Marmelos und dem Rio Madeira erinnern sich die wenigen Alten im Dorf mit Wehmut. Fünftausend Menschen gehörten ihrem Volk einmal an und es rühmte sich vieler tapferer Krieger. Heute zählen die Tenharim rund vierhundertsiebzig Seelen, aber lediglich fünf Frauen und sechs Männer von Marmelo blicken auf sechs bis acht Lebensjahrzehnte zurück. Einige andere Alte leben noch in den Nachbardörfern.

Die Tenharim haben der Associação UIRAPURÚ ihre Geschichte erzählt, so weit die Ältesten unter ihnen sich zurückerinnern können. Auch vom schlimmsten Aderlass haben sie berichtet, der ihr Volk auf nur elf Männer und vierzig Frauen reduzierte. Irgendwann zwischen 1930 und 1940 muss das gewesen sein, oder auch einige Jahre später. Je näher damals die Weißen rückten, um so mehr indigene Waldvölker gerieten untereinander in blutige Streitigkeiten, so auch die Tenharim mit den benachbarten Diahoí. Erst spät begriffen die Tenharim, wer ihre wirklichen Feinde waren!

Ein besonders grausiges Kapitel der Unglücksgeschichte der Tenharim erfuhr Hubert 1999, als er Marmelo ein weiteres Mal besuchte. Wie beiläufig erzählte einer der alten Männer davon, am Abend vor Huberts Abreise. Die Stimme des Alten zitterte: „Es war in der Zeit, als die Weißen hier die große Straße bauten. Ich wohnte damals in einem anderen Dorf der Tenharim, etwa eine Fußstunde von Marmelo entfernt. An einem Morgen bin ich allein in den Wald zur Jagd gegangen, wie ich es immer tat. Und als ich am Abend zurückkam, war niemand von unseren Leuten mehr am Leben."

„Was war mit ihnen passiert?", fragte Hubert.

„Ich konnte nicht begreifen, was mit ihnen los war", antwortete der Alte. „Sie lagen auf dem Sand im Freien, manche auch in den Hütten und sie waren alle tot. Auch meine Familie. Aber nirgendwo sah ich Blut!"

Hubert behielt sein Entsetzen für sich. Sollten die brasilianischen Militärs ihre „Indianerbefriedung" zu Bauzeiten der Transamazônica tatsächlich auch mit Giftgas betrieben haben? Mit chemischen Kampfstoffen à la Sarin, VX, Blausäure...? Tod nach wenigen Stunden oder wenigen Atemzügen, je nach Art der „Mittel" und der Umgebungstemperatur, in der ihre wehrlosen Opfer verröcheln? Wie sonst als mit heimtückischen Chemiebomben ließe sich der plötzliche Tod eines ganzen Dorfes erklären? Und – weshalb das Ungeheuerliche in Zweifel ziehen, wo doch selbst Brasiliens einstiges „Mutterland" Portugal noch 1969 in seinen Kolonien Giftgas einsetzte[12]?

„Nirgendwo sah ich Blut", wiederholte der Alte kaum hörbar.

„Gibt es das Dorf noch, in dem das geschehen ist?", erkundigte sich Hubert. „Können wir gemeinsam dorthin gehen, wenn ich das nächste Mal nach Marmelo komme?"

Der Alte nickte: „Eine Stunde zu Fuß durch den Wald, aber es sind nur ein paar verwitterte Reste der Hütten übrig geblieben."

---

12  Brauch und Schrempf 1982.

# Rio dos Marmelos

So sahen wir denn eines Tages, als wir ohne zu rudern stromabwärts fuhren, plötzlich und ganz unerwartet die große Anakonda zusammengerollt und schlafend am Ufer liegen. Nachdem der Apparat richtig eingestellt war, schossen wir mit der Pistole nach dem gefährlichen Reptil, um es in Bewegung zu bringen. Gleich die erste Kugel zerschmetterte ihm den Kiefer, und mit weit geöffnetem Rachen fuhr es aus seinem Schlummer empor, um langsam im Wasser zu verschwinden. Sobald es untergetaucht war, fuhren wir mit größter Geschwindigkeit davon, denn es soll häufig vorkommen, dass diese großen Schlangen die Boote angreifen und zum Kentern bringen. Die Hauptsache, die kinematographische Aufnahme aus großer Nähe, hatten wir ja erreicht.

*Heinrich Hintermann, 1926 (Hintermann 1926, S. 178)*

Über dem Rio dos Marmelos lag drückende Hitze. Der Tenharim am Bug unseres Bootes ließ die Wasserfläche nicht aus den Augen. Mit seinem Sohn, der ihm beim Steuern half, wechselte er nur ab und zu leise Worte. Sein Gewehr hielt der Indio schussbereit. Vergiftete Pfeile und ein Bogen lagen in Reichweite.

Wir fuhren nach Norden, den Rio dos Marmelos abwärts, in sicherer Entfernung zum Ufer. Der breite Fluss blieb glatt wie ein Spiegel. Ich ertappte mich bei meiner Scheu, ins klare Wasser zu greifen, um die Hände zu kühlen. Piranhas? Dummes Zeug – nichts als Gruselstories des weißen Mannes!

Doch dann stand mir wieder das Bild vor Augen: Ein großer, schwarzbrauner Haufen aufgedunsener Tapir-Eingeweide. Er hatte sich in dem Brückengebälk nahe der Badestelle verfangen und stank zum Himmel. Nach dem Zerlegen des Hochzeitsbratens hatten die Indios den ungenießbaren Rest auf die natürlichste Weise der Welt entsorgt. Die Piranhas würden's richten. Auch der „peixe cachorro" war sicher dazu in der Lage – der respekteinflößende

„Hundefisch" mit seinem zähnestarrenden Maul. Die Frauen hatten mir ein stattliches Exemplar dieser Flussbewohner gestern vor die Kamera gehalten, bevor sie es zum Mittagessen in Stücke schnitten.

Zu beiden Seiten unseres Bootes glitt das stolze Panorama ungezähmter Natur vorüber – hoher amazonischer „Etagenwald". Von ocker bis tiefgrün spielten seine Farben. Darin eingestreut die violette Pracht der blühenden Lapacho-Bäume, die ihre Kronen so hoch sie es vermochten zum Licht reckten.

Nur wenige gerade Baumstämme hatten sich am Flussufer entwickeln können, ringsum bedrängt von gekrümmten, ineinander verwachsenen und verhakten, gestürzten und neu austreibenden Baumgestalten und Büschen. Blattgewirr, Kletterpflanzen und Lianen versperrten dem Betrachter die Sicht ins Innere der Wildnis. Und große, verdorrte Blätter rieselten pausenlos auf den fahlgelben Ufersand, als wollten sie mit dem Begriff „Regenwald" ihren Spott treiben.

Tropenidyll zur Trockenzeit. Gebannt verfolgte ich den Flug eines großen, blauschillernden Morpho-Falters, der gemächlich über das breite Wasser taumelte. Und fühlte ich mich unglaublich wohl, an diesem vierten Tag in der Obhut der Indios, an dem sie uns den „cachoeira" zeigen wollten, den Wasserfall am Rio dos Marmelos.

Doch meine Euphorie erhielt jäh einen Dämpfer. Der Außenbordmotor begann zu stottern und verstummte kurz darauf. Faul trieb unser Boot dem geheimnisvollen Lianenvorhang zu und schaukelte sacht. Es war sehr still.

## Spix-Phantom

Ernüchtert malte ich mir aus, wie wir uns nun auf alternative Art und Weise zurück bemühen müssten. Elf Mann Besatzung trieben das Boot mit Paddeln, die erst noch mit der Machete anzufertigen wären! Und vielleicht lebten hier ja tatsächlich fünf Meter lange Mohrenkaimane und – wie die Tenharim behaupteten – riesenhafte Würgeschlangen? An diesem herrlichen Fluss, den irgendein portugiesischer Besserwisser „Rio dos Marmelos" getauft hatte, „Fluss der Quitten". Einen Fluss, an dessen Ufern alle Früchte Südamerikas gedeihen mochten, nur eben keine Quitten.

Doch zum Glück – nach einer guten Viertelstunde und zahlreichen Fehlstarts – tuckerte unser Bootsantrieb gehorsam weiter. Die drei Indios am Heck hatten die Reparatur irgendwie bewerkstelligt.

Wie zuvor wechselten wunderbare Naturszenen einander ab. Meine Bootsnachbarin Lucie deutete auf die riesigen Steinblöcke, die sich immer häufiger im Flussbett zeigten und ließ mich nachsprechen: „pedra". Sie wies auf schwarze Vogel-Silhouetten hoch oben in den Baumwipfeln und dozierte „pássaros". Sie zeigte auf die flügelgespickten feuchten Uferstreifen und repetierte „borboletas" (Schmetterlinge).

Freilich – kein Jaguar kam in Sicht, kein Faultier, kein Grüner Leguan, kein Waldhund, kein Nasenbär, keine brüllenden Affenhorden, keine schwirrenden Kolibris und leider auch kein wunderbunter Tukan! Kein bestelltes Artengewimmel wie es Fernsehfilme oder Kinderbuch-Illustrationen ihre Betrachter glauben machen. In diesem Punkt gleichen sich Deutschlands und Amazoniens Fluren aufs Haar. Doch dann, nach vielen Kilometern Flussfahrt, gelang uns doch noch die ganz große Beobachtung.

„Hubert, sieh mal dieses große blaue Tier da oben im Baum!", rief ich überrascht. Nur *ein* Vogel Brasiliens konnte diese Farben tragen: hellblaues Gefieder mit grauen und grünen Schattierungen. Der Spix-Ara! Doch das wäre schlichtweg eine Sensation. Und ich täte gut daran, sie für mich zu behalten. Spix-Aras gelten unter vermögenden „Tierliebhabern" als die schönsten Aras, unter Artenschützern dagegen als ein trauriges Beispiel für den Artentod. Die farbenprächtigen Vögel sind zu Tode gehandelt worden – in freier Wildbahn sind sie seit 1995 ausgestorben. Die letzten zwei Jungvögel – aus der letzten Bruthöhle wilder Spix-Aras am Rio São Francisco geraubt – waren einem „Vogelfreund" aus Deutschland 55.000 DM wert. Schmuggler hatten sie nach Uruguay geschafft und mit falschen Papieren versehen. Der Deal flog auf. Für die Aras – zu spät!

„Hubert, sieh nur!"

Doch die Illusion verflog, je näher unser Boot kam. Das blaue Etwas im Baumwipfel verharrte reglos zwischen den Ästen, es hing mehr als es saß. Amüsiert nahm ich meinen voreiligen Bestimmungsversuch zurück.

„Ich glaube, das sind große Plastiktüten. Alte Müllsäcke", korrigierte mich Hubert und betrachtete kopfschüttelnd den Beitrag der Moderne zur Farbenpracht Amazoniens. „Dort an der Flussbiegung hängt übrigens die nächste."

„Und wie kommen die in die Baumwipfel?", fragte ich ahnungslos.

„Wenn du hier die erste Regenzeit erlebst, weißt du's. Dann liegt der Wasserspiegel des Rio dos Marmelos zehn Meter höher als jetzt. Selbst die Brücke am Dorf, über die die Transamazônica führt, steht manchmal unter Wasser," sagte Hubert.

„Schade", erwiderte ich. Und dann erzählte ich ihm die Geschichte vom Untergang der hellblauen Aras – der schönsten Aras Brasiliens. Ich hatte sie wenige Monate zuvor in einem Buch für Kinder aufgeschrieben (Gilsenbach 1997, S. 34). Und wie es der Zufall wollte – an ihr haben zwei Männer aus Deutschland mitgewirkt. Zuerst Johann Baptist von Spix, ein bayerischer Zoologe, der die Aras auf seiner Brasilienreise im Jahre 1816 für die Wissenschaft entdeckte und beschrieb. Und nach ihm jener „Vogelfreund", der ihr Schicksal mit seinem Kaufangebot von 55.000 DM besiegelte.

# Salz auf der Haut

„Muito bonito – sehr schön" sei es dort am Wasserfall, hatten mir die Indio-Frauen gestern beim Waschen am Fluss vorgeschwärmt. Und der „cachoeira" hielt sein Versprechen. Wie von Riesenhand aufgeschichtete Steine verengten den Fluss und trieben ihn allmählich einem Gefälle zu, das sich durch sein Tosen und Zischen schon von weitem verriet. Davor öffnete sich eine ruhige Bucht, in der wir an Land gehen konnten. Und jenseits des kleinen Hafens lockte ein breiter weißer Sandstrand mit einzelnen Baumgruppen, Gebüschen und dem ruhig weiterströmenden Rio dos Marmelos. Dem nächsten Wasserfall floss er zu und irgendwann, weit im Norden, würde sich sein Wasser mit dem Rio Madeira vereinen.

Welch paradiesisches Fleckchen Erde! Wunderschön, unberührt – aber auch tödlich! Skeptisch ließ ich meinen Blick über die hohe Regenwaldkulisse gleiten, den Strand, die lärmenden Kaskaden und die großen Steine, auf denen ich es mir zum Angeln einrichten wollte. Ließen die Indios mich oder Hubert in dieser Idylle ohne Nahrung und ohne Boot zurück... Niemand von uns Weißen – der Wildnis entfremdeten „brancos" – würde je Marmelo wiedersehen oder Porto Velho oder Deutschland.

Fürsorglich trug mir Adinaldo meine Fototasche und das Angelgepäck hinterher und ich schämte mich meiner törichten Angst. „O sol esta muito quente!" Adinaldo deutete besorgt nach oben – sehr heiß sei die Sonne hier. Sicher glühten meinen Wangen wieder einmal vom Tropenlicht. Dort drüben sei Schatten, setzte der junge Indio hinzu, „sombre". Doch ich winkte ab. Längst hatte mich das Jagdfieber gepackt. Schon Fotos aus frühester Kinderzeit zei-

gen mich mit Angeln, Keschern und Fanggläsern; diese Leidenschaft hat mich nie so richtig verlassen. Und hier, mitten in Amazonien – Deutschlands Verwaltungsbürokraten einen halben Globus weit entrückt – könnte ich zum ersten Mal in meinem Leben Fische fangen ohne alberne Fischereiprüfung, Friedfisch- oder Raubfisch-Scheine, zugewiesene Gewässer, eben einfach so!

Und wenn schon nicht ein gigantischer Pirarucú (nach den Legenden misst er über vier Meter!), so sollten doch zumindest ein paar „kleinere" Fische an meinem Blinker Gefallen finden! Der Fang hätte meine Dschungeltauglichkeit bewiesen und – woran mir viel lag –, er hätte zum Unterhalt von Marmelo beigetragen.

Der erste Biss ließ nicht lange auf sich warten, eine kräftiger Zug an der Leine und – nichts! Ich warf und schwitzte, schwitzte und warf, alles vergeblich. Irgendwann verfingen sich Haken und Blinker weitab vom Ufer am Grund; kein Zerren half. Doch schon war ein Indio zur Stelle, um mir zu helfen. Er sprang in das wirbelnde Wasser und löste die teuren Utensilien vom Geröll. „Muito quente?", erkundigte auch er sich.

Ich nickte. Oh ja, es war wirklich sehr heiß! Ich fuhr mir durchs nasse Haar, lauschte den penetranten Herzrhythmusstörungen und schaute missmutig zu, wie sich Rinnsale von Schweiß auf meinen Armen und Beinen durch klebrige Sonnencremeschichten und Anti-Moskito-Lotion arbeiteten. Attraktiv war ich in diesem Moment wohl nur für die Schmetterlinge! Auf meiner Haut landeten die prächtigsten Geschöpfe, die ich je sah, um mit ihren Spiralrüsseln den salzigen Schweiß zu saugen. Ihre Flügel mit Spannweiten von über zehn Zentimetern leuchteten im besten Modedesign. Rot, Blau oder Grün, kombiniert mit Schwarz und ein wenig Weiß; Dunkelbraun kombiniert mit Violett und ein wenig Ocker. Ein unendliches Wechselspiel der Farben und Muster!

Die Arglosigkeit der Wunderwesen rührte mich. Hätten sie nur geahnt, auf wessen Epidermis sie sich da niederließen! Über deutsche Waldlichtungen sah ich mich wieder rennen, kescherschwingend, auf der Hatz nach den schönsten Faltern, die Mitteleuropa zu bieten hat – Trauermantel, Admiral, Kaisermantel. Mein entomologischer Sammeleifer liegt zwar über zwanzig Jahre zurück, längst habe ich ihm abgeschworen, doch was hätte ich damals für einen einzigen dieser Tropenfalter gegeben?

Nach geglückter Jagd wanderte der zerbrechliche Fang ins Tötungsglas, gefüllt mit Äther- oder Chloroform-Dämpfen. Ein letztes hilfloses Zucken der Leiber, ein letztes Flügelschlagen, dann der gezielte Stich mit der Insektennadel durch die Falterbrust und die anschließende Feinarbeit – das sorgfältige Ausrichten der Fühler, des Körpers und der Flügel auf dem Spannbrett. Präparation für die Ewigkeit.

Ich erinnerte mich an die vollgestopften Präparateschränke des Eberswalder Insektenforschungs-Instituts, an dem ich viele Jahre als Biologin arbeitete. Sämtliche Farbvarianten tropischer Schmetterlinge, dicht an dicht in Kästen gezwängt, bietet diese zweitgrößte Sammlung der Welt, begründet zur deutschen Kolonialzeit. Wie oft hatte ich vor den bunten Schaukästen gestanden? Doch wie erbärmlich erschien mir jene Leichenschau jetzt, verglich ich sie mit der Wirklichkeit am „Fluss der Quitten"! Dankbar registrierte ich meine Gelassenheit beim Betrachten der salzleckenden Tropenschönheiten. Schönheiten, die mit den letzten Regenwäldern von Mutter Erde verschwinden werden; irgendwann, vielleicht schon bald. Plagte mich noch derselbe Sammeltrieb wie vor zwanzig Jahren, hier träfe mich eh' der Hitzschlag. Und es würde mir recht geschehen!

## Zwiesprache mit der Großen Schlange

„Kommst du mit? Wir gehen zur anderen Seite des Wasserfalls", rief Hubert mir zu und schulterte seine Wurfangel, „vielleicht beißen die Fische drüben besser!"

Und Aurelio, der sich mit auf den Weg machte, verriet mir noch zuvor: „Ela mora lá!"

„Wer?"

Sie wohne dort drüben zwischen den Riesensteinen. Die Große Schlange –
„a cobra grande."

„Hast du sie denn gesehen?", wollte ich wissen.

Nein, nicht die Schlange habe er gesehen, erwiderte Aurelio leise, aber ihre
Spuren im Sand. Sie seien sehr groß gewesen...

„Ich bleib' lieber hier, Hubert!", entschied ich, räumte mein Angelzeug zusammen und suchte den Schatten einer Baumgruppe auf. Ein Schwarm hell-
grüner Amazonen kreischte unwillig davon. Ich verfolgte ihre Bahn durchs
gleißende Sonnenlicht bis zum Waldrand. Dann sank ich erschöpft in den
Sand.

Die Story von dem Schlangenmonster an diesem wunderschönen Fluss mag
glauben, wer will. Ich jedenfalls nicht! Nach Augenzeugenberichten der Tenharim soll das Reptil zwanzig Meter messen, den Vorderkörper zum Angriff
blitzschnell aufrichten – das dürften dann mindestens vier Meter sein – und
sein Opfer mit einem einzigen Schlag zu Boden wuchten! Die Bücher weisen
der Großen Anakonda den Rekord zu, sie gilt als die längste Schlange Südamerikas und als die längste Schlange der Welt – mit knapp zehn Metern!
Hat der Schreck einer Begegnung mit dem gewaltigen Kriechtier die Legende der Tenharim genährt? Sicher erschien die Schlange den Indios viel größer
und bedrohlicher, als sie in Wirklichkeit ist. Niemand anders als die wasser-
liebende Anakonda kann der unbekannte Moloch am Rio dos Marmelos sein!
Oder...?

Zugegeben, einige Fabelwesen, die viele Zoologen zuvor als Hirngespinste
abgetan hatten, haben sich als real entpuppt – „Meeresungeheuer" als riesenhafte Kopffüßer oder als Fische in Schlangengestalt, afrikanische „Berg-
monster" als Gorillas. Sogar das gefürchtete „Landkrokodil" der Komodoin-
seln existiert ja wirklich – der drei Meter lange Waran. Und hatte nicht Jaques
Costeau es für möglich gehalten, dass in den Weiten des Amazonasbeckens
Tiere aus grauer Vorzeit überlebt haben?

Legende hin, Wirklichkeit her, mir fielen die Augen zu. Sonnenkringel tanzten auf meinen Lidern und in den Ohren rauschte und murmelte das stür-
zende Wasser, bis mich der Schlaf überkam ...

Woher das Knacken im Unterholz rührte und das leise Knirschen und Drängen im Sand, wurde mir erst klar, als die Schlange sacht ihren Kopf unter
meinen schob und ihren geschmeidigen Muskelleib unter meinem Körper
zurecht kringelte, so dass ich mich bald im Liegesitz wiederfand. Ihre Haut
fühlte sich glatt an und angenehm kühl.

„Wer bist du?", fragte ich.

„*Ich* bin es", antwortete die Schlange, „frag nicht!"

„Wieso bist du hier?" Es fiel mir schwer, zu schweigen.

„Es gibt mich schon sehr lange. Aber sei still, niemand darf uns hören!" Wir ruhten eine Weile wortlos. Dann raunte die Schlange und ihre Stimme klang heiser: „Sie werden mich töten."

„Wer wird dich töten?", fragte ich verwundert. „Die Indios?"

„Nein, nicht die Indios; sie fürchten sich vor mir. Die Weißen werden es tun."

„Aber sie werden dich hier nicht finden!", versuchte ich das Tier zu trösten. „Sie wissen doch gar nicht, dass es dich gibt."

„Die Weißen suchen schon lange nach mir", wisperte die Schlange in mein Ohr. „Sie werden mich finden, irgendwann. Dann werden sie mich umbringen. Sie werden mir die Haut vom Leib ziehen, mich aufschneiden und alle meine Organe herausholen."

„Nein, nein! Sprich nicht weiter!", rief ich entsetzt.

„Sie werden mein Fleisch von den Knochen kochen und mein Skelett in einem Museum ausstellen. Was sonst noch von mir geblieben ist, werden sie in stinkendes Formalin legen!", wisperte die Schlange weiter. „Warum tun die Weißen so etwas?"

„Ich weiß es nicht." Verlegen strich ich über die glänzende, braun marmorierte Lederhaut.

Leise wie sie gekommen war, machte sich die Schlange bald darauf davon. Sie zog vorsichtig Schlinge um Schlinge ihres Körpers unter meinem hervor, so dass ich sacht in mein Sandbett zurück glitt. Ungläubig starrte ich ihr nach und erst jetzt erkannte ich ihren Riesenwuchs und die ungelenken Stummelfüße dicht hinter ihrem Kopf.

„Sie werden dich nicht finden! Niemals!", rief ich ihr nach. Doch die Schlange hörte mich nicht mehr. In großen Spiralen wand sich das Tier über den breiten weißen Ufersand dem Regenwald zu, schwerfällig. Und ich betete zu Gott, an den ich nicht glaube, sie möge ihr Dickicht mit heiler Haut erreichen...


„Hanne! Vamos comer!"

Ein leichtes Schütteln an der Schulter erlöste mich aus meinem Traumgebet. João Sena und sein dreijähriger Sohn standen vor mir: „Komm essen, Hanne!" Vom nahen Anlegeplatz wehte es appetitlich herüber. Bratfisch vom Grill! Alle waren schon dort versammelt, denn Aurelio hatte einen Teil seines Fangs gleich frisch zubereitet: Piranhas und gefleckte Barsche, alle um die vierzig Zentimeter lang, auf Bananenblättern angerichtet, einfach köstlich! Daneben stand ein Fass mit geröstetem Maniokmehl bereit, auch an Salz hatte jemand gedacht.

Dass er genau wie ich ohne Angelglück geblieben war, wurmte Hubert. Aber dass Aurelio Blinker und Haken ohne Angelrute viel weiter auswarf als wir, konnte er nicht verstehen. „Der wi-

ckelt sich die Schnur einfach um die Hand und fängt einen Fisch nach dem anderen! Und wir überhaupt keinen."

„Lass nur, Hubert", erwiderte ich, „dafür hab ich gerade mit der Großen Schlange gesprochen."

Hubert sah mich lange und ziemlich besorgt an: „Und? Was hat sie so gesagt?"

„Erzähl' ich dir später", gab ich zurück und bemühte mich, keine Piranha-Gräte in den Hals zu bekommen.

## „Mein Name ist Tapé"

Wir fuhren ins Dorf zurück, solange die Sonne am Himmel stand und sie die sacht vorübergleitende Wand aus Wald und Lianen in ihre hellen Strahlen tauchte. Über das ruhige Wasser des Rio dos Marmelos fuhren wir, der Motor tuckerte ohne Tadel, nichts schien die Idylle dieses Tages trüben zu wollen. Und doch war unsere Behaglichkeit nur Schein. Denn plötzlich hätten wir im Dschungel das Krachen von Gewehren hören können und die Schreie von Menschen. Wir hätten Zeugen eines Massakers an „indios isolados" werden können. Doch das Verbrechen ereignete sich etwas weiter entfernt vom „Fluss der Quitten", vielleicht geschah es ja auch an einem anderen Tag.

Erst nach zwei Monaten kam es Hubert zu Ohren. Er berichtete mir davon per Fax und ich verfasste einige Zeit später darüber einen Artikel für eine deutsche Zeitung. Mein Artikel trug die Überschrift: *Albtraum Zivilisation. Wie ein „indio isolado" in unsere Welt gehetzt wurde.* Und er hatte folgenden Wortlaut:

Die Fragen, die Aurelio stellt, klingen nervös; es ist das erste Interview seines Lebens. Unsicher hält er das Mikrofon in Richtung seines Gegenübers, der sich in die Ecke des weiß gekachelten Raumes geflüchtet hat. Aurelio spürt, dass er ihm mit dem Gerät nicht zu nahe kommen darf, spürt die Urangst des Indios vor dem grauen Etwas, das einer Waffe nicht unähnlich sieht. Das Band zeichnet Autos und Hundegebell auf, Stadtlärm der durchs Fenster dringt. Dazwischen verzweifelte, hohe Klagelaute. Der Indio weint, hält seine Arme schützend über den Kopf, als fürchte er Schläge oder Tritte. Viele Tage hat er so im grellen Neonlicht gekauert, auf der mit einer blauen Plastikplane überzogenen Krankenpritsche, dem einzigen Mobiliar des Raumes. Niemand hat sich um ihn gekümmert. Niemand verstand seine Sprache – im staatlichen „Indianerhaus" von Porto Velho.

Mitte September hatte Aurelio von dem total verängstigten Indianer im Casa do Indio erfahren. Er fand heraus, dass der Fremde einen Dialekt des Tupí-Guaraní spricht, den er versteht. Aurelio erzählte es Hubert Groß, dem deutschen Leiter von Associação UIRAPURÚ. Und nun saßen beide der kleinen, ausgemergelten Gestalt gegenüber – einem „indio isolado", wie die Brasilianer jene Waldindianer nennen, die noch keinen Kontakt zur Welt der Weißen hatten, zumindest keinen offiziellen. Aurelio und Hubert ahnten nicht, dass ihr Tonband vielleicht zu einem lebensrettenden Beweisstück werden sollte.

„Was ist geschehen? Wie wurdest du von deinen Leuten getrennt?", fragt Aurelio.

Endlich die ersten zögerlichen Antworten: „Ich war mit meiner Frau und vier anderen Männern im Wald unterwegs. Plötzlich kamen Fremde. Es gab ein Massaker. Ich konnte fliehen, aber alle anderen sind tot."

„Welche Waffen hatten die Fremden?"

„Sie hatten Gewehre. Ein Weißer hat meine Frau in die Brust geschossen. Ich habe sehr viel Angst hier zwischen all den Weißen. Ich kann nicht vergessen, was geschehen ist." Ratlos und immer noch weinend zupft der etwa dreißigjährige Mann an dem ungewohnten Kleidungsstück herum – einer viel zu großen Turnhose, die ihm irgendwer gegeben hatte.

„Ich möchte weg von hier, zurück zu meinen Verwandten. Ich bin vor lauter Traurigkeit krank geworden und mein Bauch schmerzt sehr. Wir haben aus Angst vor den Weißen viele Wochen kein Feuer mehr gemacht und nur rohes Fleisch gegessen."

„Wie heißt du und wie heißt dein Volk?", fragt Aurelio weiter.

„Mein Name ist Tapé, der Name meines Volkes ist Tãgweré."

„Wie wurdest du gefangen genommen?"

Tapé zählt mit den Fingern: „Es waren drei Männer, sie rannten hinter mir her. Sie haben mich gepackt und in ein Haus gezerrt. Dann brachte ein Flugzeug mich in eine Stadt. Ich dachte, es sei das Ende meines Lebens."

„Bitte vorerst nicht veröffentlichen!" hatte Hubert auf seinem Fax vermerkt, das er mir Ende September 1997 aus Porto Velho sandte. Tapé – der einzige Zeuge des Massakers – schwebte in großer Gefahr. Erstkontakte zwischen Indios und der Welt der Weißen enden in Brasilien nämlich allzu oft nach einer makabren Logik: Wo es keine Indianer mehr gibt, kann es auch kein Indianerreservat mehr geben. Die Verfassung des Landes spricht den Ureinwohnern formal das Recht auf geschützte Gebiete zu.

Das Massaker hatten vermutlich Goldsucher verübt. Doch auch Holzfäller sind am Land der Tãgweré „interessiert". Ebenso Großgrundbesitzer, weil der Boden gute Sojaerträge verspricht.

Um Tapés Leiden im „Indianerhaus" etwas zu mildern, besorgte die Associação UIRAPURÚ für ihn eine Decke, eine Hängematte und das lang entbehrte Maniokmehl. Die Tenharim bereiteten indessen eine Suchaktion vor. Sie wollten die wenigen überlebenden Tãgweré, die Tapé noch im Wald vermutete, zu sich holen – in ihr als „Area Indigena" gesperrtes Gebiet an der Transamazônica. Sie wollten sich um die Gesundheit der seit Monaten gehetzten „isolados" kümmern und sie schonend auf die Zivilisation vorbereiten. Dass verwandte Indios ab und zu durch ihr Gebiet zogen, hatten die Tenharim lange gewusst. Spuren im Urwald hatten es ihnen verraten.

Doch alle Pläne waren umsonst: Tapé war urplötzlich aus Porto Velho verschwunden! Wohin hatte man den an Leib und Seele kranken Indio gebracht? Erst nach vielen Nachfragen bekam die Associação UIRAPURÚ es heraus: FUNAI-Beamte waren mit Tapé hunderte Kilometer nach Süden geflogen – nach Ji-Paraná, in die Hochburg der Großgrundbesitzer von Mato Grosso. Würden Hubert und Aurelio den Indio jemals lebend wiedersehen? Ungehalten rückten sie der Indianerbehörde mit dem Tonband aufs Büro. Mit Tapés erschütterndem Bericht und der Übersetzung ins Portugiesische – dem unwiderlegbaren Beweis für die Existenz der „isolados" und für das an ihnen begangene Verbrechen.

Eine Suchexpedition der FUNAI war mit Tapé von Cuiabá im Süden Mato Grossos ins Gebiet der Tãgweré aufgebrochen – ohne jedoch einen Dolmetscher für ihn, den einzigen Ortskundigen, mitzunehmen. Nach vier Wochen kehrte sie erfolglos zurück. Vor ihrer zweiten Expedition baten die „Experten" der FUNAI die Associação UIRAPURÚ um Hilfe. Hubert vermittelte einen Tenharim als Übersetzer. Inzwischen, so hieß es, seien tatsächlich noch vier überlebende Tãgweré gefunden worden.

„Schreib jetzt drüber", signalisierte Hubert aus Porto Velho. Mir traten wieder die Elendsbilder vor Augen: Wohin werden die staatlichen Indianerverwalter die aufgegriffenen „isolados" bringen? In welches der verdreckten FUNAI-Notasyle mit dem hochtrabenden Namen Casa do Indio? Ich dachte zurück an meinen Besuch in Rondônia, an unsere Reise entlang der Transamazônica ins Gebiet der Tenharim. Am 25. Juli 1997 feierten wir dort eine große traditionelle Hochzeit – ein Tag voller Fröhlichkeit und Tanz. Nach Tapés Schilderungen ist das Massaker an den Tãgweré im selben Monat geschehen. Vielleicht nicht weit entfernt von Marmelo, irgendwo im Dreiländereck zwischen Mato Grosso, Rondônia und Amazonas.

# Aranha

Die Leute haben im allgemeinen selbst vor den harmlosen Aviculariinen des Amazonasraumes so viel Angst, dass sie bei einer zufälligen Begegnung vollkommen außer Fassung kommen. Da fuhren einmal vier unternehmungslustige kräftige Männer – so las ich in einer Zeitung – in ihrem Kanu auf einem Nebenfluss des Amazonas unter Baumästen dahin, als plötzlich eine Vogelspinne von oben herab im Boot landete. Die vier „Helden" sprangen ins Wasser, und zwar so schnell und unbedacht, dass ihr Fahrzeug mit Lebensmitteln und Waffen umkippte und sie unter Kaimanen herumschwammen. Einer der Männer ertrank ...
Man soll sich aber von keiner auch noch so kleinen Vogelspinne beißen lassen. Die meisten Vogelspinnengifte sind noch unbekannt, und Seren sind nicht vorhanden.

*Wolfgang Bücherl (Bücherl 1962, S. 60, 88)*

Die Nacht kommt schnell in Marmelo. Eben noch konnten wir die Kinder am anderen Ende des Dorfes sehen, wie sie mit ihren langen Bambusflöten nach Hause liefen, schon hatte das Dunkel sie verschluckt. Keine Hütten mehr, keine Kinder, keine Brücke über den Fluss – nur noch Dunkel ringsum. Hier und da flammten Kerzen auf; Gesprächsfetzen drangen herüber, verhaltenes Lachen. Der Lichtpunkt einer Taschenlampe geisterte einem anderen entgegen, dann wankten beide gemeinsam weiter und verloren sich in der Finsternis.

Spät war ich vom Bad am Fluss zurückgekehrt, da hatten die Jüngsten des Dorfes schon mit ihrem Programm begonnen. Musik aus Bambusröhren, Kinderfüße stampften den Takt. Der Enkel des Kaziken, im weißen Reiherfederschmuck, führte die kleine Prozession an. Und ich hoffte, das Blitzlicht meiner Kamera möge die Romantik des Augenblicks nicht zerstören. Abschiedsvorstellung – für uns.

# „Unsere Krieger waren wie Jaguare..."

„Die Dorfältesten möchten, dass du jetzt ihre Kriegsgesänge aufzeichnest und ihnen später eine Bandkopie aus Deutschland schickst", eröffnete mir Hubert. „Die Tenharim haben die Lieder zum großen Fest extra ausgewählt und einstudiert. Sieh nur, die Männer haben sich bemalt und ihre Waffen mitgebracht. Holst du dein Tonband und das Mikrofon?"

„Klar. Hoffentlich find ich so schnell alles. Es ist gleich stockdunkel in unserer Hütte."

Auf dem freien Platz vor dem Gemeinschaftshaus postierten sich indes zwölf Krieger im Halbkreis, an ihrer Spitze der alte Luiz, den später sein Bruder Kwahã ablöste. Mit einem rhythmischen Tupí-Wechselgesang begann das erste ihrer Lieder, das die Männer noch zur Probe sangen. In der Mitte des Gesanges fanden sich die Einzelstimmen zu einer gemeinsamen Melodie zusammen und am Ende mündete alles in einen lang gezogenen Ruf des Triumphes: „Hu-aaa!" (Wir sind glücklich, gesund und in Frieden!)

Mit gezücktem Mikrofon ging ich langsam auf die unwirkliche Dämmerungsszene zu. Ein Hauch von ethnologischer Feldforschung... Ich fühlte mich nicht wohl in meiner Haut. Doch Luiz dirigierte mich freundlich aber bestimmt in die Mitte des singenden Halbkreises, in dem die Krieger nun – einer dicht hinter dem anderen – vor und zurück tanzten, wobei sie Pfeil und Bogen schwangen und jedes ihrer Lieder mit dem lauten „Hu-aaa!" beendeten.

*Unseren Vorfahren zu Ehren singen wir dieses Lied.*
*Um ihnen zu danken halten wir ein großes Fest ab,*

sangen die Bewaffneten. Und:

*Früher waren unsere Krieger wie Jaguare.*
*Nie wurden sie müde,*
*sie haben gejagt und getötet und verzehrt.*
*Wir aber sind die letzten Überlebenden der großen Kriege.*
*Wir haben viel Kälte erlitten, um zu überleben.*
*Auf dem Kriegspfad hören wir viele Tiere schreien,*
*und wir wissen, dass einige von uns sterben werden.*
*Doch das macht uns nicht ängstlich.*
*Wir ziehen trotzdem weiter.*

Auch eine Lobpreisung auf die Urgroßväter fehlte nicht, denn die Krieger jener Generation haben die weißen Eindringlinge besiegt, die damals als erste ins Land kamen. Nach jedem ihrer Kriegszüge hielten die Tenharim zu jener Zeit große Feste ab, mit denen sie die bösen Geister der Getöteten zu beschwichtigen suchten. Die siegreichen Krieger trugen ihre Trophäen feierlich ins Dorf, um sie während des Festes zu zerstören.

Die Tenharim glaubten, die Weißen seien von besonders bösen Geistern besessen, die Krankheiten und Tod über die Indios brachten. Deshalb zogen sich ihre Kriegsfeste mitunter über mehrere Tage hin – je nach „Schwere der Situation", wie sie uns versicherten.

Die letzten zwei Gesänge handelten von der Gegenwart. Der eine wandte sich an die Kinder. Er bat sie, die Kultur der Tenharim zu achten und zu pflegen, damit sie nicht vergessen werde. Der andere Gesang war Hubert gewidmet, dem Weißen, dem Freund:

*Hubert ist wie ein Krieger von weit her gekommen,*
*um den Tenharim zu helfen, mit ihnen zu kämpfen.*
*Hubert ist unser Gefährte; er kam ohne Arglist im Herzen.*

Viele Bewohner von Marmelo hatten die singenden Kriegstänzer umringt und zugeschaut. Die zwei Missionarinnen aber waren in ihrer Hütte geblieben. Lachend und debattierend löste sich jetzt die Gruppe der Krieger auf. Zuvor aber prüfte jeder mit seinen Ohren, ob meine Tonbandaufnahmen auch gelungen seien, checkte die Funktionsfähigkeit meiner Sony-Technik und hielt dabei die Steinzeitwaffen in den Händen. Wieder einmal bewunderte ich, wie selbstbewusst die Indios zwei Welten miteinander zu verbinden verstehen, zwischen denen ursprünglich Jahrtausende klaffen.

Wie jeden Abend bat uns nun Telma zum Essen – sie ist mit Ivã verheiratet, dem jüngsten Sohn des Kaziken. Ihre Familie bewohnt das geräumige Stelzenhaus am Dorfrand. Auch heute gab es Reis und Bohnen, Maniokmehl und gebratenen Fisch. Dann wurde es still auf der Veranda. Eine Kerze geizte mit Licht, gedankenversunken saßen wir über den geleerten Tellern und Ivãs Kinder betrachteten uns verstohlen vom Geländer aus. Mussten wir wirklich schon morgen abreisen?

Über Marmelo schwebte der jahrtausendealte Nachtgesang des Regenwaldes. Und auch Ivãs Wanduhr meldete sich pünktlich um achtzehn Uhr zu Wort – wie immer mussten wir schmunzeln. Mozart! Ausgerechnet Wolfgang Amadeus Mozarts „Kleine Nachtmusik". Das Anfangsmotiv – neun Töne. Multikulti an der Transamazônica?

Das glänzend verzierte Uhrwerk habe ihnen auf dem Markt von Porto Velho gut gefallen, hatte Telma erklärt. Doch mehr als eine schaurige Leiermelodie konnte die Wanduhr heute nicht mehr ins Dunkel senden. Morgen jedoch

würde Mozart mit frischer Kraft aufspielen, denn ich hatte den Rest meiner Batterien schon für Telma und Ivã bereit gelegt. Überhaupt hatten wir alles, was wir an Nützlichem entbehren konnten, bereits verschenkt oder versprochen – Kerzen, Zündhölzer, Taschenlampen, Seife und Seifendosen ...

Behutsam stieg Kwahã die Treppe zur Veranda herauf und setzte sich zu uns. Nie würde er es versäumen, sich zuerst nach unserem Befinden zu erkundigen – stets mit jenem gütigen Lächeln auf dem Gesicht, das seine Augen schmal werden lässt. Ob das Essen geschmeckt habe? „Todo bem? – Alles in Ordnung?"

„Muito bem, obrigada! – Sehr gut, danke!" Mein Alltagsbrasilianisch hatte sich gemausert. Ich versuchte mich in Dankesworten, doch Huberts Übersetzungshilfe war abermals unverzichtbar. Dank für die Zeit in Marmelo, für die Herzlichkeit, mit der mir die Leute hier im Dorf begegnet sind, für das unvergessliche Erlebnis der Natur Amazoniens. Nie zuvor hätte ich so wunderschöne Schmetterlinge gesehen wie am Rio dos Marmelos. Ich würde ihre Farbenpracht mein Leben lang nicht vergessen! Und Hubert ergänzte, ich schriebe daheim Kinderbücher über Tiere und Pflanzen, über die bedrohte Natur.

Kwahã lächelte und schwieg. Der tiefschwarze Dschungel lärmte. Nach einer kurzen Weile ließ Kwahã Hubert übersetzen, was er erwidern wollte: Auch mich hätten die Leute von Marmelo lieb gewonnen, sagte der alte Kazike. Für die Tenharim sei ich jetzt wie eine Verwandte.

# Morogwitá – gute Geister rufen

Eine Woche hatte ich unter den Indios an der Transamazônica verbracht, nur eine Woche. Kaum mehr als einige Momentaufnahmen würde ich mit nach Deutschland nehmen – winzige Rasterpunkte im Gesamtbild, das ihre Gegenwart zwischen Tradition und aufgezwungener Moderne ausmacht, noch dazu waren sie glänzend und ungetrübt.

Weder Hunger noch Malaria hatte ich am eigenen Leibe erfahren, die zur Regenzeit den Indios zusetzen. Auch keine gewalttätigen Konflikte mit Holzräubern, Jägern oder Fischern hatte ich miterleben müssen, die an der Grenze zu Rondônia die Reservatsgrenzen der Tenharim regelmäßig missachten. Keine Schlange hatte mich gebissen und auch die mikrofeinen Darmparasiten, die sich im Brunnenwasser des Dorfes tummelten, hatten mich verschont.

Dafür hatte ich Einblick in das Funktionieren einer wunderbaren Gemeinschaft erhalten, in der jeder Einzelne aufgehoben ist, in der die Generationen auf die natürlichste Weise miteinander umgehen, in der der Stolz auf die eigene Kultur noch lebt, weil das Wort des Kaziken und der Ältesten des Dorfes etwas gilt – der Männer wie der Frauen. Marmelo kennt keinen materiellen Reichtum, aber auch keine Kriminalität, keinen Diebstahl, keinen Betrug. Idealbild Urkommunismus? Ja, auch dies; noch dazu mit dem Unterpfand der Blutsverwandtschaft.

„In dieser Dorfhälfte wohnen alle meine Geschwister", machte mir João Sena begreiflich, nicht ohne Stolz in den Augen. Dabei zeigte er auf die fünf Hütten zwischen Waldrand und Transamazônica. Drüben, in der Südhälfte von Marmelo, da wohne der Clan Kwahãs.

Welche wirtschaftlichen Sorgen die Gemeinschaft der Indios drückten, hatte die Associação UIRAPURÚ auch hier in Marmelo erfragt und

dabei ähnliches erfahren wie in den indigenen Reservaten von Mato Grosso und Rondônia. In den „roças" (Waldgärten) der Tenharim reifen Süßkartoffeln, Mais, Ananas, Melonen, Kürbisse, Maniok, Bananen und vieles mehr, doch nicht selten verfaulen die Früchte, wo sie gewachsen sind. Dann nämlich, wenn der LKW der FUNAI wieder einmal defekt zwischen den Hütten herumsteht und kein Abtransport der Ernte möglich ist. Auch Jagd und Fischfang ernähren das Dorf lange nicht mehr ausreichend. Und der Verkauf von Paranüssen, Maniokmehl und Kunsthandwerk bringt zu wenig ein, weil die Aufkäufer die Indios regelmäßig übers Ohr hauen.

Die ursprüngliche Lebensweise der indianischen Ureinwohner – an das Ökosystem Regenwald perfekt angepasst und „nachhaltig", wie sie seit Jahrzehntausenden existierte – verlangte große Schweifgebiete und kleine, mobile Gemeinschaften, die von Zeit zu Zeit Dörfer und Pflanzungen neu anlegen mussten, um den sensiblen Tropenboden nicht zu überfordern. Nur wenige Familien bewohnten ein Dorf und die Ernte reifte in bequemer Reichweite zu ihren Hütten. Seit aber die brasilianische Regierung mittels FUNAI-Verwaltung, Schulen und Missionen die Sesshaftigkeit der Indios in größeren Dörfern erzwang und seit sie gleichzeitig deren Gebiete auf das Maß verkleinerte, das ihr genehm erschien, ist es um die „Nachhaltigkeit" schlecht bestellt. So beißt sich die Schlange in den Schwanz, auch bei den Tenharim. Die Waldgärten lassen sich nicht mehr ohne fremde Hilfe bewirtschaften, das Jagdwild wird rar, Fische und Flüsse drohen an den Agrargiften des heranrückenden Soja-Anbaus zu verderben. Unter solchen Umständen können die Indios nichts anderes tun, als nach neuen Wirtschaftsweisen Ausschau zu halten.

„Wir sind froh über jede Gemeinschaft, die sich in dieser Situation nicht ausgerechnet mit Holzhändlern oder Goldsuchern einlässt", hatte mir Hubert erklärt. „Die Zusammenarbeit mit den Tenharim macht Sandrinha, Manoel und mir viel Mut. Was nämlich passiert, wenn Indigene selber ihren

Wald zu Markte tragen oder Schürfgenehmigungen erteilen, dafür gibt es im Süden Rondônias etliche traurige Beispiele – die Suruí (ARA 1997, S. 22), die Zoro, die Arara... Die gute alte Indianersitte, in der die Gemeinschaft für jeden da ist und jeder für die Gemeinschaft, geht verloren. An ihre Stelle tritt der Egoismus der Industriegesellschaft – einige wenige Indiofamilien bereichern sich, leben eine Zeit lang im Luxus der Weißen und der Rest ihres Volkes hat das Nachsehen. Ist dann das letzte Edelholz verkauft und das letzte Gold geplündert, dann ist auch der soziale Zusammenhalt des Volkes am Ende. Kapitalismus nach indigener Lesart tötet schnell und nicht schmerzlos."

Indigene Kommunen, die heute ihre verfassungsmäßigen Rechte in der brasilianischen Gesellschaft einfordern wollen, müssen sich politisch organisieren – einen rechtskräftigen Verein gründen, eine „Associação". Jede indianische Gemeinschaft muss diesen Schritt tun, sobald sie jene wirtschaftliche Hilfe in Anspruch nehmen will, die das „Wiedergutmachungsprojekt" der Weltbank PLANAFLORO mit seinem „lokalen Unterprogramm" PAIC (Programm zur Unterstützung von gemeinschaftlichen Initiativen) den Verlierern ihres verheerenden Vorgängerprojektes POLONOROESTE[13] gewährt, zumindest theoretisch. Praktisch schaffen es Indianervertretungen ohnehin nur in Ausnahmefällen, an etwas Geld zu gelangen. Weltbank-Missmanagement mit System?

Die Vermutung liegt nicht fern. Denn weshalb sonst sollten deren Angestellte Hand in Hand mit der FUNAI ein derart dichtes Bürokratengestrüpp um sämtliche „Fördermaßnahmen" für Indigene wuchern lassen? Dokumente über Dokumente haben die Indios beizubringen – für die gemauerte Krankenstation ebenso wie für den kleinsten Hühnerstall – von Architekten angefertigte Bauzeichnungen, Beglaubigungen... Und nicht zuletzt Geld: zehn Prozent Eigenanteil. Woher sie es als mittellose Bewohner entlegener Dschungeldörfer nehmen sollen – darüber scheint sich in den voll klimatisierten Büros der Behörden niemand den Kopf zu zerbrechen (Ökozidjournal 15, 1/98, S. 29). Dennoch – die Tenharim sind angekommen in der Neuzeit, haben ihre „Associação APITEM" gegründet und registrieren lassen, schon zwei Jahre ist es her. Sie bauen auf die Hilfe der Mitarbeiter von UIRAPURÚ, wenn es um die Formulierung von Anträgen geht, um Behördengespräche. Und sie haben eben jenen João Sena zu ihrem Leiter gewählt, der auch das Hochzeitsritual für Sandrinha und Hubert mit gestaltete. João Sena – ein Wanderer auf den Pfaden der indianischen Tradition und der brasilianischen Bürokratie?

„Im Grunde genommen setzen wir den Kampf, den die Alten mit Pfeil und Bogen geführt haben, heute fort. Nur benutzen wir die Waffen der Weißen.

13  Siehe Seite 32.

Wir wissen, dass wir unsere Probleme nur selber lösen können. Und wir haben Erfolg." So spricht João Sena. Und er hat recht. Und das Dorf vertraut ihm. Ihm und der neuen, ungewohnten Struktur, die die Brasilianer „Associação" nennen, die Leute von Marmelo jedoch schlicht „Morogwitá" (Versammlung).

Dass ich beim ersten Treffen der künftigen Gesundheitshelfer und Laboranten von Marmelo dabei sein konnte – junger Indios, die sich voller Tatendrang und Verantwortungsgefühl dieser Sache widmen – wird mir unvergesslich bleiben. Sandrinha und Hubert hatten heute nach der Mittagsruhe ins Gemeinschaftshaus eingeladen und wieder waren Kwahã und mit ihm gleich das halbe Dorf mit von der Partie: „Morogwitá"!

Oft hatte ich Sandrinha in diesen Tagen als Ärztin von Hütte zu Hütte gehen sehen, um jedermanns Gesundheit besorgt, von jedermann im Dorf geachtet, wie jetzt, als sie sprach und alle Blicke an der zierlichen Frau hingen. Davon habe sie immer geträumt, sagte Sandrinha mit leuchtenden Augen, dass die Indios ihre Geschicke endlich wieder selbst in die Hand nähmen ...

Jene fünf jungen Tenharim, die jetzt neben Sandrinha am Tisch saßen, waren anderthalb Monate zuvor den Rio dos Marmelos abwärts zu den Mura Pirahá, den Torá und den Tenharim des Nebendorfes Sepotí gefahren – zu Indios, die von jeglicher Gesundheitsversorgung abgeschnitten sind und gerade sechs Malariatote zu beklagen hatten.

Die Associação UIRAPURÙ hatte für Medikamente, ein Diagnose-Mikroskop, Nahrungsmittel und Benzin gesorgt; das Boot und den Motor hatten die Tenharim ausgeliehen. Akribisch genau hatten die Männer den Verlauf ihrer abenteuerlichen Expedition notiert und Aurelio trug nun vor, was ihnen widerfahren war: Über wie viele Wasserfälle sie mühsam Boot und Gepäck zu schleppen hatten, wann der Motor ausfiel, wann Adinaldo selbst an Malaria erkrankte, wie sie viele Tage paddeln mussten und schließlich in Auxiliadora, am Rio Madeira, ihr letztes Benzin verkauften, um ein Linienschiff nach Humaitá bezahlen zu können. Wo sie den entkräfteten Adinaldo endlich ins Krankenhaus bringen konnten.

In allen Dörfern hatten sie Kranke behandeln und Leben retten können, hatten ihre letzten Medikamente verteilt. Im übrigen aber mussten sie auch viele deprimierende Erfahrungen sammeln. Nicht nur Malaria und Darmparasiten grassierten unter den „indios isolados", sondern auch Alkohol, mit dem Händler nach Belieben ihre Betrugsgeschäfte abwickelten. Billiger Zuckerrohrschnaps gegen Schmuck, gegen Felle und Sammelprodukte der Indios. „Wir sollten bald wieder zu ihnen fahren", schloss Aurelio seinen Bericht, „denn unsere Verwandten brauchen dringend Hilfe."

Dennoch war zunächst eine viel weitere Reise zu besprechen. Freunde in

Deutschland sammelten Fördergelder, um eine Rundreise von Hubert und zwei Tenharim durch mehrere deutsche Bundesländer zu ermöglichen. Amazoniens Schicksal, aus dem Munde Betroffener geschildert – es wäre die denkbar beste „Öffentlichkeitsarbeit", um das Gesundheits-Ausbildungsprojekt UIRAPURÚ mit deutschen Geldern über die nächsten Jahre bringen zu können. Sandrinha und Hubert hatten vorgeschlagen, Kwahã und einer der künftigen Gesundheitshelfer von Marmelo sollten der Einladung folgen, entweder João Sena oder Aurelio. Sie hatten dem betagten Kaziken die Risiken einer solchen Reise nicht verschwiegen – das andere Klima, den Stress der vielen Auftritte vor Publikum. Nach einigem Zögern meinte Kwahã, er wolle einen Arzt befragen und sich dann entscheiden.

## Plötzlich ein gellender Schrei

Spät war's geworden an unserem letzten Abend in Marmelo. Sian war im Arm seiner Mutter eingeschlafen. Sandrinha machte sich auf, ihn in die Hängematte zu bringen. Hubert, Kwahã und ich erzählten noch, schmiedeten Pläne für die Deutschlandreise[14]; einige Männer der Tenharim hatten sich zu uns gesellt. Beschauliche Abschiedsstimmung.

Plötzlich – ein gellender Schrei aus unserer Hütte, den ich nicht zu deuten vermochte. Ihm folgte ein zweiter, nicht minder markerschütternd und ich erkannte Lucie als die Urheberin: „Aranha! Hanne!"

„Komm", meinte Hubert seltsam ruhig. „Ich glaub', sie haben da so ein Vieh..."

„Aranha? Araneae!", blitzte es mir durchs Gehirn und irgendwie wurd's mir mulmig in der Magengegend. Ordnungsname für Spinnen; Familie *Aviculariidae*, Südamerikas Vogelspinnen, wachsen auf neun bis zehn Zentimeter Länge!

Meine Taschenlampe – war verschenkt. Nur der Rest einer Kerze auf dem Geländer unseres Vorbaus spendete Licht. Das stattliche, tiefschwarze Tier saß eine Handbreit daneben, reglos.

„Ich will's gar nicht sehen", bemerkte ich vorsichtig zu Hubert. Meine Arachnophobie hatte ich ihm schon in Porto Velho gestanden.

„Vielleicht willst du's aber fotografieren?", fragte Hubert leise zurück. „Ich glaube, Lucie hat dich deshalb gerufen."

Nervös tauchte ich ins finstere Haus, ertastete im Dunkel die Kamera, beeilte mich, zurückzulaufen zur Veranda; und natürlich stieß ich dabei wieder an die wunde Stelle am rechten Bein, weil der Balken in den Weg ragte, an

14  Die geplante Reise von zwei Tenharim nach Deutschland konnte nicht stattfinden.

den ich immer stieß im Dunkeln... („bater na madeira", hieß das auf portugiesisch.)

Trophäenphoto! Der bepelzte Spinnenkörper, groß wie der Handteller eines deutschen Traktoristen. Die langhaarigen Extremitäten, orangefarben geringelt. Bewundernswerte Konstruktion der Schöpfungsgeschichte – von acht Beinen federnd gehalten, allseits mobil, blitzschnell reaktionsfähig. In bestem Farbkontrast ruhte die Kreatur auf der türkis gestreiften Unterhose des kleinen Sian.

Trophäenphoto! Die Spinne ertrug die Blitze wesentlich gefasster als ich, die ich von Sprungkünsten ihrer Gattung von über einem Meter wusste. Im Zeitlupentempo hob sie lediglich drei bis vier ihrer Beine ein wenig an, schob sich langsam zur Seite, verharrte.

„Was nun, Hubert?"

Sandrinhas verhaltene Warnung, ich hatte sie kaum noch ernst genommen: „Hanne, sieh immer erst genau hin", hatte sie gesagt, „bevor du dich hier in die Hängematte legst oder etwas anziehst." Aber ich? Rein in die Turnschuhe und auf ging's...

Lucies Schrei hatte Kindheitsmuster freigelegt. Fast so laut und grell rief ich einst nach meiner Mutter, wenn ich erwachte und eine dunkle, borstige Hauswinkelspinne dicht über mir an der Tapete sitzen sah. Ich wusste, meine Mutter käme sofort, wenn sie mich hörte. Ohne ein Wort darüber zu verlieren, dass ich noch immer in den Federn lag, öffnete die geduldige Frau das Fenster und wischte, nein hob, den Schrecken mit einem Stubenbesen von der Tapete, sehr vorsichtig. Dann ritt das krabbelnde Biest unter ihren prüfenden Blicken zum Fenster des ersten Stockwerks hinaus. Und ich stellte mir vor, wie es gerade einem vorübergehenden Herrn in den Kragen fiel oder auf den Hut. Oder, was ich für schlimmer hielt, dass es verborgen im schwarzen Besenborstengewirr ins Zimmer zurückkehrte. Aber nun? Woher den Besen nehmen, woher die Mutter? Sie hatte mich immer davor gewarnt, nach Amazonien zu reisen, nicht nur wegen der Spinnen.

Ratlos musterte ich die Araneae-Luxusausgabe. Würde ich ausgerechnet an diesem letzten Abend die Nerven verlieren? „A natureza da amazonia e muito bonito", hörte ich mich sagen und sah den Kaziken lächeln, „die Natur Amazoniens ist sehr schön."

In welchem Seelenwinkel hocken Spinnenängste? Selbst nach fünfzehn Jahren insektenkundlicher Arbeit trage ich sie in mir. Dass Spinnen keine Insekten sind – welch müßige Ausrede.

Sind Ängste Überlebenstriebe? Könnte es sein, dass *Homo sapiens*, der in den Tropen entstand, auf seinen langen Marsch nach Norden die schmerzliche Erinnerung an die Bisse der Riesenspinnen mit sich nahm? Genetisch fixierte Urangst – lächerlich bestenfalls in jenen Erdteilen, in denen sich Spinnen zu keinem Gigantenwuchs aufraffen können?

Aurelio hatte mir beim Fotografieren zugeschaut; erst jetzt bemerkte ich ihn. Er lächelte und das sanfte Licht der Kerze verschönte seine ebenmäßigen Züge. „Hals umdrehen!", wollte ich ihm signalisieren, mir schmerzlich meines lückenhaften Portugiesisch bewusst. Wo hat die Spinne ihren Hals?

Eines nachts, begann Aurelio in Seelenruhe zu erzählen, sei ihm solch eine Vogelspinne übers Gesicht gelaufen und als er im Schlaf danach griff, habe sie ihn am Kehlkopf gebissen. Stundenlang fürchtete er zu ersticken, die Schmerzen seien schauderhaft gewesen. Aurelio wartete, bis Hubert übersetzt hatte. Dann zielte er und schlug zu. Die dünne Gerte traf das Tier in der Mitte, dass es zuckend zu Boden fiel; der zweite Hieb tötete es. Wortlos fegte der Indio den verkrampften Leichnam unter den roten LKW, der neben unserer Hütte stand. Und erst in diesem Augenblick war mir bewusst, was die Erschlagene in unserem Haus gesucht hatte. Und dass wir uns schon viel früher hätten begegnen können – die große schwarze Spinne und ich ...

Gleich als wir unser Quartier bezogen, ahnte ich, dass wir es mit nachtaktiven Hausgenossen teilten. Der Stapel Säcke voller Maniokmehl in der Ecke; die Reste großer, glänzend brauner Insektenleiber auf dem Sandboden verteilt; die lose zusammengefügten Bretterwände ... – darin, zirpend und im sicheren Versteck, unzählige Schaben!

„Das sind die einzigen Tiere, vor denen Sandrinha sich wirklich ekelt", räumte Hubert ein und beförderte die Lockstoff-Fallen aus seinem Rucksack, die er in Porto Velho gekauft hatte. „Verteil sie im Haus, aber leg Bretter drüber wegen des Gifts. Trotzdem müssen wir die Viecher auch auf alternative Art ins Jenseits befördern – drauftreten, na du weißt schon!"

Ja, ich wusste. *Periplaneta americana* – *das* Versuchstier der Insektizidforschung, auch in meinem Ex-Forschungsinstitut hielt man sie in Terrarien, dass es nur so wimmelte. Ausgekniffenen Exemplaren war ich zu damaliger Zeit schon mal hinterhergehetzt.

Jede Nacht vor dem Schlafengehen, wenn sämtliche Schabengenerationen durch unsere Hütte schwärmten – von der daumenlangen Schaben-Großmutter bis zum erbsenkleinen Schaben-Enkel –, zertrat ich im Licht von Kerzen und Taschenlampen so viele ich nur konnte. Doch zu oft war ich dem ungleichen Kampf nicht gewachsen. Dann blieb von meinem wild entschlossenen Fußtritt, mit dem ich die wieselflinken Plagegeister in den Sand zu rammen trachtete, nur ein überdeutlicher Abdruck meiner Turnschuhsohle – „made in GDR".

*Periplaneta americana* schien nach mehreren Tagen noch um kein einziges Exemplar abgenommen zu haben! Doch Sandrinhas Schaudern beim Anblick der braunen Flitzer, die uns aus Schuhen, Kleidungsstücken, Taschen, selbst aus den Moskitonetzen entgegen huschten, ließ mich weiter treten. Mitunter traten ihr Tränen des Erschreckens in den Augen und sie umarmte mich zum Dank, sobald ich mich in Huberts Begleitung zum nächsten Schabenfeldzug rüstete.

„Die Tierchen zählen zu den hemimetabolen Insekten", kramte ich mein Entomologenwissen hervor, „bei denen gibt es kein Puppenstadium. Die Kleinen sehen aus wie die Großen."

„Das fiel mir auch schon auf", konterte Hubert ironisch und trat scharf gegen die Bretterwand. Worauf es hörbar und feucht knackte. Erwischt!

Heute nachmittag, als es ans Einpacken ging, hatte ich die Schabenfallen unter den Bretterverstecken hervorgeholt. Einen makabren Anblick boten sie – denn dicke tote Schabenleiber verstopften sternförmig sämtliche Duftkanäle, die ihresgleichen anlocken sollten. Die Fallen habe er Aurelio versprochen, sagte Hubert, vielleicht leisteten sie ja noch einige Zeit ihren Dienst. In Aurelios Hütte seien die Viecher noch zahlreicher als bei uns. „Vorsicht", bedeutete ich Aurelio, als er die Fallen holen kam, und ergänzte radebrechend „com filhos, filhas ...". Schmunzelnd korrigierte der junge Vater mich: „Crianças." (Kinder.) Ja klar: „Crianças." Wieso hatte ich das Wort schon wieder vergessen?

Das war heute nachmittag. Lucies gellender Alarmschrei lag noch fern wie die pünktlich hereinbrechende Tropennacht und der gespenstische Schatten „aranhas" im flackernden Kerzenschein. Unter den Bedingungen der Indios wohnend, sollte ich an diesem Abend (wenn auch banale) tropenökologische Einsichten gewinnen: Wo sich Hütten nicht verschließen lassen und Nahrungsmittel herumliegen, stellen sich Schaben ein. Wo Schaben leben, dorthin zieht es auch die Schabenjäger. Und so hätte mir das Objekt meiner Phobie ja wirklich schon viel früher über den Weg laufen können, anlässlich unser gemeinsamen nächtlichen Jagdzüge durchs Haus nämlich. Schließlich stellten wir derselben Beute nach, die große Spinne und ich: *Periplaneta americana*, der Amerikanischen Schabe! Und – was ich mir lieber nicht näher ausmalen wollte – die große Spinne hätte mir sogar aus dem Dunkel entgegenfliegen können; ein Überraschungstrick ihrer Gattung, den ein Vogelspinnen-Kenner so beschreibt:

*Dabei spreizen sie die dichten Haarpolster an den Beintarsen, so dass jedes Bein eine große Fläche einnimmt. Multipliziert man die entstehenden Flächen der Beinzahl entsprechend mit acht, so entsteht ein regelrechter Fallschirm, der die Spinne durch ihren energischen Ansprung in einen richtigen Gleitflug bringt* (Bücherl 1962, S. 56).

# Apotheker Aurelio

Erst spät, als wir noch eine Stunde am Feuer saßen, erfuhr ich, was sich im Einzelnen zugetragen hatte: Um Haaresbreite hätte die Vogelspinne den zweijährigen Sian gebissen! Hätte ihr Gift wirklich ausgereicht, um einen kleinen Körper wie seinen umzubringen, was einige der Indios nicht ausschließen mochten? War es Zufall oder Vorsehung, dass es glimpflich abgegangen war?

„Aranha" – vom Nachtdunkel getarnt – saß auf jenem Holzklotz, auf den Sandrinha den barfüßigen Kleinen gewöhnlich stellte, um ihm nach dem Waschen den Schlafanzug anzuziehen. Doch so, als hätte sie die plötzliche Gefahr geahnt, riss die Schamanin ihren Sohn im letzten Augenblick zurück. Worauf die Spinne sich blitzschnell auf das Geländer der Veranda flüchtete. Dann schrie Lucie.

„Kein einsatzbereites Gefährt im Dorf!", fuhr es mir panisch durch den Kopf. Den LKW hatte die Indianerbehörde seit Monaten nicht repariert. Unser Jeep stand still. Das Getriebeöl war versandet und uns blieb für die morgige Heimreise nur der Bus. In der steinernen FUNAI-„Apotheke" neben dem Schulgebäude sucht man vergeblich nach Medikamenten, nach Seren gegen Spinnengifte sowieso ...

„Was hätten wir getan, Hubert?"

Huberts Antwort beruhigte kaum: „Theoretisch lassen sich von hier Funk-Notrufe nach Porto Velho absetzen. Doch dazu muss der FUNAI-Postenchef gerade hier sein, ansonsten ist seine Hütte verschlossen und niemand kann das Funkgerät benutzen. Bis die FUNAI dann Hilfe herbeordert, vergehen manchmal Tage. Oft unternimmt sie gar nichts."

Groß und gelb kletterte der Vollmond hinter dem schwarzen Wald empor, in dem die zirpenden, plärrenden Nachtmusikanten noch immer nicht müde wurden.

In Marmelo krank werden? Kein guter Gedanke! Die frischen Grabhügel tauchten wieder vor meinen Augen auf. Und die schreckliche Narbe der „Pico de Jaca", die das Bein des Kazikensohnes entstellt und ihn hinken lässt. Dennoch ist er am Leben geblieben. Die gefürchtete Buschmeister-Schlange hatte ihn ins Bein gebissen, als er vor zwei Monaten allein im Wald Palmblätter schlug – eine hochgiftige Grubenotter, verwandt mit den Klapperschlangen. Sie erreicht fast vier Meter Länge. Erst als er der Schlange schon zu nahe gekommen war und sie ihre mächtigen Fangzähne zischend öffnete, hatte der Indio das Reptil erblickt. Seine gelb-braune Färbung hatte es mit den trockenen Blättern am Waldboden verschmelzen lassen. Zu spät!

Mit letzten Kräften schleppte sich der Verletzte mehrere Kilometer durch den Busch bis zur Transamazônica, wo mitleidige Weiße den fast Ohnmächtigen in ihr Auto nahmen und nach Marmelo brachten. Mit großem Glück sprang damals der FUNAI-LKW an und hielt bis Humaitá durch. Mit großem Glück fanden sich im dortigen Hospital Ärzte, die sich um den Indio kümmerten und nicht gleich amputierten, sondern ihn sogar per Hubschrauber in eine Spezialklinik fliegen ließen, in das weit entfernte Goiás. Mit großem Glück gelang es den Chirurgen dort – nach der fünften Operation! – den Zersetzungsprozess der Wunde zu stoppen, nachdem sie Fleisch aus der Schulter des Indios in den Unterschenkel transplantiert hatten.

Wiederum war es Aurelio, der den todwund gebissenen Sohn Kwahãs noch in Marmelo medizinisch notversorgte. Sogar eine Infusion hatte er zur Hand, woher auch immer. Aurelio – der Enkel des Dorfältesten Luiz; Aurelio – der Enkel des Schamanen Luiz. Seit langem schlummern die Heilkünste seines Großvaters ungenutzt. Die Zeit der kulturellen Bevormundung hat zahllose Pajés Amazoniens resignieren lassen und mutlos gemacht. Das indigene Heilwissen droht mit ihnen zu sterben. Auch hier, in Marmelo? Aurelio, glaube ich, hat mich eines Besseren belehrt. Nicht nur weil der junge Indio uns an jenem Abend die Vogelspinne vom Leib schaffte, weil er den Kazikensohn rettete und das erste eigene Gesundheitsteam der Tenharim flussabwärts geführt hat.

„Hanne, komm, sieh dir an, was Aurelio gleich herbringt!" Sandrinha winkte mich zu sich. Ich griff meinen Holzklotz, auf dem ich gesessen hatte, und wechselte an die andere Seite des Feuers. Aurelio hatte unsere kleine Runde für eine kurze Weile verlassen. An der Hand seinen vierjährigen Sohn, trug er einen Rucksack, in dem es leise und dunkel klirrte. Vorsichtig, um nichts zu zerbrechen, holte Aurelio eine Anzahl großer brauner Arzneiflaschen daraus hervor, reihte sie vor Sandrinha in den Sand. Dann begannen beide zu fachsimpeln. Die eine Essenz half gegen Rheuma, die andere gegen Fieber, die dritte stillte Blutungen und desinfizierte – und alle verströmten wunderbar würzige Gerüche, in denen ich Knoblauch, Beifuß und Lavendel zu erkennen glaubte. Medizin aus dem Regenwald! Aurelio hatte die Lösungsmittel aus der Stadt beschafft, die Heilpflanzen im Wald gesammelt und alles irgendwie zusammengebraut. Bestimmt wird Großvater Luiz seinem Enkel zur Hand gegangen sein, wird ihn schon als kleinen Jungen mit den Geheimnissen der Naturheilkunde vertraut gemacht haben, wie es auch der Großvater Sandrinhas mit seiner Enkelin tat. Und weder Aurelio noch Sandrinha werden je von der Magie ihrer Großväter loskommen.

„Weißt du, welches Buch ich gestern in Aurelios Hütte sah?", verriet mir Sandrinha und ihre Augen strahlten. „Es war unser Skandalbuch aus São Paulo: ‚Onde não há Médico' – ‚Wo es keinen Arzt gibt'[15]!" Bei Kerzenlicht

15  Siehe Seite 38.

habe sie ihn angetroffen, lesend. Sicher werde er sich irgendwann damit die Augen verderben, genau wie sie, fügte Sandrinha noch hinzu. Was soll's? Aurelio hob bedauernd die Schultern: Tagsüber müsse er in den Waldgärten arbeiten, jagen oder fischen. Da sei keine Zeit für ein Buch.

Die Nacht verging für mich ohne Schlaf. Mit wirren Wachträumen, Phantasien. Mit der letzten uns verbliebenen Taschenlampe hatte ich peinlich genau unser Haus nach weiteren *Aviculariidae* abgeleuchtet, auch die Dachbretter über mir, bevor ich in die Hängematte kroch. Verschämt wiederholte ich die Prozedur nach jeder durchwachten Stunde aufs neue.

Und da draußen, direkt vor unserem Fenster? Was da so verbissen knurrte, röchelte, fauchte – waren es Hunde, oder Gürteltiere, oder doch am Ende ein „onça", ein Jaguar? Womöglich pirschte die elegante Fleckenkatze ja gerade in Richtung unseres offenen Eingangs? Mürbe vom Grübeln, schlüpfte ich unter dem Moskitonetz hervor, schlich zum Eingang und zog die dünne Holztür zu (ohne hinausgesehen zu haben, versteht sich), doch sie besaß kein Schloss, sondern ließ sich nur mit einem dünnen Bindfaden sichern. Wozu auch Schlösser, wo in Marmelo niemand etwas stiehlt? Nur leise zurück!

Erst als die Sonne des nächsten Tages strahlend und versöhnlich über dem Dorf stand, rückte Domingo mit der Wahrheit heraus. Vor unserer Ankunft hätten die Tenharim das Haus eingehend durchsucht – und *etliche* Vogelspinnen hinaus befördert. In ihrer Sprache hießen sie übrigens „nhadú". Verstohlen betrachtete ich die Spinnenleiche, die noch immer unter dem LKW lag; ihren großen, borstig behaarten Leib mit den acht, im Todeskrampf angewinkelten Extremitäten, die sich schwarz und orange gezeichnet vom hellen Sand abhoben. „Du solltest sie mitnehmen, von Spinnenkundlern in Deutschland bestimmen lassen, die Art könnte immerhin einen Neufund für Amazonas darstellen...", redete ich mir zu. Doch ich spürte die Biologin in mir kläglich versagen. Angewidert ließ ich „aranha" liegen, wo sie lag.

Im übrigen tat sie mir leid.

## Langer Abschied von Marmelo

An diesem Tag schien sich mein Innenleben endgültig empören zu wollen. Es warnte mich mit rasenden Kopfschmerzen, Herzstocken, Atemnot, Depressionen und heißer Sehnsucht nach einem kühlen deutschen Herbsttag. War ich dem Tropenkoller nahe?

Sandrinha, die Liebe, die Fürsorgliche, viertelte den letzten Apfel, den wir im Gepäck hatten, und reichte mir ein Stück: „Nimm nur, das ist gut fürs Herz, Hanne." Den Rest ließ sie Sian essen. Den Kleinen quälte die Hitze wie mich. Er weinte.

Bedächtig kauend blickte ich zur Transamazônica hinüber, die in der brennenden Mittagssonne lag. Aus den offenen Fenstern der Schule gegenüber dem Gemeinschaftshaus drang ein Chor heller Kinderstimmen, die portugiesische Zahlenfolge wiederholend: „Dez, vinte, trinta, quarenta, cinquenta..." Mitten hinein dröhnte der nächste Schwerlaster durch das Dorf, zog rote Staubschwaden hinter sich her. Die puderten die weiße Missionskirche am Waldrand und die Palmblattdächer der Hütten.

Noch kein Bus. Noch immer kein Bus!

Auch heute, an unserem zweiten Wartetag, fehlte jede Spur von ihm. Wahrscheinlich seien alle Busse defekt, die sonst drei Mal täglich auf der Transamazônica verkehrten. Domingo hatte einen der Fernfahrer gestoppt und ihn befragt. Eine andere Truckbesatzung wollte von einer eingestürzten Brücke gehört haben, weit im Osten.

Verschwitzt, übermüdet, entnervt! – wir warteten seit fast vierzig Stunden mit gepackten Taschen. Tagsüber ohne ein Bad im Fluss zu wagen, denn der Bus könnte ja gerade in diesem Augenblick kommen. Nachts mit abwechselnder Wache am Feuer. Der Rest von uns lag abreisebereit in den Hängematten, ohne Moskitonetze – von Fledermäusen umflattert, die sicher nur neugierig waren. Und ziemlich groß, wie der frische Windzug ihrer Flügel verriet.

Jedes ferne Motorengebrumm konnte vom Bus stammen. Von dort im Osten, wo sich die Piste im Staub verlor, musste er heranschaukeln! Und wenn nicht?

„Im äußersten Fall müssen wir mit irgend einem Lastwagen vorlieb nehmen, falls einer anhält, der noch Platz in der Fahrerkabine hat", überlegte

Hubert, „zumindest für euch drei Frauen und Sian. Ich werd's schon auf der Ladefläche bis Humaitá aushalten; muss mich eben doppelt mit Sonnenschutz eincremen. Und Manoel ist solcherart Reisen gewöhnt."

Am Morgen des dritten Wartetages brachte Antonio die rettende Flasche Getriebeöl und Jeep-Ersatzteile! Hubert hatte ihn vorsorglich nach Humaitá geschickt, ohne sicher sein zu können, dass der Indio es per Anhalter auch zurück nach Marmelo schaffte. Männer der Tenharim halfen zu reparieren, selbst der FUNAI-Postenchef beteiligte sich. Umringt vom halben Dorf – das sich mit uns gesorgt hatte – beluden wir schließlich den Jeep.

Eilig musste der Abschied von Marmelo plötzlich sein, denn wir würden die letzte Fähre am Rio Madeira nur knapp erreichen. „Obrigada pelo todo!" (Danke für alles!) Beim Winken sah ich noch lange Kwahã, den Kaziken, wie er neben seiner Frau auf der Hängematte saß und uns nachwinkte. Bis ich auch ihr Bild verlor, wie das ganze Dorf – im roten Nebel der Transamazônica.

# Briefe aus Porto Velho

*Gut zweieinhalb Jahre sind vergangen, seit ich von Rondônia nach Brandenburg zurückgekehrt bin. Von Porto Velho nach Brodowin – ins Ökodorf zwischen den sieben Seen und in die Sicherheiten der „Ersten Welt", die ich mit anderen Augen zu sehen gelernt habe.*

*Lese ich in den Briefen und Faxnachrichten, die Hubert seit August 1997 nach Deutschland geschickt hat, steigt mir wieder der Staub der Transamazônica in die Nase und der Geruch des verbrannten Waldes; mir steht wieder das Elend des Casa do Indio vor Augen und das Chaos der großen Stadt am Rio Madeira. Und ich sehe Marmelo, immer wieder Marmelo, das kleine Dorf der Tenharim am „Fluss der Quitten".*

*Sandrinhas lange gehegte Vision, eine Brücke von Deutschland zu den Indios Amazoniens zu bauen, ist Wirklichkeit geworden – eine Brücke der Herzen und der tätigen Hilfe. Wenngleich unter schwierigen, oft entmutigenden und nicht selten unter gefährlichen Bedingungen.*

*In Huberts Briefen aus Porto Velho spiegelt sich die komplizierte Realität. Die Realität eines Hilfsprojekts für Ureinwohner Brasiliens im fünften Jahrhundert ihrer Unterwerfung durch die Europäer. Eines Hilfsprojekts im „UNO-Jahrzehnt der indigenen Völker", in dem es den indigenen Völkern weltweit schlechter ergeht, als je zuvor. Eines Hilfsprojekts, auch zu Zeiten des „Klimabündnisses europäischer Städte mit den indigenen Völkern der Regenwälder zum Erhalt der Erdatmosphäre". Zu Zeiten, in denen der globale Klimawandel längst begonnen haben mag.*

*Geldspenden auf das von ARA (Bielefeld) eingerichtete Sonderkonto „UIRAPURÚ" flossen (und fließen weiterhin) aus vielen Richtungen Deutschlands. Die Christliche Initiative Romero aus Münster und der Bund für Naturvölker aus Brodowin gehören zu den regelmäßigen Unterstützern, das Klimabündnis Frankfurt am Main, die Klimabündnisstädte Bonn und Oldenburg, „Eine-Welt-Läden" aus Wardenburg, Elsfleth, Emden, Norden und Leer, das Umwelthaus in Oldenburg und viele Einzelpersonen.*

*Größere Fördersummen[16] steuerten das Land Brandenburg bei, die Staatskanzlei Nordrhein-Westfalen, die Gesellschaft für Technische Zusammenarbeit (GTZ), die Stiftung Nord-Süd-Brücken (Berlin) und die Europäische Union (Brüssel).*

*Briefe aus Porto Velho. Sie erzählen von vielen ansehnlichen Erfolgen, aber auch von Rückschlägen. Sie erzählen von Hoffnungen, aber auch von Trauer, die Sandrinha, Hubert, Manoel und jene Indios durchlebten, für die die Associação UIRAPURÚ tätig war und weiterhin tätig sein wird. Einige Auszüge aus jenen Briefen sollen in diesem Buch nicht fehlen.*

16  Siehe Anhang S. 181.

## BRAND AUF DEM „SITIO"  *Porto Velho, den 22. 9. 1997*

Nun ist es geschehen: Auf unserem Projektgelände sind große Teile des Waldes (acht Hektar), ein Teil der Setzlinge und ein Teil der Einzäunung verbrannt. Dabei hatten wir noch Glück, es ist uns mit viel Schweiß gelungen, das Feuer drei Meter vor dem neuen Gebäude zu stoppen. Unser Grundstücksnachbar hatte eine Brandrodung vorbereitet. Wir hatten mit ihm vereinbart, dass er den Tag der Feuerlegung ankündigt, damit wir mit mehreren Leuten das ganze überwachen können. Doch er hat das Feuer einen Tag vorfristig gelegt. Uns ist jetzt klar geworden, wie sehr unsere Arbeit durch die Grundstücksnachbarn gefährdet ist. In diesem Jahr haben fast alle Grundbesitzer hier in der näheren Region Wälder abgebrannt und unser Gelände ist völlig ungeschützt. Noch gibt es hier Tapire, Wildschweine und Pakas. Eine Affenkolonie, die vorher in der Nähe des Projektgebäudes ihren Schlafplatz hatte, ist seit dem Brand verschwunden.

## KURSE IN MARMELO  *Porto Velho, den 13. 10. 1997*

Hier mehren sich nun die Anzeichen der Regenzeit. Die Frösche haben eine andere Platte aufgelegt, die Zikaden zirpen nicht mehr. An einigen Tagen hat es schon sehr viel geregnet.

Unter Sandrinhas Leitung hat die Associação UIRAPURÚ gemeinsam mit den Tenharim ein mehrmonatiges Kursprogramm für Gesundheitshelfer vorbereitet. Unser Laborant Aires Braga, den wir seit kurzem angestellt haben, wird am Donnerstag mit dem Bus nach Marmelo fahren und dort mit der Ausbildung beginnen. Auf dem Programm stehen Krankheitsursachen, Ernährung und Hygiene im Dorf (z. B. Müllentsorgung, um Brutstätten für Malariamücken auszuschalten) und die Ausbildung am Mikroskop[17], vor allem für die Malaria-Diagnose. Die Männer von Marmelo haben für Schulungen und medizinische Behandlungen extra ein neues Haus gebaut. Am Gesundheitskurs nehmen auch Tenharim aus den entfernt gelegenen Dörfern Estirão und Igarapé Preto teil. Außerdem sind Vertreter der Torá, Mura Pirahá und Diahoí dazu eingeladen.

Zwei Drittel der Bewohner von Marmelo sind zur Zeit krank, mit Malaria, Grippe, Tuberkulose, Darmparasiten. Alle Einwohner sollen untersucht und bei Bedarf behandelt werden. Ein dreizehnjähriges malariakrankes Mädchen der Tenharim ist Anfang Oktober gestorben. Die eigentliche Ursache war die Unachtsamkeit der FUNAI-Krankenschwester. Sie behandelte das Mädchen nicht fachgerecht.

In Marmelo sollen ein Heilpflanzengarten und ein Gemüsegarten angelegt

---

17  Der Bund für Naturvölker erhielt aus medizinischen Einrichtungen Brandenburgs und Berlins vier binokulare Mikroskope. Er leitete sie nach Amazonien weiter. In Marmelo steht eins davon.

werden. Große Sorgen macht uns allerdings unser altersschwacher Jeep, den wir dafür dringend brauchten. In indigene Gebiete kommen wir damit gar nicht mehr. Wir trauen uns nur noch auf unser Außengelände, immer froh, wenn wir ohne größere Komplikationen dort ankommen. Ich bin schon einige Kilometer zu Fuß gegangen, um Hilfe zu besorgen. Und fast nach jeder Fahrt laufe ich ein bis zwei Tage nach Ersatzteilen und Mechanikern umher und verliere dadurch viel Zeit.

## MORDDROHUNGEN UND TAUSEND JUNGE BÄUME
*Porto Velho, den 23. 10. 1997*

Wir sind jetzt etwa acht Monate in Rondônia und wir haben eine Menge Erfahrungen gesammelt, darunter einige recht traurige. Was mich am meisten schockiert, ist die offene Brutalität, der wir hier ausgesetzt sind. Und das macht mir Angst. Mir ist jetzt schon mehrere Male von verschiedener Seite gedroht worden, mich umzubringen. Zum Beispiel von unserem Grundstücksnachbarn, der unseren Wald auf dem sitio niederbrennen ließ. Der Polizist, bei dem ich den Vorfall angezeigt habe, hat mir erzählt, dass die meisten Morde hier in der Gegend aus geringfügigen Nachbarschaftsstreitigkeiten entstehen. Ein nächstes Beispiel – der Landarbeiter João, den ich entlassen musste, weil er sich zu einer Gefahr für unsere Arbeit entwickelt hat. Nun prahlt er im Suff damit, schon jemanden mit einem Buschmesser umgelegt zu haben, und droht, er lasse sich die Entlassung nicht gefallen... Ich verstehe inzwischen die Brasilianer sehr gut, die aus Angst keine Entscheidungen fällen. Leider ist das bei meiner Arbeit nicht möglich. Und viele eigentliche Konflikte, zum Beispiel um das Land der Diahoí, stehen ja erst noch an.

Dass wir bald mit einem neuen Geländewagen rechnen dürfen, ist eine wirklich gute Nachricht! Uns fällt ein riesiger Stein vom Herzen! Morgen fahren wir aufs „sitio", um dort das Wochenende zu verbringen und uns vom Stadtstress durch Arbeit im Garten und im Wald zu erholen. Wir wollen in den kommenden Monaten mehr als 1 000 Bäume auf dem Außengelände pflanzen – darunter Ipé und Freijo (Edelhölzer), Kokos, Mango, Apfelsinen, Guaraná, Acai, Abacate, Carambola, Jambu, Cupuacu, Pupunha, Goiaba und reichlich Kaffee. Das will vorbereitet sein.

## NEUER JEEP UND SIEBZIG MAL RETTUNG
*Porto Velho, den 9. 2. 1998*

Wir sind alle gesund, ersticken aber in Arbeit. Deshalb fasse ich mich kurz. Die Associação UIRAPURÚ hat endlich ein zuverlässiges Geländefahrzeug – drei Jahre jung, Kaufpreis 23.000 Reais. Unser herzlicher Dank geht an alle in Deutschland, die mitgeholfen haben!

Künftig wird die Associação UIRAPURÚ auch die Aikana-Indios, die Latundé und die Kwazar im Süden Rondônias beraten. Wir erarbeiten in diesen Tagen mit Vertretern ihrer Organisation MASSAKÁ einen Plan zur Verbesserung der Lebensbedingungen und zur Absicherung ihres Gebietes. Es ist durch Holzraub fast völlig zerstört und die Kultur der Völker ist erheblich geschwächt, auch durch Alkoholismus. Die Aikana sind jene im Gebiet verbliebenen Verwandten der Cassupá, die den Deportationen des Indianerschutzdienstes in den fünfziger Jahren entgangen sind[18].

Fast siebzig Malariaerkrankungen gab es im Januar in Marmelo. Die FUNAI zog gerade zu dieser Zeit ihre Krankenschwester ab und lieferte auch keine Medikamente mehr! Nur den Mitarbeitern von Associação UIRAPURÚ und den ausgebildeten Gesundheitshelfern der Tenharim ist es zu verdanken, dass es bisher noch keine Toten gab. Kwahã hat eine Malaria nur knapp überlebt.

Sonstige News aus Rondônia: Die Zeitung „O Estadão" berichtete von Holzhändlern, die ein Dorf der Aikana zu bombardieren beabsichtigten. Ein anderer Holzfäller hat in der Nähe von Cacoal einen Suruí-Indianer umgebracht; die Militärpolizei versucht nun, die Suruí von einer Racheaktion abzuhalten. Außerdem gebe es im Süden Rondônias kaum noch Edelhölzer, berichtet das Blatt, so dass die Holzhändler inzwischen über den Rückgang ihrer Gewinne klagten.

AMPUTIEREN IST BILLIGER                    *Porto Velho, den 27. 2. 1998*

Ihr werdet es nicht glauben, aber manchmal sehne ich mich nach einem kühlen, verregneten Tag daheim! Regen haben wir zwar genug, nur ist es verdammt heiß dabei. Auf dem sitio kann ich nur noch in den frühen Morgenstunden oder am Abend mitarbeiten.

Den Karneval haben wir auf dem Projektgelände verbracht, die ganze Woche war unser Büro geschlossen. Wir haben unsere 1.000 Jungbäume inzwischen gepflanzt...

Doch nun zu Aurelio: Das ist nach wie vor eine sehr traurige Geschichte, ich hatte ja telefonisch davon berichtet. Sein linkes Fußgelenk, das er sich im vergangenen Dezember (!) ausgerenkt und angebrochen hat, sieht böse aus. Ein Arzt hatte den Fuß eingegipst, ohne das Gelenk zuvor einzurenken! Jetzt, nachdem der Gips gefallen ist und die Schmerzen noch immer nicht nachlassen, kann nur noch eine aufwendige Operation helfen. Doch die ist auch in Brasilien teuer. Deshalb empfahl die FUNAI, die für die Kosten aufkommen müsste, den Unterschenkel zu amputieren!

Wir haben nun bei der FUNAI Druck gemacht (Sandrinha: „Ich bin Ärztin und will die Untersuchungsergebnisse sehen!") Darauf hin kam Aurelio am

18 Siehe Seite 56f.

157

Mittwoch vorletzter Woche in ein öffentliches Krankenhaus, mit dem Versprechen, er würde sofort operiert. Bis heute ist nichts geschehen.

Ich habe Aurelio oft besucht. Die ersten zwei Tage hat er sitzend auf einem Stuhl zugebracht, weil es kein freies Bett gab. Dabei ist sein Fuß wieder stark angeschwollen. Danach war er mehrere Tage in einer Art Notaufnahme: ungefähre Zimmertemperatur 50 Grad, um ihn herum Leute mit Schussverletzungen, Sterbende, ein unerträglicher Gestank. Leichen wurden durch den Saal getragen, in dem ungefähr zwanzig Pritschen standen. Und Ratten huschten unter den Betten entlang. Als ich das erste Mal aus dem Krankenhaus kam, musste ich mich fast übergeben.

Am Eingang preisen Totengräber ihre Dienste an. Besuchszeit ist nur eine Stunde am Tag. Danach gibt es keine Möglichkeit mehr, ins Krankenhaus zu kommen. Bewaffnete Wachen stehen davor. In Deutschland sind selbst die Schlachthäuser freundlicher. Doch was sollen wir machen? Aurelio muss warten, bis er an der Reihe ist.

Seine Frau hatte übrigens vor fünf Tagen einen Kaiserschnitt (ihr drittes Kind) und ist jetzt im Casa do Indio. Sie hat Aurelio erst ein Mal für fünf Minuten besuchen können. Währenddessen habe ich draußen gewartet und das Baby gehalten. Neugeborene dürfen aus gutem Grund nicht mit ins Krankenhaus genommen werden.

Falls es für Aurelio eine Alternative gäbe, würde ich ihn sofort da raus holen. Wir werden heute noch mit EMS-Kurier den medizinischen Befund und ein Röntgenbild zu Axel[19] schicken. Ihr solltet einmal überlegen, wie ihr helfen könnt. Falls wir Mittel hätten, könnten wir versuchen, Aurelio privat behandeln zu lassen. Mit Geld ist hier einiges machbar.

Ja Hanne, dies ist hier die Realität. Man sollte darüber berichten, zeigt es doch die Unmenschlichkeit eines Systems, das eine menschenwürdige Behandlung vom Geld abhängig macht. Wahrscheinlich wird Aurelio so lange warten müssen, bis ein Platz für die Operation frei ist – ein normaler Vorgang. Und nach dem Karneval gibt es eventuell andere, schwerere Fälle. Ich habe jedenfalls von mehreren Schießereien gehört.

*Porto Velho, den 17. 3. 1998*

Dir und Axel herzlichen Dank für die Arbeit und Sorge um Aurelio! Er ist am letzten Freitag operiert worden. Wir haben über einen befreundeten Anwalt erreicht, dass ein anderer Orthopäde eingeschaltet wurde. Der hat sich sogar bei Aurelio für die lange Wartezeit entschuldigt. Er hat uns außerdem erklärt, dass die Missstände nicht speziell mit Indigenen zu tun haben, sondern sie gehören zum Alltag im öffentlichen Gesundheitssystem. Oft fehlen einfach die Materialien, um Operationen auszuführen. Wer da keine Lobby hat, ist verloren. Ich habe inzwischen von mehreren Fällen gehört, wo Leute mit

---

19 Axel Stoeckert-Stüve leitet den Bund für Naturvölker e. V., er arbeitet als Arzt in Bremerhaven.

Infektionen einen Arzttermin in drei oder vier Wochen bekamen, den sie dann nicht mehr wahrnehmen konnten – sie waren verstorben.

Nochmals danke, wir werden Aurelio mitteilen, dass die Möglichkeit bestanden hat, ihn in Deutschland zu operieren[20]. Es ist schön zu wissen, dass wir gute Freunde und Mitstreiter am anderen Ende der Welt haben. Um grande abraço – eine große Umarmung für euch!

## Bestandene Prüfungen, Versprechen der Weltbank
*Porto Velho, den 1. 7. 1998*

Vielen Dank für die BUMERANG-Hefte, die über Marmelo berichten. Gerne würden wir einige Exemplare den Tenharim schenken. Sie fragen übrigens oft nach der „amiga alemã", der deutschen Freundin.

Nun zu den Neuigkeiten: Drei von uns ausgebildete Tenharim sind als Laboranten von der staatlichen Gesundheitsbehörde (FNS)[21] anerkannt worden. Sie haben in Marmelo ihre Prüfungen absolviert. Das FNS hat zugesagt, die Laboranten weiter zu unterstützen.

Die von uns erarbeiteten Projekte für die Tenharim und die Cassupá und Salamãi hat die zuständige Kommission von PLANAFLORO heute bewilligt. Mehr als ein Jahr harter Arbeit, viel Streit gegen unzählige Versuche, die Vorhaben zu kippen (zum Beispiel durch die FUNAI), haben sich ausgezahlt. Dies bedeutet – weitere Ausbildung von Gesundheitshelfern und von Zahngesundheitshelfern, Ausrüstung der Gesundheitsstationen, Material für die Schulen, Aufbau einer Hühnerzucht und der Anbau von Mischkulturen bei den Tenharim. Auch die Ansiedlung der Cassupá und Salamãi im indigenen Gebiet der Karipuna wird nun möglich sein – mit einem Geländefahrzeug, einem Boot, Arbeitsgeräten, Baumsetzlingen...

## Denilson starb mit acht Monaten
*Porto Velho, den 1. 7. 1998*

Während unseres letzten Aufenthaltes in Marmelo ereignete sich etwas sehr Trauriges. Wir saßen zusammen mit den Gesundheitshelfern draußen vor der neuen Hütte, die die Tenharim für UIRAPURÚ gebaut haben. Es war dunkel, nur der Mond beleuchtete unsere Versammlung. Plötzlich schwiegen alle Tenharim und lauschten den fernen Geräuschen eines Motors. „Das ist der Toyota der FUNAI. Wenn der um diese Zeit kommt, dann bedeutet das nichts Gutes", meinte João Sena. Wenig später sahen wir das Licht der Scheinwerfer langsam die Transamazônica heraufkriechen. Der Toyota bog in das Dorf ein und kam auf unsere Hütte zu. Von weitem schon

---

20 Eine Klinik in Berlin-Buch, die zur DDR-Zeit afrikanische Kriegsopfer behandelt hat, stellte eine kostenfreie Operation und Nachbehandlung für Aurelio Tenharim in Aussicht.
21 Nationales Amt für Gesundheit (Função Nacional de Saúde).

konnten wir das Weinen der Insassen hören. Der Toyota hielt zwischen unserer Hütte und der unseres Nachbarn. Unter Weinen und Wehklagen wurde eine Pappschachtel in der Größe eines Kindersarges von der Pritsche gehoben und in das Haus gebracht. Der Toyota der FUNAI fuhr sofort wieder los. In der Pappschachtel lag Denilson Tenharim, acht Monate alt. Einige Stunden zuvor war er im Casa do Indio an Lungenentzündung verstorben. Sandrinha und die Frauen der Gesundheitshelfer kümmerten sich um Lygia und Filipe, die Eltern des toten Kindes, und um dessen Geschwister. Zwei Tage dauerte das Wehklagen und Weinen. Kwahã sagte zu mir: „So ist das heute, alle paar Monate das gleiche Bild." Für mich war es das traurigste Erlebnis während meines Aufenthaltes hier.

Am Morgen des dritten Tages saß ich mit Filipe am Feuer und er erzählte mir, was alle im Dorf längst bestätigten. Zwei Wochen zuvor war seine Familie nach Porto Velho gereist, denn Lygia klagte seit Monaten über starke Kopfschmerzen und wollte sich untersuchen lassen. Doch wie fast immer gab es keine Untersuchung und keine Behandlung. Der Aufenthalt im Casa do Indio zögerte sich hinaus. Denilson war bei Beginn der Reise kräftig und gesund, doch ein paar Tage FUNAI-Essen und die katastrophalen hygienischen Bedingungen reichten aus, ihn krank werden zu lassen. Die Krankenschwester beachtete Denilson nicht. Erst als er schon fast am Ende war, brachte die FUNAI ihn in ein öffentliches Krankenhaus. Doch zu spät.

Eine Woche vor Denilson verstarb im Casa do Indio ein Kind der Karitiana. Es bestand Verdacht auf Lungenentzündung und Tuberkulose, doch die Krankenschwester, die gerade stellvertretend Dienst hatte, kümmerte sich um keinen der angesetzten Untersuchungstermine, sondern ließ das Kind einfach sterben. Es ist zum Verzweifeln! Der Wert eines Menschenlebens gilt hier nichts. Wir wissen inzwischen, dass Mitarbeiter der FUNAI einen Großteil der Lebensmittel, die für die Indigenen im Casa do Indio bestimmt sind, unterschlagen und privat verkaufen. Ein Mitarbeiter unterhält einen Laden mit diesen Lebensmitteln. Und die Indigenen hungern. Es gibt dort nur einmal am Tag etwas Reis mit Bohnen und eventuell noch einige Spaghettis, alles in Sojaöl zu einer breiigen Masse verkocht.

FLAMMEN ÜBERM „SITIO" UND ÜBER AMAZONIEN  *Porto Velho, den 4. 8. 1998*

Hier ist es wieder sehr heiß und trocken. Und es schlägt gewaltig aufs Gemüt, wieder überall die riesigen Feuer zu sehen. Als wir neulich aufs Projektgelände gefahren sind, war über vier Kilometer Länge und zwei Kilometer Breite alles abgebrannt. Wir sind durch die rauchenden Trümmer gefahren und ich hatte riesige Angst um unseren Wald. Meine Befürchtungen haben sich bestätigt. Schon von weitem sahen wir auch unseren Wald rauchen. Das Feuer war in der Nacht zuvor auf unser Grundstück übergesprungen! Wir haben alle wie die Tiere geschuftet, um die Flammen unter Kontrolle zu bringen – der Kazike der Diahoí, der uns gerade besuchte, Sebastão, unser Landarbeiter, Aires Braga, der Laborant, und viele Nachbarn. Rund zwei Hektar Primärwald sind diesmal draufgegangen. Und es sind noch mehr Flächen in der Nachbarschaft zum Abbrennen vorbereitet. Wir brauchen wirklich alles Glück der Welt, wenn wir verschont bleiben wollen. Ich habe inzwischen Wasserbehälter auf dem Grundstück verteilt. Mit unserer Motorpumpe und Schläuchen füllen wir sie immer wieder, damit wir bei Gefahr gewappnet sind. Außerdem haben wir Brandschneisen geschlagen, über mehrere Kilometer. Doch was hilft dies gegen Funkenflug...

In Rondônia war es noch nie so trocken. Den meisten Leuten sind die Brunnen inzwischen ausgetrocknet und die wenigsten Bäche führen noch Wasser – eine Folge der massiven Waldvernichtung. Steht dem Amazonasgebiet das gleiche Schicksal bevor wie den anderen Gegenden Brasiliens, die sich in Wüsten verwandelt haben? Die letzten offiziellen Daten sprechen von einer Zunahme der Brandherde in Amazonien um fast achthundert Prozent[22] gegenüber dem Vorjahr! Der Himmel hier ist ständig grau vor Rauch, man sieht keine Sonne oder Sterne mehr.

Und was unternehmen die Behörden und die Regierung? Es gibt ein neues Umweltgesetz, das die Brandrodungen verbietet, doch es gibt niemanden, der es kontrolliert. Während der Wald an allen Ecken und Kanten brennt, diskutieren die Umweltbehörde IBAMA und Landesbehörden über Kontrollmöglichkeiten, berufen Kommissionen ein und tagen – bis die Regenzeit beginnt und dem Feuerzauber ein natürliches Ende setzt. Dann wird nicht mehr diskutiert und auf die nächste Trockenzeit gewartet. Und dann fängt alles wieder von vorn an.

Sandrinha und Sian sind bei unserem unfreiwilligen Abenteuer im Qualm krank geworden. Sandrinha hat eine heftige Grippe mit allen möglichen Entzündungen der Nebenhöhlen. Sian hustet stark und fing am Freitag an, sich zu übergeben. Das ging bis Sonntag früh, wo wir ihn dann ins Krankenhaus brachten. Er war völlig entkräftet und bekam Infusionen, heute morgen wurde er entlassen. Aber er hat sich schon wieder übergeben und wir wissen nicht mehr, was wir tun sollen. Noch eine Infusion wollen wir ihm nicht zumuten. Seine Hände und Füße sind schon völlig zerstochen. Wir werden nun die Untersuchung des Blutes, des Stuhles und des Urins einleiten (was hier nur in privaten Labors gemacht wird).

*Porto Velho, den 6. 8. 1998*

Sian geht es wieder besser! Er ist zwar noch etwas schwach, schläft viel und spielt wenig, macht aber schon wieder recht viel Quatsch. Wir sind heilfroh, uns sitzt der Schreck aber noch in den Knochen.

---

22  Das brasilianische Institut für Weltraumforschung veröffentlichte im Sommer 1998 Aufzeichnungen des Satelliten Noaa/12. Er registrierte 2.586 Brandherde im Juni 1998. Im gleichen Monat des Vorjahres waren es nur 291. Die meisten Feuer loderten in Mato Grosso und in Rondônia, gefolgt von den Bundesstaaten Pará und Maranhão.

## „WIR WARTEN AUF DEINE RÜCKKEHR IN UNSER DORF"

*Porto Velho, den 19. 8. 1998*

Liebe Freundin Hanne, ich bin es, Aurelio, der dir schreibt. An erster Stelle möchte ich dich und deine Familie umarmen und viel Gesundheit wünschen. Ich bin sehr glücklich, denn Hubert hat mir deine Grüße übermittelt. Ich danke dir sehr für die Unterstützung, die du Hubert, Sandrinha und Sian gibst. Nur so können sie uns und den indigenen Gemeinschaften des Südens von Amazonien helfen. Vielen Dank für die Sendung der Mikroskope und des Brunnenprojektes für die indigenen Dörfer!

Hanne, mir geht es gut, mein linker Fuß hat sich erholt und ich beginne wieder aufs Neue zu arbeiten. Schon am 20. August werde ich zusammen mit den anderen Gesundheitshelfern zu den Torá, den Mura Pirahá und den Tenharim von Sepotí fahren, um sie zu behandeln. Da ich nun wieder gesund bin und die Associação UIRAPURÚ uns helfen wird, können wir diese Reise antreten, sie soll fünfzehn Tage dauern[23].

Das Volk der Tenharim sendet viele Umarmungen für dich. Wir warten auf deine Rückkehr nach Brasilien und in unser Dorf.

Die herzlichsten Grüße von Aurelio Tenharim, liderança (Leiter)

## EIN FEINER DRAHT, QUER ÜBER DEN WEG GESPANNT

*Porto Velho, den 20. 8. 1998*

Der Konflikt um das Land der Diahoí nimmt dramatische Ausmaße an. Die Bedrohungen durch den Großgrundbesitzer, der illegal ihr Gebiet besetzt hat, wurden im vergangenen Jahr so stark, dass sich die Diahoí nach Marmelo flüchteten. Doch sie gingen weiterhin in ihr Gebiet, um ihre Waldgärten zu pflegen, Paranüsse zu sammeln und zu jagen. Im Mai diesen Jahres hat nun der Großgrundbesitzer in Zusammenarbeit mit einem Holzhändler begonnen, ihr Gebiet abzuholzen. Einige „pistoleiros" versuchten im selben Monat, Pedro, den Kaziken der Diahoí, und Lobato, seinen Bruder, aus einem Hinterhalt zu erschießen. Doch die beiden konnten unverletzt flüchten.

Anfang Juni traf Pedro auf zwei Weiße, die mit ihrem Jeep die Transamazônica entlang fuhren. Sie hielten an und fragten, ob er ein Indio sei. Pedro bestätigte dies, worauf die beiden mit Revolvern auf ihn schossen. Pedro warf sich die Böschung hinunter und konnte wie durch ein Wunder entkommen. Er zählte zwölf Schüsse.

Mitte Juni kehrten Lobato und Pedro aus ihren Waldgärten nach Marmelo zurück. Pedro entdeckte einen feinen Draht, der quer über den Weg gespannt war. Zuerst hielt er ihn für einen Spinnenfaden. Doch dann sah er, dass der

---

23 Die Reise des Gesundheitsteams der Tenharim konnte nicht stattfinden, weil sie die (während des Wahlkampfes) zugesagte staatliche Unterstützung nicht erhielten.

Draht mit dem Abzug eines Schrotgewehres verbunden war. Bei Berührung des Drahtes hätte es Pedro den Kopf abgerissen!

Anfang Juli drangen „pistoleiros" in Marmelo ein. Sie nutzten die Abwesenheit der Männer, die zur Jagd waren, zerstörten die Einrichtung eines Hauses und versuchten, eine Frau zu töten. Sie wurden dabei von den heimkehrenden Männern überrascht, konnten aber fliehen. Bis heute laufen dort in der Gegend „pistoleiros" herum. Die Tenharim haben Wachen aufgestellt.

Die Associação UIRAPURÚ wird den Diahoí bei der Erlangung ihrer Landrechte beistehen. Wir habe erreicht, dass die Umweltbehörde IBAMA tätig geworden ist. Außerdem stellte die FUNAI-Zentrale Mittel für die „Identifizierung" ihres indigenen Gebietes durch einen Anthropologen zur Verfügung. Die Diahoí hatten sich schon auf einen bewaffneten Konflikt eingestellt. Wir hoffen nun, dass es zu einer friedlichen Lösung kommt ...

## BRUNNEN AUS BRANDENBURG, DANK AUS MAFUÍ

*Porto Velho, den 10. 11. 1998*

Mit unserer Arbeit geht es voran, trotz all der Schwierigkeiten, die dazu gehören. Wir hatten große Problem mit dem Toyota, der einige leider recht teure Reparaturen brauchte. Und nun steht noch der Kauf von Reifen bevor, die für den Schlamm geeignet sind.

Aber das wichtigste: Wir haben es geschafft, die sechs Brunnen noch kurz vor Beginn der Regenzeit fertig zu stellen. Das hat hier niemand mehr geglaubt, denn die Gelder aus Brandenburg kamen sehr spät. Man kann Brunnen hier nur bis Anfang oder Mitte Oktober bauen. Sobald es anfängt zu regnen, können die Brunnenschächte nicht mehr gegraben werden und die Betonringe lassen sich auf den schlammigen Straßen nicht mehr transportieren. So wurde das Ganze ein Wettlauf mit der Zeit, denn es war nicht einfach, so kurzfristig Brunnenringe in der nötigen Zahl aufzutreiben. Nur eine einzige Firma war bereit, die Handpumpen aus dem 2.500 Kilometer entfernten São Paulo heran zu schaffen. Dann aber lief die Arbeit der Brunnenbauer ziemlich reibungslos, keine Sand-Einbrüche und nur in zwei Fällen gab es eine geringe Gasentwicklung, die abgefackelt werden konnte.

Die Tenharim und die Diahoí sind glücklich! Jetzt besitzen ihre Dörfer – Mafuí, Campinho, Peruano, Bela Vista, Duca und Djú Yí – endlich hygienisch einwandfreies Trinkwasser. Seit die Brunnen fertig sind, gibt es dort kaum noch Darmerkrankungen. Der Kazike des Dorfes Mafuí, das fünfzehn Kilometer von Marmelo entfernt liegt, kam mit seiner Familie extra bis nach Porto Velho, um sich bei der Associação UIRAPURÚ zu bedanken. Auch aus Campinho und Djú Yí besuchten uns die Kaziken und dankten uns. Wir möchten ihren Dank weitergeben an alle Freunde, die uns geholfen haben – besonders aber an die Landesregierung von Brandenburg.

Die Malariasituation in Marmelo und in den anderen Dörfern der Tenharim hat sich ebenfalls erheblich verbessert. Die Gesundheitshelfer haben die Situation im Griff.

## DAS KREUZ MIT DEN WELTBANKGELDERN *Porto Velho, den 17. 11. 1998*

Die FUNAI hatte zugesagt, bei allen PAIC-Kleinprojekten, die Indigene aus Rondônia bei PLANAFLORO beantragt haben, für den Eigenanteil aufzukommen. Inzwischen haben sich die Verhältnisse jedoch drastisch geändert. Präsident Cardoso hat alle Mittel der FUNAI für dieses Jahr gestrichen. Ob im nächsten Jahr etwas möglich ist, ist fraglich. Damit ist das von uns auf den Weg gebrachte Hilfsprojekt für die Cassupá und Salamãi (Niederlassung im indigenen Gebiet der Karipuna) ernsthaft gefährdet, denn es erfordert einen Eigenanteil von 4.150 Reais! Auch das Tenharim-Projekt bei PLANAFLORO liegt noch auf Eis ...

Allgemein verschlimmert sich die Situation im hiesigen Gesundheitswesen von Tag zu Tag. Die Mittel für Krankenhäuser wurden drastisch gekürzt – weitere Kürzungen seitens der Cardoso-Regierung sind zu erwarten. Wir haben mit einer Epidemie von Dengue- und Gelbfieber zu rechnen. Auch die Zahl der Leprafälle hat wieder stark zugenommen. Erstmals sind auch bei den Tenharim und den Parintintin Lepraerkrankungen festgestellt worden.

*Porto Velho, den 17. 1. 1999*

Wie ihr wisst, sind die PLANAFLORO/PAIC-Projekte für die Cassupá und Salamãi und für die Tenharim Ende 1998 vom Ex-Regierungschef Rondônias noch unterzeichnet worden. Der neue Regierungschef hat nun die Leitungsmitarbeiter von PLANAFLORO ausgetauscht. Seit gestern ist bekannt, dass die gemeinsamen Konten von PLANAFLORO und der Landesregierung, auf denen die Weltbankmittel für die indigenen Projekte schon bereitlagen, ausgeräumt wurden! Angeblich von Ex-Regierungschef Raupp und dem ehemaligen PLANAFLORO-Chef Pedro Beber. Nun stehen wir vor leeren Kassen! Niemand will wissen, wo die Gelder geblieben sind, und unsere Glaubwürdigkeit gegenüber den Indigenen bröckelt dahin.

## DIE NOT DER KAXARARI *Porto Velho, den 23. 1. 1999*

Bei den Kaxarari, die sich hilfesuchend an uns gewandt haben, sind wir auf eine schockierende Situation getroffen. Fern aller Unterstützung hungern die Indigenen, werden auf den umliegenden Fazenden und von den Holzfällern versklavt und laufen außerdem Gefahr, ihre diesjährige Paranussernte nicht einbringen zu können, weil es einfach an allem fehlt. Es gibt keine Säcke, keine Munition, keine Buschmesser, keine Stiefel oder Schuhe (im Gebiet der

Kaxarari kommen viele Schlangen vor!), keine Lebensmittel und vor allem keine Transportmöglichkeit für die Paranüsse. Die Indigenen haben um Soforthilfe gebeten, aber die FUNAI hüllt sich wieder einmal in Schweigen. Die Kaxarari benötigen ca. 1.800 Reais, um die Ernte zu sichern, von der sie leben müssen. Ich kann diesen Notruf nur weitergeben. Vielleicht könnte ja die Christliche Initiative Romero einspringen? Leider gerät die Associação UIRAPURÚ immer häufiger in solche Situationen. Fast täglich kommen hier Bitten an, die wir nur höflich ablehnen können. Das völlige Versagen der FUNAI bringt hier so manches ins Wanken. Und die meisten Indigenen verstehen nicht, warum wir ihnen nicht zu helfen vermögen.

## MEDIZINSCHIFF AM RIO MADEIRA               *Porto Velho, den 1. 2. 1999*

Ein Politiker hat während des Wahlkampfs der städtischen Gesundheitsbehörde von Humaitá ein komplett ausgerüstetes Behandlungsschiff gestiftet – mit vier klimatisierten Kajüten, einer allgemeinen Arztpraxis und einer Zahnarztpraxis. Das Schiff ist für die medizinische Behandlung der Bevölkerung gedacht, die an den Flüssen lebt. Allerdings gibt es im gesamten Landkreis keine Ärzte und auch keine Mittel, um Ärzte für Reisen in entlegene Gebiete zu bezahlen.

Die Associação UIRAPURÚ hat die Zusage der zuständigen Behörde erhalten, das Schiff für eine dreiwöchige Behandlungsreise zu den Mura Pirahá und den Torá nutzen zu dürfen. Der Bürgermeister von Humaitá möchte deshalb demnächst mit uns reden.

Ich habe schon mit Axel telefoniert. Er meint, er werde eventuell selber als Arzt mitfahren. Und Roland Garve als Zahnarzt. Und vielleicht du, Hanne? Die Reise zu den „isolados" wird mit Sicherheit sehr eindrucksvoll. Ich selber will auf alle Fälle mitfahren, weil ich als Dolmetscher gebraucht werde, dazu einige Gesundheitshelfer der Tenharim und unser Laborant Aires Braga. Als Termin würde ich die beginnende Regenzeit vorschlagen, das wäre so im Oktober oder November diesen Jahres. Dann sind die Flüsse besser schiffbar. Ich werde mich demnächst schon mal um Verträge mit dem Landkreis kümmern und wegen der Arbeitserlaubnis für Axel und Roland bei der hiesigen Ärztekommission vorsprechen.

## WIEDER WAR UNSER TELEFON GEKAPPT               *Porto Velho, den 27. 2. 1999*

Während ich dies schreibe, arbeitet draußen ein Techniker der Telefongesellschaft und versucht, unser Telefon, das seit neun Tagen nicht mehr funktioniert, in Gang zu bringen. Wieder einmal wurde uns hinterrücks die Telefonnummer geändert. Aber es ist ja schon ein Wunder, wenn dann unser Telefon überhaupt wieder funktionieren wird. Also: unsere neue Telefonnummer lautet 210 1844. Allmählich füllen wir wohl schon eine ganze Telefonbuchseite[24].

## DIE INDIOS HABEN NUN DIE WAHL                    *Porto Velho, den 12. 3. 1999*

Wieder ein Hiobsbotschaft aus Rondônia. Wie ihr der Übersetzung des Zeitungsartikels entnehmen könnt, setzt die FUNAI die neue Politik ihres Präsidenten schon in die Tat um – sie öffnet die indigenen Gebiete für den Holzhandel, gemeinsam mit der Umweltbehörde IBAMA! Damit sind alle Versuche zum Schutz des Regenwaldes, das „Pilotprogramm"[25] und was noch zu diesem Thema existiert, in Frage gestellt. Die Indigenen können nun wählen – zwischen der Arbeit von Nichtregierungsorganisationen und langwierigen Projekten, die am Ende doch nichts einbringen (siehe die verschwundenen Weltbank-Gelder) – oder barer Münze aus dem Holzverkauf. Vor dem Hintergrund der hiesigen Misere ist es nicht schwer zu erraten, wie ihre Wahl ausfallen wird. Ich habe mit mehreren Indigenen gesprochen und konnte deutlich fühlen, was sie dachten, wenn sie's auch nicht aussprachen: „Red' du nur. Wir hungern und du bezahlst uns nicht das, was wir dringend benötigen. Niemand von euch lebt wie wir in absoluter Armut und sieht seine Kinder sterben."

Ich bin schon mit einem halben Bein im Toyota, reise mit Aires Braga und einigen Indigenen ins Gebiet der Kaxarari. Hier nun Auszüge aus dem Zeitungsartikel vom 10. 3. 1999 in „O Estadão":

„Holzfäller loben die Vereinbarung zwischen FUNAI und IBAMA: Ich bin glücklich, dass die FUNAI und die IBAMA die Notwendigkeit dieser Maßnahme, die wir schon seit mehr als zwei Jahren fordern, eingesehen haben", bestätigte Jurandir Almeida, Präsident der Vereinigung der holzverarbeitenden Industrie (AIMARO) ... Der Präsident der AIMARO garantiert, dass durch die nachhaltige Ausbeutung der indigenen Gebiete der Sektor für immer versorgt sei[26]. Noch diese Woche wird sich die Vereinigung AIMARO mit den Indigenen des Volkes der Zoró versammeln[27]."

---

24  Der Telefonanschluss von Associação UIRAPURÚ wurde im September 1998 für drei Wochen lahmgelegt, im November 1998 sogar für über einen Monat – die Leitung wurde durchtrennt.
25  „Pilotprogramm zum Schutz der brasilianischen Regenwälder", es wurde 1990 auf dem Weltwirtschaftsipfel in Houston zwischen der Gruppe der Sieben (G 7), der Weltbank und Brasilien vereinbart. Die deutsche Bundesregierung stellte bislang 500 Millionen DM bereit.
26  Zwischen 1970 und 1990 ist die Waldfläche Rondônias um mehr als ein Viertel vernichtet worden. Der Holzeinschlag in indigenen Gebieten war bislang illegal. Mitarbeiter der FUNAI verschafften jedoch oftmals Holzfällern den Zugang oder blieben bei Holzraub untätig.
27  Die Anführer der Zoró wie auch der Suruí sind seit längerer Zeit im Holzhandel aktiv und überfielen bereits andere indigene Gebiete, um Holz von dort zu rauben. (Siehe auch Associação UIRAPURÚ 1999/1).

# Der Traum

Was Hubert vom Medizinschiff geschrieben hatte, ließ mich nicht los. Im Traum sah ich uns schon den Rio Madeira abwärts fahren. Dann bog das Schiff nach Süden und folgte dem gewundenen Lauf des Rio dos Marmelos. Wieder einmal bewunderte ich die sanft vorübergleitende Kulisse des lianenverhangenen Waldes, in dem es diesmal täglich regnete, nein – goss! Ich lernte, selber Piranhas zu angeln, und erntete Aurelios Beifall. Und ich schloss meinen Frieden mit den Vogelspinnen.

Nach Tagen erblickten wir die Dörfer der Torá und der Mura Pirahá an den sandigen Ufern des Nebenflusses. Die Nachfahren der einst gefürchteten „Flusspiraten"[28] ruderten uns freudig entgegen. Unser Behandlungsschiff hatte Medikamente für sie an Bord, ein Malaria-Mikroskop, zwei Ärzte aus Deutschland und drei Laboranten der Tenharim.

In meinem Traum fuhr unser Schiff den Rio Madeira abwärts – 1999, im Frühlingsmonat Amazoniens, den man in Deutschland „November" nennt. Doch in Wirklichkeit kam alles ganz anders. Mein Traum sollte nur ein Traum bleiben. Ein tückischer Anschlag machte ihn zunichte.

## „Ihr habt ein neues Leben gewonnen"

Porto Velho lag noch im Dunkeln. Im voll beladenen Toyota-Jeep der Associação UIRAPURÚ drängten sich sechs Insassen, er verließ die schlafende Stadt nach

28  Die Mura Pirahá wurden um 1830 auf 30.000 bis 60.000 Menschen geschätzt. Heute leben noch etwa 1.000. Von den Torá sind nur noch 59 Überlebende registriert (Garve 1995, S. 74; Associação UIRAPURÚ 1999/1).

Südwest. Es war der 13. März 1999, ausklingende Sommerzeit in Amazonien, erbarmungslos heiß und feucht.

Auf der asphaltierten, nachtschwarzen Transitstraße BR 364 in Richtung Acre, die parallel zum Rio Madeira verläuft, herrschte kaum Verkehr. Abwechslung brachte lediglich das Gerumpel der zahllosen Schlaglöcher, die der letzte Regenguss randvoll geschwemmt hatte. Doch der Toyota federte sie gut ab; die müde Mannschaft schaukelte im Takt.

Als der Toyota aus der Spur sprang, lag schon das erste zarte Morgendämmern über der brasilianischen Landschaft, die Hubert zur neuen Heimat hatte werden sollen. Es lag über dem frischen Gras, das zur Regenzeit alle Brandwunden heilt, und über den verkohlten Baumriesen, die das Feuer nicht gefällt hat.

Urplötzlich sprang der Toyota aus der Spur, wie ein störrischer Hengst, der vor der nächsten Hürde scheut und seinem Herrn den Befehl verweigert. Das bockende Fahrzeug rutschte quer gestellt auf diese Hürde zu – die Betoneinfassung einer Brücke, kaum einen halben Meter hoch. Der Wagen schlingerte, schleuderte. Die Lenkung lief ins Leere. Nur routiniertes Stotterbremsen vermochte den Todeskurs jetzt noch zu beeinflussen ... Krachen, Knirschen, schrammendes Metall. Die rechte Seite des Toyotas knallte gleich dreimal gegen die Mauer, zuerst mit dem vorderen Rad, dann mit dem hinteren, ein letztes Mal wieder mit dem Vorderrad. Dann stand der Jeep. Seine Reifen überragten den niedrigen Betonwall um eine Handbreit. Im letzten Augenblick hatte die Einfassung der Brücke sechs Männer vor dem Sturz in den Tod bewahrt, sechs Familienväter!

Auf dem Rücksitz saß Aires Braga, der Gesundheitsausbilder. Neben ihm drei Indios der Kaxarari, darunter Alberto, ihr Kazike. Niemand von ihnen hatte sich ernsthaft verletzt. Hubert kam mit einem Schleudertrauma davon, der Gurt hatte ihn gehalten. Dem Fahrer, Lydian, einem Freund aus Porto Velho, schmerzten die Arme. Als Bienenzucht-Berater hatte er die dreihundert Kilometer weite Reise mit angetreten, denn diese ganze Fahrt sollte ja dazu dienen, ein neues Hilfsprojekt zu prüfen – im Gebiet der Kaxarari[29]. Erste Gespräche wollte Hubert in den Dorfgemeinschaften führen. Und Aires Braga wollte mit der Ausbildung von Gesundheitshelfern beginnen.

Was wäre geschehen – wenn es Lydian nicht gelungen wäre, den Jeep seitlich an die Brüstung zu manövrieren und so den Aufprall zu mildern? Oder wenn sie in dem alten, offenen Geländewagen gesessen hätten, der keine Gurte besaß? Oder wenn der Toyota auch nur dreißig Meter vor der rettenden Betonmauer ausgebrochen und den Abhang hinunter gerast wäre?

---

29  Die Kaxarari sind bis in die 60er Jahre von Kautschuksammlern zur Sklavenarbeit gezwungen worden. Ihr Volk ist von ehedem 5.000 auf nur noch 227 Menschen geschrumft.

Stumm vor Schreck, kletterten die drei Kaxarari aus dem Wagen. Hubert musste gegen die Übelkeit ankämpfen und setzte sich ins triefend nasse Gras. Wasser begann erneut vom Himmel zu schütten. Zwölf Meter unter sich, im regengrauen Morgenlicht, erblickte Hubert die rostigen Eisenträger einer ausgedienten Eisenbahnbrücke. Über sie führten die verrotteten Gleise der „Todesbahn" von Porto Velho nach Guajara-Mirím. Am Grund der Schlucht leuchtete Wasser.

Hupend preschten Schwerlaster vorüber. Sie machten ihrem Ärger darüber Luft, dass der Unfallwagen einen Teil der Fahrbahn blockierte. Keiner hielt an. Hilfe zu holen, dauerte Stunden: Zehn Kilometer Fußweg ins nächste Dorf. Zum Glück fand sich dort ein Telefon. Hubert rief Sandrinha an: „Bitte versuche, einen Abschleppdienst aufzutreiben! Und sorg dich nicht – wir sind alle am Leben geblieben und unverletzt."

In jenem Dorf gab es einen einzigen Autobesitzer. Er zeigte sich hilfsbereit und willigte ein, Hubert und die drei Kaxarari nach Porto Velho zurückzufahren. Fast zweihundert Kilometer weit, für einen fairen Preis. Kopfschüttelnd betrachtete der Brasilianer den Jeep, der noch immer neben dem Abgrund stand, dann blickte er Hubert ins Gesicht und sprach aus, was jeder der Insassen des Unfallwagens fühlte: „Ihr habt ein neues Leben gewonnen."

Aires Braga und Lydian, der Bienenzüchter, blieben am Unfallort und warteten, bis der Abschleppwagen kam. Erst nach Einbruch der Dunkelheit trafen sie mit dem ramponierten Toyota in der Rua Alecrim ein. Als der vierjährige Sian seine Mutter weinen sah, begriff er und Entsetzen trat in seine Augen. Noch ein Jahr später wird er krank werden, sobald sein „papaí" länger als zwei Tage verreist ist. Und er wird dann Sandrinha mit der stereotypen Frage auf der Seele knien: „Kommt Papa jetzt nie wieder?"

Huberts Gedanken liefen Sturm. Lydian, der Autokenner, war sich sicher: Irgendwer musste den Jeep für diesen Unfall präpariert haben! Erst wenige Tage zuvor hatte eine Werkstatt den Toyota technisch überprüft. Dem KfZ-Mechaniker aus dem Nachbarhaus genügte ein Blick auf Stoßdämpfer und Lenkung: „Hubert, hier fehlen mehrere Muttern!" Die inoffizielle Werkstattdiagnose bestätigte die bestürzende Wahrheit. Sie offiziell zu attestieren, war der Mechaniker nicht bereit und in ganz Brasiliens würde sich wohl keiner dazu bereit finden. Wer sollte den Beweis führen? Anrufe bei verschiedenen Toyota-Werkstätten brachten keinen Schritt weiter: Technische Pannen dieser Art waren bei dem für härteste Strapazen ausgelegten Fahrzeugtyp unbekannt. Polizei? Nur das nicht!

„Ihr habt ein neues Leben gewonnen", hatte der hilfsbereite Brasilianer gemeint. Wer hatte es ihnen nehmen wollen? Hubert erinnerte sich: 1997, gerade waren sie nach Porto Velho übergesiedelt, hatten Sandrinha und er die Witwe eines WWF-Mitarbeiters aus Schweden kennen gelernt. Ihr Mann hatte sich dafür eingesetzt, dass die Sammelreservate der „seringueiros", der Kautschuksammler, unangetastet blieben. Die Front der Holzfäller stellte sich gegen ihn. Und bald darauf verunglückte der Schwede tödlich. Auf der Bundesstraße 364 brach sein Geländewagen urplötzlich aus der Spur und war nicht mehr lenkbar...

Obskure Anrufe aus jüngster Zeit fielen Hubert ein: Drei Kinder der Tenharim lägen mit Lungenentzündung in Marmelo, Notfälle! Die FUNAI habe kein Fahrzeug, UIRAPURÚ müsse sie holen! Hubert prüfte nach und – nichts davon stimmte. Es gab an jenem Tag keine Notfälle bei den Tenharim und drei Autos der FUNAI standen fahrbereit auf dem Hof. Zum Glück war der UIRAPURÚ-Jeep an diesem Tag in der Werkstatt, so dass Hubert die lange Fahrt nach Marmelo nicht antrat und – nicht in die Falle tappte?

Fragen über Fragen: Von wie vielen Morden an Kaziken und anderen Indigenen hatte Hubert in den zwei Jahren in Rondônia gehört? Von wie vielen Mordanschlägen? In wie viele Wespennester hatte die Arbeit von Associação UIRAPURÚ inzwischen gestochen?

Die defekten Telefonleitungen, wieder und wieder. Sollten das erste Warnungen sein? Oder sollten sie die Associação UIRAPURÚ daran hindern, per Telefon und Internet über Behörden-Korruption nach Deutschland zu berichten, über „verschwundene" Weltbankgelder und die anhaltende Diskriminierung der Indios durch Brasiliens Weltbank-Missmanagement (Associação UIRAPURÙ 1999/2)?

Die Gegensätze hatten sich verschärft. Durch die Arbeit der Associação UIRAPURÚ würde es nun endlich mit den Revisionen, Erweiterungen und Demarkierungen von „Indigenengebieten" an der Transamazônica vorangehen! Und dies war etlichen weißen „Interessenten" ein Dorn im Auge: Den illegalen „fazendeiros" (Angestellte der FUNAI zudem!), die sich seit Jahren auf dem Land der Tenharim von Igarapé Preto breit machen und die kleine Dorfgemeinschaft drangsalieren. Dem Großgrundbesitzer auf dem Land der Diahoí, der den Wald noch schnell abholzen lässt, bevor er als „Indigenengebiet" ausgewiesen wird. Dem Besitzer des dort illegal errichteten Sägewerks, das die Umweltbehörde IBAMA nach der Protestaktion der Associação UIRAPURÚ kürzlich demontieren ließ ... Hätten *sie* den voll besetzten Toyota gerne stürzen sehen – über den Beton in die Tiefe, in den Tod? Zerschmettern auf den rostigen Gleisen der „Eisenbahn des Teufels", die schon vor ihnen 70.000 Menschenleben fraß[30]?

Fragen, Unsicherheit, Angst. Wem konnte Hubert sich anvertrauen? Er suchte den Rat jener Tenharim, die ihm in den zwei Jahren zu engen Freunden

30  Siehe Seite 60f.

geworden waren – Aurelio, João Sena, Kwahã. Auch den Rat Manoels. „Deine Feinde werden nicht aufgeben", hörte er sie sagen, „du bist in großer Gefahr." Sandrinha sprach wenig in jenen Tagen. Bewusst verschwieg sie Hubert die Drohungen, die ihr mehrere anonyme Anrufe eröffnet hatten: „Beim nächsten Mal klappt's, dann kriegen wir den Deutschen!" Mehrmals am Tag kontrollierte sie die Türschlösser, bat Lucie, niemanden mehr ins Haus zu lassen. Jedesmal wenn Hubert wegfuhr, durchlitt sie Todesängste.

## Kleine Nachtmusik

Huberts Anruf aus Porto Velho erreichte mich an einem strahlenden Tag, Mitte März 1999. Beim Telefonieren konnte ich die Kraniche durchs Fenster beobachten. Vor einigen Tagen waren die stattlichen Vögel in die Choriner Endmoräne zurückgekehrt. In kleinen Trupps stelzten sie über den kahlen, hellbraunen Acker.

Hubert sprach behutsam. Seine Worte sollten mich nicht erschrecken. Er berichtete vom Unfall auf der Reise zu den Kaxarari. Von seinem Verdacht, dass es ein Anschlag gewesen sei. „Versteh mich, Hanne", sagte er. „So darf mein Leben nicht enden. Um ein Haar wäre Sandrinha mit Sian hier allein gewesen!"

Die Kraniche vor unserem Fenster schickten ihre Trompetenrufe übers Fenn. Hubert und ich unterhielten uns lange. Nach dem Verabschieden das gewohnte Knacken in der Leitung, das Rauschen. Das Gehörte hallte in mir nach. Ich wehrte mich dagegen, wollte es nicht begreifen.

Es war Frühling in Brandenburg und die Kraniche riefen. Huberts Schreckensnachricht war mitten in eine unbeschwerte Stunde geplatzt. Doch zur gleichen Zeit überstürzten sich die Horrormeldungen aus Jugoslawien: NATO-Luftkrieg. Krieg der Cruise Missiles, der Urangeschosse, der Splitterbomben. Giftgaskrieg mittels zerstörter Chemieanlagen. Hightech-Krieg. Testkrieg – mit einkalkulierten Opfern, irregeführter Öffentlichkeit und hohen Einschaltquoten (Richter et al. 2000).

Fassungslos, hilflos, verfolgte ich an den Fernsehabenden die digitalen Gräuel: Bombercockpit live – Ziele im Fadenkreuz, die „chirurgisch sauberen" Treffer, die Explosionen. Grau und staubig waren sie und ohne Blut. Mit einer halben Flasche Portwein versuchte ich, mein heulendes Elend hinabzuspülen, an jenem Abend, an dem mich Sandrinhas und Huberts Entscheidung erreicht hatte. Sie würden Amazonien verlassen und nach Deutschland zurückkehren, so früh sie konnten! Auch Axel und dem Bielefelder ARA e.V. hatten sie es bereits mitgeteilt.

Auf dem Bildschirm zerschossene Flüchtlingstrecks im Kosovo. Zerfetzte Menschenleiber. Das grinsendes Bedauern des NATO-Pressesprechers: „Kollateralschäden." Das dunkle Rot des Portweins, der schwer ist und schnell in den Kopf steigt. Die Müdigkeit nach der Gartenarbeit. Erinnerungsfetzen begannen zu tanzen, sich zu drehen, kreisten schneller und schneller...

Meine Gedanken irrten zurück. Ich sah mich wieder im Transatlantik-Jet sitzen, zwischen Himmel und Erde und meiner Angst. Auf den Bordmonitoren – die Umrisse Südamerikas und das tiefblaue Adernetz der großen Flüsse, die dem Amazonas zuströmen, die grüne Haut der Wälder. Elegant durchschnitt der große Flieger die Wolkendecke und seine Motoren heulten lauter. Plötzlich änderte sich das Bild und die Monitore zeigten den Verlauf der Transamazônica. Immer hastiger flog die Trasse unter uns dahin, schnurgerade, zum Greifen nah. Die Bilder verwirrten sich. Nein, nicht das Dorf im Kosovo lag im Fadenkreuz, plötzlich war es Marmelo! Der sorgfältig gezielte Schuss des Bomberpiloten traf das Gemeinschaftshaus der Tenharim. Die roten Detonationswolken, die Brandbomben. Ich wollte schreien, aber meine Stimme versagte. Ein Steward beruhigte mich und ich erkannte in seinem Gesicht den freundlichen Polizisten der „Banco do Brasil". „Was geht hier vor," stammelte ich, „wozu die Bomben?"

„Die Indios Amazoniens haben sich bewaffnet," erwiderte der Polizist. „Wir müssen ihre Infrastruktur zerstören", entschuldigte er den Zwischenfall. Sein Lächeln hatte die Züge des Offiziers angenommen, der allabendlich auf dem Bildschirm die NATO-Strategie kommentierte.

Flammen loderten über Marmelo, über der Straße und über dem Wald. Überall dieser beißende Qualm! Wohin sollte ich fliehen? Ich sah Kwahã langsam aus dem Feuer auf mich zukommen. Und ich sah vier Tenharim-Krieger mit geschwärzten Gesichtern, die sich vergeblich bemühten, den roten LKW der FUNAI in Gang zu setzen.

„Wo sind die anderen?", rief ich atemlos.

„Sie sind alle verbrannt. Auch die Toten", antwortete Kwahã und blickte zu den Flammen hinüber, die den Friedhof und die hölzernen Grabkreuze verzehrten. Der alte Mann hustete und keuchte. „Esta bonito", hörte ich ihn noch sagen und sah ihn ein letztes Mal lächeln, wobei der Kazike auf meine Tucumá-Perlenkette wies – sein Geschenk – das ich seit der Hochzeitsfeier trug. Dann drehte er sich um und ging.

„Kwahã! Wohin ... ?" Entsetzen packte mich. Ich lief ihm nach.

„Meu nome é Alexandre!", antwortete Kwahã und ein harter Zug lag um seinen Mund: „Ich heiße Alexandre! Die Tenharim gibt es nicht mehr." Gruß-los drückte er sein Basecap auf sein grau gesträhntes Haar und kletterte auf den LKW, der endlich davonratterte.

Durch den schwarzen Rauch hastete ich zum Fluss, der zu versiegen drohte. In den Ufersand gekauert saß Sandrinha am Wasser, meinen Sombrero in den Händen.

„Es ist zu heiß für dich", sagte sie wie damals, „komm, dort drüben ist Schatten. Setz den Sombrero auf, vergiß ihn nicht!"

Der Wald totenstill. Doch plötzlich – das flötende Geschwirr eines einzelnen Sängers. „Hör genau hin, es ist der UIRAPURÚ!", flüsterte Sandrinha glücklich. Tränen liefen über ihr Gesicht und sie umarmte mich: „Es war mein Traum, Hanne."

Über ihr langes schwarzes Haar starrte ich ungläubig zum anderen Ufer des Flusses. Über den Sand wand sich ein riesiges Reptil mit ungelenken Stummelfüßen – zuckend im Todeskampf, seine verkohlte Lederhaut in Fetzen vom Leib hängend, feuerblind, stumm. Die Große Schlange versuchte, im Wasser des Rio dos Marmelos unterzutauchen, was ihr nicht mehr gelang.

Sandrinha hielt meine Hand ganz fest. Wir kletterten die Uferböschung empor und gingen durch das gespenstische Dorf. Die Nacht brach herein. Das Feuer hatte eines der Häuser verschont. Es stand am Dorfrand, ruhte auf Stelzen und hatte eine geräumige Veranda. Ich erkannte Ivãs Haus. „Sandrinha, sieh nur", rief ich. Wir liefen zu dem Haus, stiegen hastig die Stufen herauf. Doch Dunkel, überall lebloses Dunkel. Dann aber schickte Ivãs Wanduhr ihre Melodie in die Finsternis. Mozart! Ausgerechnet Wolfgang Amadeus Mozarts „Kleine Nachtmusik". Das Anfangsmotiv – neun Töne ...

Als Reimar eine Wolldecke über mich breitete, schreckte ich auf. Ich war auf der Wohnzimmer-Couch eingenickt. Der Bildschirm flimmerte immer noch.

„Gut, dass du mich da rausgeholt hast", sagte ich. „Mein Traum war entsetzlich."

„Du hast gestöhnt", antwortete Reimar, „und um dich geschlagen. Komm mit, du musst jetzt schlafen!"

Fröstelnd kroch ich unter die Bettdecke.

# Fünfhundert Jahre und fünf

Als ich Hubert nach seiner Rückkehr aus Brasilien zum ersten Mal traf, tobte ein grimmiger Sturm über Berlin, Schneeflocken im Gepäck. Vorweihnachtszeit. Gegen den Wind stemmten wir uns durch den Autolärm der Friedrichstraße zum Parkufer an der Spree. Hubert erzählte wenig. Ich spürte seine Frustration – er, der Amazonienflüchtling aus äquatorialer Hitze, dem die vergangenen zwei Projektjahre keine Arbeitspause gegönnt hatten, befand sich nun seit mehreren Monaten erfolglos auf Jobsuche. Dazu diese Kälte. Bibbernd warf er einen flüchtigen Blick auf das überquellende Weihnachtsgeschäft der deutschen Hauptstadt: „Nossa! – Meine Güte!"

Vorerst war Huberts Familie bei einem Freund untergekommen, in Kaiserslautern. Das lag weit, viel zu weit entfernt von Brandenburg, um sich häufig besuchen zu können.

„Erzähl' Hubert, wie erging es euch in den letzten Monaten?"

Die Autoheizung wärmte. Bis Brodowin hatten wir siebzig Kilometer Zeit. Nach dem Anschlag auf Leib und Leben der Toyota-Mannschaft war Sandrinha und Hubert die Furcht zum Alltag geworden. Sie bemerkten, dass Fremde ihr Haus beobachteten. Ein zweites Mal machte sich irgendwer heimlich am Auto zu schaffen – Hubert fand fünf Radmuttern gelockert, eine sechste abgebrochen. Und das, obwohl der Jeep soeben erst aus der Werkstatt zurück war. Oder gerade deswegen?

Dennoch fuhr Hubert noch einmal zu den Tenharim nach Marmelo. Dennoch brachten Sandrinha, Sian und er drei weitere beklemmende Monate in Porto Velho zu – nicht nur um das Wohnhaus und ihre wenige persönliche Habe zu verkaufen, sondern vor allem, um das Hilfsvorhaben aus Deutschland in andere Hände zu legen. Die Projektgelder für die nächsten zwei Jahre waren von der Europäischen Union bereits zugesagt. Der Geist von UIRAPURÚ – er durfte nicht untergehen!

Die Lösung, die Sandrinha und Hubert fanden, war die denkbar beste. Narderge Nazaré da Costa Moura übernahm die Leitung der Associação UIRAPURÚ. Dreizehn Jahre hat sie bei der CIMI in Porto Velho gearbeitet, kennt sich in der Arbeit mit Indigenen aus und – hat ein Herz für sie. Aires Braga würde weiter Gesundheitshelfer und Laboranten ausbilden, Sebastão Diahoí weiter das Außengelände sitio UIRAPURÚ betreuen. Und José de Jesus, der Agraringenieur, würde weiter „Demonstrativprojekte indigener Gemeinschaften" planen und beantragen, wie sie das „Pilotprogramm zum Schutz der brasilianischen Wälder" und die Förderquellen der Weltbank ermöglichen.

„Wie schwer ist Sandrinha der Abschied von ‚Mutter Amazonien' gefallen?", fragte ich Hubert.

„Sie hat sehr darunter gelitten. Wie sehr, das werde ich nie erfahren. Aber trotzdem war Sandrinha die erste, die geraten hat, nach Deutschland zurückzugehen. Dort könnten wir zumindest überleben, hat sie gesagt. Von den Drohanrufen hat sie mir erst erzählt, als wir in Sicherheit waren."

Noch immer jagte der eisige Dezemberwind über Brandenburgs Straßen, riss Äste von den Bäumen und trieb sie quer über den Asphalt der kurvenreichen B 2. Kurz vor Eberswalde begann es zu schneien.

„Und Sian? Wie hat er die Veränderungen verkraftet?", fragte ich weiter und fuhr langsamer, denn das Schneegestöber nahm zu.

„Relativ gut. Er möchte nur wieder barfuss laufen dürfen. Und unbedingt bald seinen Kumpel Nico besuchen; der wohnte im Nachbarhaus. Sian spricht jetzt fließend deutsch. Als er die ersten Schneeflocken seines Lebens vom Himmel rieseln sah, hat er gesagt: ‚Papa, guck mal, die Blätter seh'n aber heute komisch aus!'"

„Sei froh, dass er nicht ‚Ascheflocken' gesagt hat, Hubert."

„Sandrinha und ich haben Sian versprochen, dass in Deutschland keine Wälder brennen. Nach Porto Velho will Sian nie mehr zurück. Er hat nicht vergessen, wie krank ihn der Qualm gemacht hat."

„Und was macht dein Seelenzustand inzwischen?"

„Viele, mit denen ich sprach, bedauern mich – dass ich jetzt wieder neu anfangen muss, mit der Wohnungseinrichtung, mit der Arbeit... Sicher, das ganze war schon ein harter Schlag, der uns auch persönlich sehr getroffen hat. In Brasilien herrscht Inflation und wir haben beim Verkauf unseres Besitzes tüchtig draufgezahlt. Aber das wichtigste für mich ist doch: Ich *darf* neu anfangen. Ich hab's überlebt!" Stockend fügte er hinzu: „Der Abschied von den Tenharim war sehr traurig. Auch von Manoel, von Aires, Lucie, von Sebastão. Antenor Karitiana hatte Tränen in den Augen, als er uns zum Flugzeug brachte. Unsere Herzen hängen nun irgendwo zwischen den Welten. Doch von Deutschland aus die Arbeit in Rondônia zu unterstützen – das bleibt uns zumindest. Und da gibt es eine Menge für uns zu tun!"

„Für mich hat sich auch Deutschland verändert", erwiderte ich. „Und Europa. Zweieinhalb Monate Luftkrieg über Serbien, 38.000 Bomberflüge, 15.000 Tonnen Bomben... Inzwischen keine Schlagzeile mehr wert. Der NATO-Krieg war auch Deutschlands Krieg. Wer zählt die unschuldigen Toten? Wen kümmert die verseuchte Erde? Die von Splitterbomben verstümmelten Kinder? Wo rangieren heute noch Solidarität mit der ‚Dritten Welt' oder das einst viel beschworene ‚Klimabündnis'? Immer mehr kleine Organisationen melden sich ab, Eine-Welt-Läden machen dicht, wie auch der in Eberswalde."

„Schon allein deshalb müssen wir den ‚Bund für Naturvölker' am Leben erhalten", machte mir Hubert Mut. Und wohl auch sich selbst.

Brodowin! Der Sturm hatte an Stärke zugenommen. „Komm rasch ins Haus", rief ich, „sonst reißt uns der Orkan um!"

Huberts Besuch dauerte nur zwei Tage. Einige Vereinsfreunde waren dabei – Axel, Nikola, natürlich Reimar. Pläneschmieden. Gitarrenspiel. Geschichten aus Amazonien. Hubert gewann seinen Witz zurück, sprühte wieder vor Ideen und Tatkraft, wie damals als wir uns kennen lernten und vereinbarten, das Projekt UIRAPURÚ gemeinsam auf den Weg zu bringen.

Kalt und stürmisch ging der Weihnachtsmonat vorüber. Wie gewohnt bedachte Bürgermeister Schulz aus Eberswalde seine Stadtbewohner mit einem Grußwort zum Jahreswechsel, daran erinnernd, dass wir wieder ein Jahr in Frieden verbringen durften... (Märkische Oderzeitung, Oberbarnim-Echo Weihnachten 1999). Hatte er den Jugoslawien-Krieg verschlafen?

Maßlos, bedenkenlos, überschäumend beging die „Erste Welt" den Wechsel zur magischen Jahreszahl 2000, im bunten Rausch der Raketenknallerei, deren Kosten Zehntausende Hungernde der „Dritten Welt" hätten retten können.

Naderge Moura hatte sich bei den Kaxarari mit Masern infiziert und war schwer erkrankt. So kam ihr erster Bericht, den sie als Huberts Nachfolgerin verfasst hatte, erst im Januar 2000. Er enthielt den „Verwendungsnachweis" von Fördermitteln der Berliner Stiftung Nord-Süd-Brücken für „Gesundheitsausbildung und Rechtsberatung indigener Völker im Süden von Amazonas". Die Bilanz, die Naderge zog, konnte sich sehen lassen: Vierzehn ausgebildete und offiziell anerkannte Gesundheitshelfer und Laboranten – sechs bei den Kaxarari, acht bei den Tenharim und Torá; Auffrischungskurse in mehreren Dörfern; Ausrüstung mit Mikroskopen; neu angelegte Gemüsegärten Heilpflanzengärten, Baumschulen in vielen Dörfern... In allen Orten, in denen die Associação UIRAPURÚ tätig war, hat sich die Hygiene- und Gesundheitssituation der Indios verbessert. Zugleich – und dieser Satz aus Naderges Bericht ging mir noch lange durch den Kopf – „...wird die Arbeit der indigenen Gesundheitshelfer nun auch von den in der Nähe der Indianerdörfer lebenden weißen Siedlern in Anspruch genommen, die ansonsten keine Behandlungsmöglichkeiten haben."

Die Tenharim, die Torá und die Diahoí erhielten durch die Associação UIRAPURÚ Rechtsberatung im Streit um ihr Land. Seit Jahren hatten sie ihn geführt – allein gelassen, ergebnislos und in Todesgefahr, wie die Mordanschläge auf die Diahoí bewiesen. Überall gab es nun endlich Fortschritte. Naderges Bericht über die Diahoí zählt einige auf:

*Die Diahoí stehen kurz davor, ihren Traum von der Rückgabe ihres Gebietes in Erfüllung gehen zu sehen. Inzwischen wurde das Territorium identifiziert und das offizielle Verfahren zur Anerkennung ihrer Landrechte eingeleitet. An einem alten Siedlungsplatz haben die Diahoí wieder ein neues Dorf errichtet. Mitglieder ihres Volkes, die in verschiedenen Orten Rondônias leben, bereiten sich auf die Rückkehr in ihr Gebiet vor... Nach mehr als zwanzig Jahren tanzte und sang der Kazike wieder ein traditionelles Lied – ein Dank auf unsere Arbeit, den ich hiermit weitergeben möchte. Es war einer der schönsten und ergreifendsten Momente in meinem Leben und sicher auch im Leben der Diahoí.*

Dreizehnter April 2000: Sian feiert in Kaiserslautern seinen fünften Geburtstag. Sich einen Glückwunsch am Telefon anzuhören, dafür hat er kaum Zeit. Kinderlachen tönt aus dem Hintergrund.

„Es sind viele Freunde hier, aus seinem Kindergarten", erklärt Hubert, „Sian ist absolut beschäftigt. Und Sandrinha ist heute besonders glücklich. Der fünfte Geburtstag eines Kindes ist für Lateinamerikaner eine magische Zahl, etwas ganz besonderes. Wer fünf wird, der wird auch älter."

„Hätte fast nicht geklappt", geht es mir durch den Kopf, während ich auch Sandrinha gratuliere. Dabei muss ich an den Brand auf dem sitio denken, an die Rauchvergiftung, die Sian fast nicht überlebt hätte. Und an die „Ferrovia do Diabo", den teuflischen Mordanschlag am Abgrund zur „Eisenbahn des Teufels", dessen Beute sein geliebter „papaí" hätte werden sollen.

Zweiundzwanzigster April 2000, Karsamstag: Das offizielle Brasilien begeht in Porto Seguro[31] den fünfhundertsten Jahrestag seiner „Entdeckung". Festlicher Pomp, Lichtshow; die nachgebaute Flotte Pedro Àlvares Cabráls läuft im nachtdunklen Hafen ein, gesteuert von historisch kostümierten „Seefahrern König Manuels von Portugal". Gerührt verfolgen zwei Staatsoberhäupter die an Kitsch kaum zu überbietende Inszenierung – der Brasilianer Fernando Henrique Cardoso und der Portugiese Jorge Sampaio. Die späten Nachfahren der Seefahrer Cabráls feiern das Werk der Konquistadoren.

In seiner Festrede vor Diplomaten, Politikern und Staatsbeamten formuliert Präsident Cardoso ein Schuldbekenntnis. Die Eroberung Brasiliens sei um den Preis der Eliminierung indigener Völker erfolgt, woran deren Vertreter heute zu Recht erinnerten. Darum wolle man den Indios elf Prozent des Landes als Lebensraum zur Verfügung stellen, obwohl sie nur 0,17 Prozent der brasilianischen Bevölkerung ausmachten[32]. Zur gleichen Zeit sind fünftausend Militärpolizisten im Einsatz, riegeln die 500-Jahr-Feier mit Wachbooten, Hubschraubern und Straßensperren hermetisch ab – gegen die Indios.

Zweitausend traditionell gekleidete Indigenen-Vertreter sind mit Unterstützung der CIMI aus allen Landesteilen nach Coroa Vermelha[33] zu einer viertägigen Konferenz gekommen – zu *ihrer* 500-Jahrfeier. Von dort aus begeben sie sich auf den Marsch nach Porto Seguro, doch ihnen bleibt der Zutritt zu den

---

31 „Sicherer Hafen", zweiter Landungsort Cabráls, an dem seine Flotte vom 22.4. bis zum 1.5.1500 vor Anker lag. Ort der Besitznahme Brasiliens.
32 Von 556 Indianerreservaten Brasiliens sind gegenwärtig erst rund 300 demarkiert und 174 im nationalen Grundbuch registriert (nach Rey 2000/1). Für die Demarkation von Indianerland stellte die deutsche Bundesregierung im Rahmen des „Pilotprogramms zum Schutz der brasilianischen Regenwälder" 30 Millionen DM zur Verfügung.
33 „Roter Gipfel", erster Landungsort Cabráls am 22. 4. 1500, zehn Meilen südlich von Porto Seguro.

Feierlichkeiten verwehrt. Polizei-Hundertschaften knüppeln ihren friedlichen Protestzug nieder. Ein Augenzeugenbericht: *Ein Indio des Terena-Volkes aus Mato Grosso do Sul bat die Uniformierten mit friedlicher Geste, sie mögen seine kleine Delegation durchlassen. Daraufhin wurde ihm ein Kolbenhieb versetzt, der seinen Unterkiefer zertrümmerte* (Rey 2000).

Die Erinnerung an jene „Eliminierung indigener Völker" erstickt im Tränengas, zerbricht unter Schlagstöcken, kapituliert vor Gummigeschossen und scharfer Munition. „Eingeborene" sind nicht erwünscht, damals wie heute. Präsident Cardoso verteidigt das Vorgehen seiner Polizei als „Routine-Aktion zur Verhinderung von Konflikten". Auf gleiche Weise hielt sie ihm und seinen Staatsgästen die Protestmärsche der „Schwarzenbewegung" und der „Bewegung der Landlosen" vom Halse. Später äußert Cardoso sein Bedauern über die „Exzesse".

Die katholische Kirche wendet sich am Mittwoch nach Ostern in Coroa Vermelha scharf gegen die Polizeigewalt. Auf einer Messe vor fünfzigtausend Zuhörern bittet Kardinal-Staatssekretär Angelo Sodano im Namen von Papst Johannes Paul II. um Vergebung für die Fehler und Unterlassungen, die die Kirche während der Verkündigung des Evangeliums in den vergangenen 500 Jahren begangen habe.

500 Jahre Brasilien. Was blieb für die Indios?

Wohlklingende Präsidentenworte und die Wunden der Schlagstöcke. Eine Bitte um Vergebung, die keine indianische Religion wieder auferstehen lässt. Ein baumlanges Kreuz aus Edelstahl und ein „Denkmal der Begegnung" am Strand von Santa Cruz Cabrália. Ausstellungen und Museen, in denen die Überreste indigener Kulturen, die älter sind als die portugiesische, zur Schau gestellt sind, .

500 Jahre Brasilien. „Die Grundfesten dieser Gesellschaft sind Invasion, Völkermord und Sklaverei" klagen die Indigenen-Vertreter. Und nach den blutigen Erfahrungen dieses Jubiläums beschließen sie, sich mit den Organisationen der Schwarzen und der „Bewegung der Landlosen" zu vereinen. Gemeinsam gegen ein Brasilien, in dem die Hälfte des Volkseinkommens vom oberen Zehntel der Bevölkerung geschluckt wird, in dem keine Gerechtigkeit in Sicht ist. Weder für die Menschen, noch für die Natur.

*Für Amazonien wünsche ich mir, dass die Welt endlich aufwacht,* schrieb Hubert im Jahre 1998 aus Porto Velho. *Was hier geschieht, spottet allen Beschreibungen. Der Krieg gegen die Natur eskaliert ständig in neue, noch aggressivere Formen, und dies oft unter dem Deckmantel einer „nachhaltigen Entwicklung". Ich wünsche mir, dass all die Klimabündnisse, Nord-Süd-Foren, Rio-Diskussionsrunden und auch die Regierung mit ihren wohlmeinenden Ansätzen einmal genau hersehen. Amazonien liegt im Sterben und es ist – zumindest von hier aus – nichts auszumachen, was dies verhindern wird. Man kann endlos darüber diskutieren, doch solange das Soja von hier gekauft wird, das Fleisch, der Kaffee … wird die Mühle des Kapitalismus Amazonien weiter zermalmen. Und damit auch die Amazonier. Ich wünsche mir für Amazonien nur eines – dass die Welt endlich aufwacht. Dass sie aufhört, ihre Informationen aus Büchern zu beziehen und nicht aus der Realität.*

500 Jahre Brasilien. Etwa zur selben Zeit besteht das „Klimabündnis der europäischen Städte mit indigenen Völkern der Regenwälder" seit zehn Jahren. Ein ehrenwertes, sicher auch verdienstvolles Anliegen. Dennoch sei eine Frage erlaubt, und ich bitte meine Leserinnen und Leser ihrer Härte wegen um Nachsicht: Welche der 850 deutschen Kommunen in diesem Zusammenschluss wird am Elften Elften des Jahres 2000 dem Beispiel der „Klimabündnis-Stadt" Eberswalde folgen? Welche wird den nächsten „Indianerfasching" einläuten[34]? Welcher Bürgermeister einer deutschen Stadt wird sich im „Indianerschmuck" gehorsam an der Marterpfahl binden lassen? Und warum nicht gleich einen „Judenfasching" feiern? Einen „Zigeunerfasching"?

Opfer des Holocaust sind sie alle geworden – Indios, Juden und „Zigeuner". Kaum fünf Prozent der Ureinwohner Brasiliens haben den Völkermord überlebt, den Europäer an ihnen verübt haben. Nordamerikas Indigenen erging es kaum besser. Stoff für närrisches Treiben?

„Amazonien liegt im Sterben", schrieb Hubert aus Porto Velho, während sich der Himmel über Rondônias Hauptstadt im Rauch der Rodungsfeuer verdunkelte. Wenn die reichen Länder *wirklich* verhindern wollen, dass mit dem Untergang der Regenwälder und ihrer Kulturen das Weltklima aus den Fugen gerät – was werden sie sich einfallen lassen? Etwas, das *wirklich* noch Abhilfe schaffen könnte?

UIRAPURÚ hat hat ein Beispiel gegeben. Der zum Leben erwachte Traum einer Schamanin vom Volk der Xocó, die 1991 nach Deutschland kam, um eine Brücke der Herzen zu bauen, eine Brücke nach Amazonien. Wer auch immer versucht hat, diese Brücke zu sprengen, es ist ihm nicht gelungen. Die Brücke der Herzen wird weiter bestehen – bewahrt von sensiblen, betroffenen, hilfsbereiten Menschen in Deutschland, denen Sandrinha einst den Namen verlieh: „pessoas especiais – besondere Menschen".

Wollen Sie, liebe Leser, künftig dazu gehören?

---

34  Siehe Seite 91.

# Literatur

ARA (Arbeitsgemeinschaft Regenwald und Artenschutz e. V.), Hrsg. (1997): Indianerland Rondônia. Verfolgung, Widerstand und Zukunft der Waldvölker. ARA konkret 4, Bielefeld.

Arbeitsgruppe „Hamburg – Dritte Welt", Hrsg. (1990): Schwarzbuch Hamburg. Dritte Welt. Darin: Ölsaaten und Futtermittel. Hamburgs Beitrag zum Hunger in der Welt. (S. 9), Alfred-Toepfer-Stiftung F.V.S. (S. 144), 5. Auflage.

Associação UIRAPURÙ (1999)/1: Untersuchungen zu Situation indigener Völker in Rondônia, im Süden von Amazonas und im Norden von Mato Grosso – Brasilien. Unveröffentlicht.

Associação UIRAPURÙ (1999)/2: Dossier PLANAFLORO (PAIC, FUNDAGRO). Unveröffentlicht.

Bender, Andreas (1983): Trans Amazônica. Goldrausch, Kautschukfieber und eine 6 000 km lange Lehmpiste durch brasilianischen Dschungel. Karlsruhe: Badenia Verlag.

Boff, Leonardo (1996): Unser Haus, die Erde. Den Schrei der Unterdrückten hören. Düsseldorf: Patmos Verlag.

Brauch, Hans-Günter und Schrempf, Alfred (1982): Giftgas in der Bundesrepublik. Chemische und biologische Waffen. Frankfurt (Main): Fischer Taschenbuch Verlag.

Bücherl, Wolfgang (1962): Südamerikanische Vogelspinnen. Wittenberg Lutherstadt: Ziemsen Verlag. Die neue Brehm-Bücherei, 302.

BUMERANG – Naturvölker heute. Zeitschrift für bedrohte Kulturen. (1994 ff.) Brodowin: Gilsenbach & Gilsenbach.

Francé, Raoul, Heinrich (1928): Urwald. Stuttgart: Frankh´sche Verlagshandlung.

Garve, Roland und Wolf Jesco von Puttkamer † (1995): Indianer am Amazonas. Südamerikas Ureinwohner zwischen Isolation, Integration und Untergang. Adliswil (Schweiz): Tanner Verlag.

Gerdts, Johanna (1985): Das Schicksal der Amazonasindianer in Brasilien. In. Stüben, P. E. (Hrsg.): Kahlschlag im Paradies. Die Vernichtung der Regenwälder – Das Ende der Stammesvölker. Ökozid I. Gießen: Focus Verlag.

Gesellschaft für bedrohte Völker .V., Hrsg. (1996): Jahreskalender 1996.

Gilsenbach, Hannelore (1997): Ausgestorbene Tiere. Was ist Was? Band 56. Nürnberg: Tessloff Verlag.

Handelmann, Heinrich (1860): Geschichte von Brasilien. Herausgegeben und mit einem Nachtrag versehen von Gustav Faber. Manesse-Bibliothek der Weltgeschichte, Zürich (1987).

Hintermann, Heinrich (1926): Unter Indianern und Riesenschlangen. Zürich und Leipzig: Grethlein & Co.

Klute, Fritz, Hrsg. (1930): Süd-Amerika in Natur, Kultur und Wirtschaft. Handbuch der Geographischen Wissenschaft. Potsdam: Akademische Verlagsgesellschaft Athenaion m. b. H.

Kolonialkriegerdank-Kalender (1917): Bilder unserer kolonialen Persönlichkeiten, Berlin: Verlag des Kolonialkriegerdank E. V.

Kuppe, René (1994): „Gott will sie töten, denn sie sind böse". Fundamentalistische Indianermission in Venezuela. In: Stüben, Peter E.; Hrsg. (1994): Seelenfischer. Mission, Stammesvölker und Ökologie. Gießen: Focus Verlag, S. 110 - 129.

Märkische Oderzeitung (1997/1998): Oberbarnim-Echo. Eberswalder Zeitung. Oberbarnimer Kreisblatt. Eberswalde.

Müller, Wolfgang (1995): Die Indianer Amazoniens. Völker und Kulturen im Regenwald. München: C. H. Beck'sche Verlagsbuchhandlung.

Münch, Ernst (1829): Geschichte von Brasilien. Erstes Bändchen. Von den ältesten Zeiten bis zur Ankunft des Königshauses in Brasilien. Dresden: Hilscherche Buchhandlung.

Ökozidjournal. Zeitschrift für Ökologie und „Dritte Welt" (1998): Darin: Schröder, Hermann: Fragwürdige Helfer. Weltbank und brasilianische Indianerbehörde im Zwielicht. Gießen: Focus Verlag, S. 29-34.

Paczensky, Gert von (1991): Teurer Segen. Christliche Mission und Kolonialismus. Was im Namen Christi verbrochen wurde. München: Knaus Verlag.

**Pollmann, Uwe (1999)**: Brauchen Brasiliens Indianer das Wort Gottes? Über 40 Jahre übersetzt das Summer-Institut die Bibel für Indio-Stämme. Funkreportage.

**PORANTIM**. Em defesa da causa indígena. Publicação do Conselho Indígenista Missionário (CIMI). Brasília.

**Rey, Romeo (2000)**: Brasiliens Polizei knüppelt Protest der Indios nieder. Demonstrationen und Gewalt kennzeichnen offizielle 500-Jahr-Feiern. Frankfurter Rundschau 25. 4. 2000.

**Richter, Wolfgang; Schmähling, Elmar und Spoo, Eckart, Hrsg. (2000)**: Die Wahrheit über den NATO-Krieg gegen Jugoslawien. Schrift des Internationalen Vorbereitungskomitees für ein Europäisches Tribunal über den NATO-Krieg gegen Jugoslawien. Schkeuditzer Buchverlag.

**Roquette-Pinto, Edgardo (1954)**: Rondonia. Eine Reise in das Herzstück Südamerikas. Veröffentlichungen zum Archiv für Völkerkunde (Museum für Völkerkunde Wien) Band 1. Wien, Stuttgart: Wilhelm Braumüller Verlag.

**Salentiny, Fernand (1974)**: Das Lexikon der Seefahrer und Entdecker. Tübingen und Basel: Erdmann Verlag.

**Schulze, Heinz (1994)**: Menschenfischer und Seelenkäufer. Evangelikale Mission in Lateinamerika – oder der Ausverkauf indianischen Landes. In: Stüben, Peter E.; Hrsg. (1994): Seelenfischer. Mission, Stammesvölker und Ökologie. Gießen: Focus Verlag, S. 130-151.

**Stüben, Peter E.; Hrsg. (1994)**: Seelenfischer. Mission, Stammesvölker und Ökologie. Gießen: Focus Verlag.

**Wagner, Ernesto (1932)**: Im Indianer-Dschungel Südamerikas. Erlebnisse einer Forschungsreise. Minden: Wilhelm Köhler Verlag.

# Gewährte Unterstützung für das Projekt UIRAPURÚ

LAND BRANDENBURG
1996 für Gesundheitsvorsorge, Umweltbildung, ökonomische Beratung indigener Völker in Rondônia; 1998 für Trinkwasserversorgung in Rondônia (Brunnenbau), 1999 für Bienenzucht und Verarbeitung von Honig durch indigene Gemeinschaften im Bundesstaat Amazonas.

STAATSKANZLEI NORDRHEIN-WEST-FALEN
1997/98 für Verbesserung der Lebensbedingungen und Absicherung von Landrechten indigener Völker in Rondônia, 1999/2000 für Ausbildung von indianischen Gesundheitshelfern in Rondônia.

GESELLSCHAFT FÜR TECHNISCHE ZUSAMMENARBEIT (GTZ)
Erlöse aus der Sonderbriefmarkenaktion "Tropenwald": 1997-1999 für Gesundheitsvorsorge, Umweltbildung und ökonomische Beratung indigener Völker in Rondônia.

STIFTUNG NORD-SÜD-BRÜCKEN (BERLIN)
1998/99 für Gesundheitserziehung und Rechtsberatung indigener Völker im Süden des Bundesstaates Amazonas.

EUROPÄISCHE UNION (BRÜSSEL)
Völkern in Rondônia, 1996 für die Selbstorganisation und Interessenvertretung der indigenen Völker Rondônias, 1997 für den Kauf eines Geländefahrzeugs zur Verbesserung von Beratung und Ausbildung indianischer Gemeinschaften in Rondônia, 1998 für die Förderung der traditionellen Medizin bei den Tenharim im brasilianischen Bundesstaat Amazonas, 1999 für die Ernte von Baumsamen im Gebiet der Uru-eu-wau-wau im brasilianischen Bundesstaat Rondônia.

# Hannelore Gilsenbach

Geb. 1950 in Ueckermünde, Biologiestudium an der Universität Rostock, Wissenschaftlerin am Institut für Pflanzenschutzforschung Kleinmachnow, Bereich Eberswalde, Promotion zum Dr. rer. nat. 1973-1985 Sängerin der Amateurgruppe „Rhythm & Blues Collegium" Eberswalde. Ab 1984 Liedermacherin, Auftritte mit musikalisch-literarischen Programmen. Seit 1988 freischaffende Journalistin und Schriftstellerin. Mitbegründerin des Vereins „Bund für Naturvölker", Mitglied des Verbandes deutscher Schriftsteller in der IG Medien. Verheiratet mit dem Schriftsteller Reimar Gilsenbach; beide wohnen am Rande des ältesten brandenburgischen Naturschutzgebietes „Plagefenn".

Zahlreiche Artikel in Publikums- und Fachzeitschriften (Biologie, Ökologie); TV-Beiträge; Rundfunk-Kurzbeiträge/Interviews in vielen Sendern; Rundfunk-Feature: WDR (mit A. Bengsch) „Schmetterlinge, die schwarz vom Himmel fallen. Eine Hochzeit im Regenwald", Köln 1999.
Anthologiebeiträge: u.a. „Go East! DDR – der nahe Osten", Berlin: Elefanten Press, 1990; „Staatsmorast – 21 Autoren zur Umwelt", Lübeck: a&i Weißenhorn 1991, „Schorfheide und Choriner Land. Neumanns Landschaftsführer." Radebeul: Neumann Verlag 1993 (Ulmer Verlag Stuttgart), „Bäume" (Was ist Was? Band 31) Nürnberg: Tessloff Verlag 1993, „Schmetterlinge" (Was ist Was? Band 43) Nürnberg: Tessloff Verlag 1994, „BUMERANG – Naturvölker heute". G&G Brodowin, erscheint ab 1994, „Trostlied für Mäuse" (mit R. Gilsenbach) Liederkassette und Begleitbuch. G&G Brodowin 1994, „Ausgestorbene Tiere" (Was ist Was? Band 56) Nürnberg: Tessloff Verlag 1997, „Herbstzeitlose" (mit R. Gilsenbach) Liederkassette. G&G Brodowin 1998, „Reisen großer Entdecker vom frühen Altertum bis zur Entdeckung der Neuen Welt." (mit R. Gilsenbach) Berlin: Kinderbuchverlag 2000, CD „Kranichflug", (CANTUS TERRAE, Brodowin) G&G Brodowin 2000.
Musikalisch-literarische Veranstaltungen (mit R. Gilsenbach): „Trostlied für Mäuse: zartbittere Öko-Weisen"; „Grüne Lieder contra Schwert und Schild"; „O Django, sing deinen Zorn!"; „Schreiben in der Uckermark"; „Rechenmeister, Rechenmeister... Öko-Programm für Kinder"; „Gene auf dem Markt – Gott in deiner Hand"; „Natur – was ist das eigentlich?"; „Roma und Juden – vereint im Holocaust oder Gegensatz?"; „Hochzeit an der Transamazônica", „Kranichflug" (Wechselgesänge mit Geschöpfen der Natur) mit der Gruppe CANTUS TERRAE, Brodowin.

# Bund für Naturvölker

Der Bund für Naturvölker – 1994 in Brandenburg gegründet – leistet Öffentlichkeitsarbeit und Bewahrungshilfe für naturnahe, traditionelle Kulturen und Lebensweisen. Als gemeinnützig anerkannte, deutschlandweit tätige Organisation unterstützt er das Gesundheitsprojekt UIRAPURÚ zugunsten indigener Waldvölker Amazoniens mit Spendengeldern.

Der Bund für Naturvölker ist Herausgeber von „BUMERANG - Naturvölker heute" (Zeitschrift für gefährdete Kulturen). Die Zeitschrift berichtet über die heutige und einstige Lebenssituation von Naturvölkern, bietet Erlebnisberichte, Dokumentationen, völkerkundliche Abhandlungen, Erzählungen für junge Leser, Rückblicke auf die Zeit des deutschen Kolonialismus, Interviews mit Angehörigen indigener Völker, Buchtipps, Rezensionen, Nachrichten aus aller Welt. In jeder Ausgabe findet sich ein ausführlicher Bericht über den Fortgang des Hilfsprojektes UIRAPURÚ in Rondônia. „BUMERANG" erscheint in zwei Ausgaben pro Jahr. Für Bibliotheken kostet der Bezug 10 DM, für andere Interessenten 12 DM.

Kontakt:
Bund für Naturvölker e. V.
Axel Stoeckert-Stüve
Scharmbeckstoteler Straße 169,
27711 Osterholz-Scharmbeck
Tel.: 04791-5275, Fax: 04791-959258,
e-mail: axel.stoeckert@t-online.de,
Internet: www.bund-naturvoelker.de

Redaktion BUMERANG
Dr. Hannelore Gilsenbach
Dorfstraße 44
16230 Brodowin
Tel./Fax 033362-278
e-mail: H–RGilsenbach@t-online.de